ROBERT SABATIER
de l'Académie Goncourt

Olivier 1940

ROMAN

ALBIN MICHEL

Comme nous l'aimions ce Paris aux cent visages, aux cent villages ! Cette ville, nul ne pouvait nous la prendre. Conquise ? À condition de faire sa conquête. *Occupée ? Là aussi, on joue sur les mots : occupée à autre chose, à ne pas voir, à nier des présences en les ignorant.*

Les sourires comme les feux se sont éteints. Ne reste-t-il pas un fond de braise qu'un souffle peut animer ?

Et la révélation pour un adolescent que les êtres ne sont pas faits à l'image idéalisée que sa petite enfance avait formée. Et l'horreur. Et les irrésolutions.

Les aventures ? Elles arrivent à Olivier sans qu'il les provoque. Il déteste les grands mots, les étendards sanglants, les jours de gloire, les trompettes guerrières. Il aime son métier, ses compagnons, la nature, la liberté.

Tel un fruit, durant des années peu propices, il mûrit lentement. Tout est étonnement, stupeur, inquiétude. Autour de lui, en lui, les orages grondent. Et si apparaissait l'arc-en-ciel ?

Un

Tandis que tous allaient, couraient de pièce en pièce, s'affairaient, s'affolaient, tentaient de choisir les biens les plus précieux pour les soustraire aux convoitises supposées de l'envahisseur – car l'ennemi dit héréditaire, on ne le supposait que pillard, reître, assassin, violeur... –, tandis que l'oncle Henri glissait ses titres de Bourse, ses billets de banque et trois lingots d'or dans une serviette en crocodile, que la tante Victoria, avec l'aide de Marguerite, la bonne, réunissait les écrins de la lourde argenterie, Olivier, retenant sa moquerie, glissait des livres dans son sac tyrolien. Sa tante lui ordonna :

— Non, pas de livres ! C'est inutile et encombrant.

Olivier ne répondit pas. Il écarta en partie son trésor et glissa *Les Fleurs du mal* dans sa poche.

Il erra dans le grand appartement, regardant les bibelots, les tableaux, les meubles, tout ce qui allait rester, avec un sourire goguenard. Cette agitation provoquée par le désastre ne le concernait pas. Il vivait, lui, dans une dimension que les autres ne pouvaient concevoir. Il ne put se retenir de lancer une parole choquante :

— *Pour une fois qu'il se passe quelque chose !*

Cette phrase suspendit tous les gestes. Un silence pesant. Des visages scandalisés. Olivier cachant son trouble.

— Te rends-tu compte de ce que tu viens de dire ? demanda la tante Victoria.

L'oncle Henri, massif et calme, s'approcha de l'adolescent, posa les mains sur ses épaules et, regardant son neveu dans les yeux, sans colère, il affirma :

— Jamais nos soldats ne laisseront les Allemands entrer dans Paris. Ils se battront comme ton père le fit à Verdun. Ils lutteront de rue en rue, de maison en maison. Tout sera à feu et à sang. Comme à Varsovie, à Rotterdam, dans les villes belges. L'aviation ennemie est puissante. Elle a bombardé Le Bourget, Villacoublay, Orly, et même Paris. Les civils ne sont plus respectés. La guerre est sans loi. Cet Hitler est un monstre. Et toi, Olivier, tu fais le malin : « Pour une fois qu'il se passe quelque chose ! »...

— Et tu oublies ton oncle Victor, ton cousin Jean qui, eux, sont au front, se battent pour toi, dit la tante Victoria.

— Et aussi mon presque fiancé, ajouta Marguerite.

Olivier se sentit rougir. Il bredouilla :

— Ce que je voulais dire... Euh ! Et puis : non, rien !

Prenant conscience d'avoir laissé échapper une énormité, il se trouva une excuse secrète : « Si Marceau avait été là, c'est ce qu'il aurait dit. Je l'ai fait à sa place... »

Ses deux cousins se trouvaient loin de Paris, le petit Jami, à Montrichard où une bonne dame l'avait pris en pension au moment de l'évacuation des enfants, l'aîné, Marceau, à Saugues pour le bon air : après une rémission de la maladie il avait de nouveau craché le sang. De là, on le conduirait au sanatorium en Suisse où un célèbre professeur soignait la maladie de poitrine avec un médicament appelé tuberculine.

— Les deux matelas sont-ils bien fixés sur le toit de la Vivaquatre ? demanda l'oncle Henri.

— Oui, dit Olivier, avec les sangles et du fil électrique.

— Le plein d'essence est fait et j'ai deux bidons en réserve, plus qu'il n'en faut pour atteindre Montrichard, précisa l'oncle Henri.

— Et nous vous emmenons, Marguerite, dit la tante Victoria. Il faudra se serrer. Ce qui compte, ce sont les bagages. Olivier, rends-toi utile, surveille l'auto par la fenêtre. On ne sait jamais...

Ainsi, à Paris, bientôt envahi par les troupes allemandes, tous se préparaient à ce que l'on appellerait l'exode, comme pour ajouter quelque grandeur biblique à la fuite. Nul ne savait que Paris serait déclaré « ville ouverte », une expression dont beaucoup ignoraient le sens.

Olivier, adolescent, malgré la bonne éducation de ses tuteurs, gardait en lui un fond de gouaille populaire. Il suffisait d'un rien pour qu'elle remontât à la surface. Il savait dire : « Comment allez-vous ? » plutôt que : « À part tes coliques, t'as pas trop mal au ventre ? » C'est au petit Jami qu'il réservait ses

« Circule, virgule, ou j't'apostrophe ! » ou « Tu baves et tu dis qu'il pleut ! ». Il savait se tenir à table, se montrer prévenant et présentable tout en ayant l'impression de jouer dans une comédie un rôle autre que le sien.

Il avait grandi. Son travail à l'imprimerie l'avait musclé et il jouait au jeune costaud, jetant sur son épaule de lourds rouleaux de papier ou portant des piles de rames sur sa tête. Rien n'avait changé de sa nature profonde. Il gardait en lui, sur son visage, dans sa manière de se mouvoir, quelque chose d'enfantin comme au temps de la rue Labat où, malgré les drames, la condition d'orphelin, il avait été heureux.

Le départ avait été décidé la veille. La rumeur de la catastrophe s'amplifiait. Les bruits les plus divers couraient, les mensonges, les bobards, comme on disait, des anecdotes effrayantes, et tout cela par un manque d'informations officielles, par cette censure qui laissait supposer tant de faits cachés, par la déroute des ministres, des parlementaires, de ceux-là qui, se contredisant sans cesse, faisaient douter de leur parole.

Les Desrousseaux avaient prévu de partir dès le lever du soleil. Ils désiraient que leur fuite passât inaperçue. Or, dans la ville, chacun faisait comme eux. L'immeuble résonnait de bruits, l'ascenseur hydraulique ne cessait de monter et de descendre.

Olivier ouvrit une des fenêtres donnant sur le faubourg. Il recula surpris : cette aube ressemblait à la nuit. Une fumée se répandait sur la ville, noire, épaisse, nauséabonde. La tante Victoria cria : « Ferme vite cette fenêtre ! » Ce fut un moment de panique. « Tenons prêts les masques à gaz ! » dit l'oncle.

Ces masques à gaz distribués à la population, ces cylindres de métal qu'on portait à l'épaule : Olivier se sentit gêné : il avait écarté de la boîte son contenu, cette horreur caoutchouteuse et vitrée, au profit de livres. L'idée lui en était venue quand il avait vu un clochard sortir du cylindre un litre de vin rouge.

Marguerite écarta les rideaux, gratta de l'ongle le bleu imposé par la défense passive. Elle vit des gens sur les trottoirs, d'autres à leur fenêtre qui scrutaient le ciel.

— Madame, monsieur, je crois qu'il n'y a pas de danger. C'est seulement un sale brouillard...

Un brouillard plus que sale, dégoûtant comme l'époque, un brouillard à couper avec les couteaux du crime. Comme si les éléments du ciel préparaient une apocalypse. Déjà, la veille, on avait aperçu ces lambeaux de brume qui disparaissaient avec le vent avant de réapparaître. On tendait l'oreille, on croyait entendre des bruits d'explosions. Effrayant et fantastique, comme si le Diable prenait possession de la Terre. Ce phénomène, nul n'en connaissait l'origine. Une préfiguration des années noires.

Cet assombrissement de la capitale, on l'apprendrait, avait une cause bien réelle : les dépôts de pétrole de la basse Seine incendiés, le vent rabattait vers Paris cette sombre nuée.

Olivier ouvrit de nouveau la fenêtre. Des familles s'affairaient autour des automobiles, des voitures à bras, des charrettes, des triporteurs, des tandems, des bicyclettes. Il pensa : « Nous ne serons pas seuls... »

— Descendons les valises, dit l'oncle Henri. Toi,

Olivier, tu surveilleras la voiture. Que personne ne s'approche !

« Enlevez, c'est pesé ! » pensa Olivier en faisant jouer ses muscles.

Les valises, les cartons, les sacs furent entassés dans la malle arrière qu'on ne put fermer et dont le capot fut attaché au pare-chocs. Après vérification de la jauge à huile, de l'eau, des accus, la famille s'installa du mieux qu'elle put dans l'habitacle roulant, surchargé de bagages. L'oncle Henri se mit au volant, sa femme à côté de lui, une grosse valise entre eux. Derrière, la place étant réduite, la tante Victoria décréta que Marguerite s'assoirait sur les genoux d'Olivier, ce qui ne déplaisait pas à ce dernier. Dès qu'il se trouvait seul avec la belle Marguerite, il l'embrassait dans le cou, sur les lèvres. Elle ne protestait pas, offrant un sourire indulgent. Il lui arrivait de caresser sa poitrine et ses hanches. Il n'osait aller plus loin.

Un voisin recommanda de passer par la porte d'Italie plutôt que par la porte d'Orléans. Encore un faux conseil, sans doute ! Olivier glissa ses bras autour de la taille de Marguerite. Elle l'écarta et chuchota : « Tu crois que c'est le moment ? »

— Nous avons bien fait de changer la Primaquatre pour une Vivaquatre familiale, dit l'oncle Henri.

— Au fond, ça sert à quoi les matelas ? demanda Olivier.

— Leurs avions, des stukas, s'ils nous mitraillent, nous serons protégés. Enfin... j'espère.

— Maintenant, nous partageons le lot commun, comme les réfugiés du Nord et de l'Est, dit la tante Victoria. Nous ne sommes pas les plus mal lotis. Arrivés à Montrichard, nous serons sauvés.

« Si nous y arrivons... », pensa l'oncle Henri. Des véhicules débouchaient de partout. Et toujours cette fumée noire qui obligeait à allumer les phares.

— Plus lourde que je ne croyais ! chuchota Olivier à l'oreille de Marguerite.

La tante Victoria, qui, d'ordinaire, se tenait droit, ne laissait pas sa place au sentiment, donnait toujours l'exemple de l'élégance et du courage, paraissait tassée sur elle-même. Olivier s'aperçut qu'elle pleurait. « Courage ! » dit l'oncle Henri. Et lui, d'ordinaire taciturne, comme pour conjurer le sort, parla d'abondance :

— Jamais les Boches n'oseront entrer dans Paris. Ils vont le contourner. Nos troupes se ressaisiront. Comme sur les affiches : *« Nous vaincrons parce que nous sommes les plus forts. »* Je n'ai pas souscrit aux bons d'armement pour rien. Souvenez-vous du défilé du 14 juillet 39 : tous nos corps d'armée, les métropolitains, ceux des colonies, les Africains, les Indochinois, les Anglais...

— Oh ! ceux-là..., dit la tante Victoria.

— Leur flotte est la plus puissante du monde. Et peut-être les Américains vont-ils se réveiller. Il paraît que le maréchal Pétain a dit : « Ils ne passeront pas ! »

— Hélas ! ils sont déjà passés, dit la tante Victoria.

Après bien des difficultés de circulation, on approcha de la porte d'Orléans. « Gardons le moral ! » dit l'oncle Henri.

Olivier se demandait ce qu'il faisait là. Il se revit à Montmartre, rue Labat, un soir d'été, jouant aux billes avec ses copains tandis que les gens veillaient sur les pas de porte. Il ferma les yeux. Il eut la tête pleine des vers de Baudelaire et se les récita pour lui seul, se refermant sur ce qu'il savait être la beauté, loin, fort loin de cette horreur rampante qui s'allongeait comme les tentacules d'une pieuvre.

Un cahot le fit sursauter. Les automobiles roulaient pare-chocs contre pare-chocs. La fumée noire avait disparu. La clarté éblouissait. Il ferma les yeux et plongea dans un demi-sommeil. Marguerite était parvenue à se glisser de côté, il sentait moins son poids. L'oncle Henri, après avoir allumé une cigarette Celtique avec une allumette-tison, baissa la vitre.

Olivier se frotta les yeux. Il se pencha pour voir le triste spectacle de la route. La campagne commençait à apparaître. Dans l'encombrement, il fallait parfois attendre dix minutes pour parcourir quelques mètres.

Où allaient les Parisiens, les gens des banlieues, et bientôt les ruraux fuyant les fermes ? Beaucoup se souvenant de leurs origines espéraient rejoindre quelque ville ou quelque village, lieu de naissance, comme des enfants cherchant refuge auprès d'une mère protectrice.

— C'est affreux ! dit l'oncle Henri, mais je préfère encore cela aux trains qui doivent être pris d'assaut et plus faciles à bombarder. Disons-nous bien qu'il y a toujours pire...

Le pire, ils le côtoyaient. Olivier vit des grappes d'enfants sur les marchepieds des autos, accrochés aux portières. Des piétons chargés de bagages dépassaient les véhicules. Les mieux lotis étaient les cyclistes qui se faufilaient. Tout ce qui roulait avait été mobilisé : autocars, camions de déménagement, voitures hors d'usage, brouettes, tricycles, tandems, motos, autobus, corbillards, voitures d'enfant... Leurs automobiles à bout de souffle immobilisées sur le bord de la route, les conducteurs en suppliaient d'autres de les remorquer.

— Nous sommes comme des poux, des morpions, des punaises, dit l'oncle Henri. Qui va nous écraser ?

Il se redressa, gêné par ce qu'il venait de dire, et ajouta :

— Je vous promets, je vous jure que nous arriverons à destination !

Aux véhicules des villes s'ajoutaient ceux des campagnes. À chaque carrefour, de longues files de charrettes, de chariots, de carrioles chargés de cageots de volailles, de cages à lapins, tirés par des chevaux de ferme, souvent de solides boulonnais, ou des bœufs, attendaient de se glisser dans les files ininterrompues. Des chiens suivaient, des vaches attachées par le licol. Des paysans et des paysannes étaient juchés sur des monceaux de colis.

Un silence consterné régnait. Nul ne jouait du klaxon bien inutile. Parfois une dispute mais qui ne durait guère. À raison de dix kilomètres par heure, peut-être n'arriverait-on à Montrichard que le lendemain. Si les accus tenaient, ce qui n'était pas sûr avec ces arrêts et ces reprises du moteur.

Marguerite qui avait superposé ses vêtements afin d'en emporter le plus possible se dévêtait peu à peu. Bientôt il ne resta qu'un corsage léger. Olivier était à la fois gêné et attiré par une odeur de transpiration.

— Ça ne va pas trop mal, Margot ? demanda-t-il.

— Marguerite, je m'appelle !

— *« Marguerite donne-moi ton cœur ! »* fredonna Olivier, puis : C'est qui le « presque fiancé » ?

— Un officier, un adjudant de carrière. Je suis sa marraine de guerre !

— Un adjudant, c'est un sous-off ! dit Olivier.

— Pas dans la cavalerie. Même qu'on l'appelle « mon lieutenant » !

« Elle ne se mouche pas du coude ! » pensa Olivier. Il se souvint que Marguerite portait des colis à la poste. Malgré son maigre salaire. C'était donc cela. Il se sentit un peu jaloux. Lui aussi préparait des colis. Pour le tonton Victor et pour son cousin Jean. Sa tante aidait, disant :

— Tu vois, je pense même à ton cousin Jean. J'ai aussi avancé de l'argent à Élodie pour qu'elle se rende à Saint-Chély-d'Apcher. En temps de guerre, il faut aider les démunis.

— Merci, ma tante.

Ce qui était d'hier paraissait déjà lointain. Des mois d'une période étrange, ceux de la « drôle de guerre », terme dont Roland Dorgelès et quelques journalistes se disputeraient la paternité – drôle au sens de bizarre et non d'amusant, une attente dont on ne savait quoi, peut-être de la lassitude dans les deux camps et la paix au bout du chemin. Il semblait qu'aucun des belligérants ne pouvait vaincre, les lignes Maginot et Siegfried étant réputées infranchissables. Non, nous n'irions pas, comme disait la chanson, « faire sécher notre linge sur la ligne Siegfried ».

Olivier avait passé au bleu toutes les vitres de l'atelier d'imprimerie et de l'appartement, comme le recommandait la défense passive. Le soir, il fréquentait les cours de l'Université ouvrière, rentrait tard en s'aidant de la même lampe électrique avec laquelle il lisait sous ses draps une partie de la nuit. Le verre aurait dû lui aussi être peint en bleu mais il l'entourait d'une feuille de mica qu'il pouvait retirer ensuite.

Chaque samedi, il se rendait à la bibliothèque municipale au premier étage de la mairie du Xe arrondissement. En semaine, il travaillait à la typo de l'imprimerie ou faisait des livraisons avec le triporteur Juéry. S'il recevait un pourboire, il le dépensait aussitôt en bouquins achetés rue de Montholon ou aux petites puces qui bordaient la rue de Terrage. Et puis il y avait les cinémas, le Varlin ou le Secrétan, sans oublier Nord-Actua à la gare du Nord où il pouvait entrer gratuitement.

À la T.S.F., on écoutait le communiqué journalier dont on devinait la teneur : « Activités de patrouille sur l'ensemble du front », puis l'oncle Henri écoutait « Les vieux succès français » en fredonnant des airs d'opérette ou d'opéra-comique.

Olivier avait traversé cette période sans que rien dans sa vie quotidienne ne changeât. S'il regardait les jeunes filles, sa timidité lui interdisait de les aborder. Alors il rêvait, il écrivait des poèmes désabusés.

Son copain Samuel lui donnait des rendez-vous. Ils prenaient ensemble un bock de bière puis ils se rendaient dans de petits cinémas où on projetait des films peu connus. Enfin, certains soirs, les Desrousseaux invitaient leurs amis. Olivier écoutait les conversations, ne disait rien, parfois ricanait : sa crise d'originalité adolescente.

Lorsque retentissaient les lugubres sirènes d'une alerte, Olivier le prenait pour une distraction. Il n'en montrait rien. La tante Victoria aurait dit qu'il avait « mauvais esprit » – tout comme son cousin Marceau, qui s'était inscrit au parti communiste plus par défi que par conviction. Marceau, l'aîné, le modèle, quand le reverrait-il ? « Les sirènes ! » s'écriait Marguerite comme si on ne les avait pas entendues. Et c'était la descente à l'abri, la cave de l'immeuble où l'oncle Henri, chef d'îlot, fier de son brassard, guidait les gens avec gravité.

Les locataires avaient aménagé les caves en salons de fortune. On s'invitait de l'une à l'autre pour montrer son relatif confort. Les dames cousaient, reprisaient ou tricotaient des lainages pour « nos chers soldats ». Les messieurs jouaient à la belote ou échangeaient commentaires et « bobards », chacun se disant le mieux informé. « Je n'aurais pas pensé que nous avions des voisins aussi charmants ! » disait la tante Victoria. Ces descentes dans les caves devenaient un rite. De temps en temps, on tendait l'oreille pour surprendre quelque bruit inquiétant. Les petites peurs disparaissaient avec la sirène de fin d'alerte et l'on remontait dans les étages en se souhaitant un heureux sommeil.

« Je ne descendrai pas à la cave ! » avait décrété

Olivier. Sa tante l'avait houspillé. S'il voulait se rendre intéressant, qu'il reste ! L'oncle Henri avait souri et Olivier avait deviné de la complicité dans son regard.

Après le calme, la tempête. Maintenant ils se serraient dans cette Vivaquatre qui n'avançait pas plus vite que les tacots. De temps en temps, la tante Victoria manifestait son inquiétude : avait-on bien fermé le gaz, les verrous ? elle avait oublié quelque chose mais elle ignorait quoi.

— Henri, l'appartement, l'imprimerie... les reverrons-nous un jour ?

— Mais oui, dit l'oncle Henri. La concierge veille sur l'appartement et Hullain qui ne quitte pas Paris ira tous les jours à l'atelier.

Ils durent s'arrêter. Collés l'un contre l'autre, les véhicules n'avançaient plus. Au carrefour, ils étaient à ce point enchevêtrés qu'aucun ne pouvait bouger.

— C'est un mal pour un bien, dit l'oncle Henri. Le carburateur est trop chaud.

Il sortit, leva le capot du moteur et le fixa dans cette position avec la tringle. De la vapeur s'éleva dans l'air.

— Nous aussi, nous devons nous aérer.

Les quatre occupants sortirent de la Vivaquatre. L'oncle Henri s'étira, les bras en l'air. Il paraissait immense. D'autres conducteurs échangèrent avec lui des regards consternés. D'un même mouvement, ils consultèrent ce ciel chargé de menaces. Le bruit courait que les Italiens, qui venaient, au plus mauvais moment, de nous déclarer la guerre, jetaient leurs avions sur les populations en déroute.

Olivier fut le premier à rejoindre son oncle. Au bord du fossé, ils s'alignèrent pour soulager leur vessie. De loin en loin, d'autres hommes faisaient comme eux. La chose achevée, Olivier vit Marguerite qui l'appelait d'un signe de l'index. Elle lui parla à l'oreille et Olivier dit : « Oui, c'est vrai... » Il s'approcha alors de son oncle et dit : « Les femmes aussi font pipi. » La tante Victoria avait l'air gêné.

— À la guerre comme à la guerre ! dit l'oncle Henri. Olivier, prends la couverture des sièges de devant.

Ainsi, ils tendirent une sorte de paravent derrière quoi les dames purent se dissimuler. On vit alors arriver d'autres femmes qui demandèrent à profiter du rempart. Après le défilé, on rangea la couverture. Olivier était gêné : il avait mouillé sa culotte de golf. Il se plaça au soleil. L'oncle Henri tendit son paquet de Celtiques vers lui. Il prit une cigarette. C'était la première fois que son oncle faisait ce geste. Olivier en fut fier comme si on le tenait désormais pour un adulte. Il se souvint du temps où, petit garçon, l'oncle Henri lui offrait des sucettes. Deux enfants faisaient pipi. Rue Labat, avec Schlack et Capdeverre, ils jouaient à celui dont le jet irait le plus loin.

Marguerite, sans façon, s'allongea sur l'herbe. La tante marcha. Ses talons hauts la gênaient. « Quel désastre ! » disaient les naufragés.

— Ne perdons pas courage, dit l'oncle Henri. Passé ce maudit carrefour, cela ira mieux.

— Facile à dire ! jeta un grincheux.

Une dame âgée, tenant à la main gauche un sac à provisions en moleskine et, à la main droite, une cage en osier, s'arrêta pour s'asseoir sur une borne kilométrique. Elle posa le sac, prit la cage sur ses genoux et se pencha. On entendit un murmure apitoyé.

— C'est un petit chat ? demanda Olivier.

— Oui, mon garçon, mon petit rôdeur de gouttières, mon petit bandit. Il halète, il n'en peut plus. Je vais m'arrêter dans un village. Je trouverai bien un peu de lait. J'ai du mou mais il commence à sentir...

Olivier se sentit ému. Cette vieille femme épuisée ne songeait pas à elle-même mais à son chat. Il regarda la longue file de véhicules et pensa à un train fantastique chargé de décombres. On entendit un bref miaulement. Et Olivier, sentimental, retint ses larmes. Non parce que tout ce spectacle était désolant mais parce que, près de lui, une femme parlait à son chat. Elle se leva, reprit le sac et la cage et s'éloigna avec un air contrit, comme si elle avait quelque chose à se faire pardonner.

L'oncle Henri tapota l'épaule d'Olivier.

Surgirent trois soldats de l'armée en déroute. Mal fagotés, débraillés, la poitrine bardée de courroies retenant des musettes et des bidons, le casque à la main, sales, épuisés, sans armes, ils offraient une image de l'abandon, du dégoût, de la défaite.

L'oncle Henri leur offrit des cigarettes. Ils posèrent leur barda sur l'herbe. L'un d'eux tourna sur lui-même comme un lanceur de poids et l'on vit un casque projeté qui allait se perdre dans un champ. Ils allumèrent les cigarettes avec un briquet à amadou.

— C'est ce que nous avions en 14, dit l'oncle Henri.

— Ah ? Vous l'avez faite...

— Eh oui ! Ce n'est pas si loin. J'étais artilleur.

— Et nous dans l'infanterie, dit celui qui portait des galons de caporal-chef.

Il essuya ses lunettes. Un des deux verres était fendu. Il ajouta sur le ton de la dérision :

— L'infanterie, la reine des batailles... Tu parles Charles ! Aujourd'hui, c'est les blindés et l'aviation. Vous ne seriez pas du Nord, vous ?

— Je suis de Lille, dit l'oncle Henri.

— Comme un grand Quinquin ! Moi, je suis d'Arras, l'ami Bidasse en quelque sorte. Et mes copains sont bretons. On marche, on marche... Tout notre régiment est prisonnier. Nous avons réussi à nous planquer dans le foin. Ça sentait bon. Merci pour la cibiche. Et pourtant, d'habitude je ne fume pas. Marche ou crève ! Pas vrai, les gars ? On va nous prendre pour des déserteurs. On nous fusillera.

— Non, dit l'oncle Henri, il y en aurait trop. Nous aussi, nous sommes des déserteurs.

— Un coup de rouge ! proposa un des soldats en tendant son bidon à l'oncle Henri. Je l'ai trouvé chez un épicier. Il est sans bromure.

Cela les fit rire. Un des Bretons expliqua à Olivier que la légende voulait qu'on mît du bromure dans le vin des soldats pour calmer les ardeurs sexuelles.

Le caporal-chef portait un collier de barbe mais les poils s'étaient étendus sur les joues, ce qui lui donnait un aspect simiesque. Les autres l'appelaient « l'instituteur ». Soudain, il se leva et prit le ton du commandement :

— C'est pas tout ça, les gars, mais nous ne sommes pas encore démobilisés. Il faut se rendre utile. On va régler la circulation.

Ils se précipitèrent vers le carrefour. Non sans mal, au cœur de l'enchevêtrement, ils firent reculer des véhicules ou avancer d'autres, mordre sur le talus, couper à travers champs. Les gens grognaient, tempêtaient, jetaient des insultes mais obéissaient.

— En route, mauvaise troupe ! dit l'oncle Henri.

Le capot refermé, il se mit au volant. L'automobile roulait enfin, lentement, mais roulait. Ils parcoururent ainsi une dizaine de kilomètres, connurent d'autres embouteillages, repartirent...

Olivier ne songeait plus à lutiner Marguerite. Ils étaient épuisés, silencieux. Seul l'oncle Henri dispensait un optimisme de commande : « Vous verrez qu'après Blois, le trafic sera presque normal. » Il fredonna même : « *Chérie, des jardins nous attendent...* » Ils pensaient tous à la demeure de Montrichard, à l'asile. Olivier rêvait vaguement à leur voisine, la belle actrice, Junie Astor. L'oncle Henri se demandait si ses amis, Alerme, Marcel Laporte dit Radiolo, le patron des caves Monmousseau seraient là pour une belote en mangeant des rillons arrosés de fillettes de rosé de Touraine. Ils pensaient aux soldats, le tonton Victor, le cousin Jean, à un neveu du côté de l'oncle Henri qui, lui, était capitaine.

— À propos de jardin, dit la tante Victoria, j'espère que le père Gondou aura bien entretenu le parc.

Olivier l'espérait aussi. Il détestait arracher les herbes dans les allées.

L'oncle Henri connaissait Blois. Ils purent échapper au trop-plein de l'exode, longer les rives de la belle Loire. Ils se sentaient près du but. La tante Victoria se redressa. Le jour déclinait.

— En arrivant, dit l'oncle Henri, je prendrai les informations radiophoniques. Peut-être a-t-on arrêté les Boches.

— C'est drôle, observa Olivier, les troufions, ils ne disaient pas « les Boches », mais « les Chleuhs ».

— C'est ridicule, dit l'oncle Henri, les Chleuhs sont des Berbères.

— Pourquoi ne pas dire simplement « les Allemands » ? observa la tante Victoria.

L'oncle Henri hocha la tête. Olivier pensa à la mémé de Saugues qui disait « les Prussiens ». Bientôt, on dirait plus volontiers « les Fridolins » ou « les Fritz » et même « les Frizous, les Frisés » – en attendant que ce soit « les Doryphores ».

Après cette journée lamentable, un semblant de sourire apparaissait. À Montrichard, ce serait comme des vacances, puis, d'une manière ou d'une autre, tout s'arrangerait.

— Nous n'avons rien mangé, dit la tante Victoria. Nous ouvrirons des conserves.

— Auparavant, il faudra décharger l'auto, précisa l'oncle Henri. Nous nous en occuperons, Olivier et moi, pendant que vous préparerez un morceau. N'oubliez pas le rosé à la cave.

Olivier resta silencieux. La tête contre l'épaule de Marguerite, il s'était endormi.

La jolie ville de Montrichard sur les bords du Cher n'était plus le lieu calme qu'ils s'attendaient à trouver. Là aussi, ils constatèrent une affluence de circulation. L'oncle parvint à garer la Vivaquatre devant la villa. Il fallut traverser le parc de devant, transporter le chargement. Il était tel qu'on se demandait comment tout avait pu tenir dans l'automobile. Une fois dans la demeure, tous les soucis furent oubliés. Après un dîner frugal et rapide, ils n'eurent tous qu'un souci : se laver. Seul Olivier se sentait en forme. Il prit même l'initiative d'aller emplir des carafes au puits artésien derrière la demeure, non qu'on manquât d'eau au robinet mais celle venue de la terre était un délice.

Le sommeil se refusa. Olivier eut beau, selon son habitude, épeler des mots fort longs ou compter, rien n'y fit. Hanté par des images, il revoyait cet interminable, ce lamentable défilé, Paris qui fut Ville lumière se déversant tel un égout, une inondation d'êtres humains, des radeaux à la dérive. Peu à peu, des images se précisaient, non seulement celles qu'il avait vues mais d'autres nouvelles à l'approche tout de même d'un lent et douloureux endormissement.

Il connut le cauchemar d'êtres grimaçants, de squelettes et de clowns qui le menaçaient de leurs gestes. Cet « exode » sur les routes, les chemins, dans les champs et les bois, et qui, au fond, ne durerait que quelques jours, déroula ses méandres durant sa nuit pleine de menaces, de doigts tendus vers lui pour désigner le coupable. Tous les êtres paraissaient haillonneux, loqueteux, lamentables, envahis par cette fumée à l'aube d'un ciel parisien recouvrant la ville.

Ce jour absurde, abominable, ce jour qui était nuit le hanterait. Comme si une gomme géante effaçait le bonheur, les bonheurs qu'il avait connus, sa vision des êtres que sa rue lui avait appris à aimer, à respecter, pour la remplacer par une horde de fuyards insensés et lâches.

— Debout, le Père la flemme !

La voix de Marguerite le réveilla. Elle se tenait les cheveux coiffés en chignon, la mine claire et vive, ceinte d'un tablier bleu trop grand pour elle qui tombait jusqu'à ses pieds.

— Tu sais l'heure ? Dix heures ! Et Madame qui m'a dit de te laisser dormir. Tu te lèves, oui ou non ?

Olivier se frotta les yeux, esquissa un sourire, chercha une bonne réplique qui se refusa. Il finit par jeter :

— *« La servante au grand cœur dont vous étiez jalouse... »* Margot, tu n'as pas mis ton bonnet blanc si coquet, ton joli tablier blanc. Je te préviens : je suis tout nu...

Marguerite rit, tira les draps en se détournant et eut le dernier mot :

— Je ne veux pas voir une horreur pareille !

Pour faire le malin, Olivier descendit recouvert du drap comme d'une toge antique. Un bol de café au lait, des biscottes tartinées de confiture l'attendaient. Marguerite lavait la vaisselle.

— Ton oncle et ta tante sont déjà partis en ville.

Ils ont pris la bagnole. S'ils s'en tirent avec tous ces encombrements...

— Tu sais quoi, Marguerite ? Je trouve tout ça tellement... tellement con !

— Pas de gros mots ! Tu te crois toujours plus malin que les autres !

— Peut-être !

Olivier se lava, se coiffa, s'habilla et marcha vers le jardin de derrière, le potager. Le père Gondou, son parapluie posé contre le tronc d'un cerisier, arrosait les plants de tomates.

— Bonjour, monsieur Gondou. Vous, vous arrosez les tomates... Il faut cultiver son jardin, a dit un grand homme.

— N'y a pas besoin d'être un grand homme pour le dire. Et toi, petit, tu vas bien !

— Pas si petit que ça ! Je vais bien et je vais mal. Je ne comprends rien à tout ce qui se passe.

— Personne ne comprend rien. Je sais seulement qu'on est dans la mélasse jusqu'au cou. Les Boches vont entrer dans Paris. Ils sont en Normandie. On dit qu'ils avancent vers la Loire. On les verra bientôt ici. On ne va pas les arrêter. Ah ! ceux de 39 ne valent pas ceux de 14.

— Bon, salut !

Olivier s'éloigna, pensif. Il ne retenait qu'une phrase : « Personne ne comprend rien. » Il conclut : Rien, c'est personne.

À la cuisine, il aida Marguerite à écosser des pois, à éplucher carottes et pommes de terre, ce qu'en temps normal il détestait.

— Jami va rester chez son espèce de nounou. Elle n'arrête pas de donner des recettes de cuisine et ça fait du travail en plus. C'est pour être plus près de l'école, mais ils vont l'amener pour le déjeuner. Madame est tout heureuse de le revoir, son petit chéri à sa maman.

— Je sais. Et moi je suis le neveu. Rien que le neveu. « Cet orphelin que nous avons adopté. Etc. »

— Et toi, tu n'arrêtes pas de te plaindre. Tu te crois plus malin que les autres. Et quel sale caractère !

— Un caractère d'imprimerie.

— Tu ne sais même pas éplucher une patate. Tu laisses des yeux.

— Tes yeux, ô Marguerite, sont plus beaux que ceux des pommes de terre, et tes lèvres plus tendres que les petits pois ! déclama Olivier.

— Cherchez pas, docteur, c'est là que ça se tient ! dit Marguerite en lui tapotant le front. Elle ajouta : Et puis, cesse de me tutoyer. Madame n'aimerait pas.

— Nous sommes seuls, toi et moi, sur la terre !

— C'est l'âge bête ! conclut Marguerite.

Bien plus tard, on entendit courir dans le jardin.

— Olivier, Olivier, c'est moi ! cria Jami.

« Bon sang, comme il a grandi ! » pensa Olivier. Sans doute serait-il un géant comme son père. Il prit un air détaché.

— Tiens ! Voilà Frimousse ! Salut, bébé rose ! Toujours aussi chnoque ?

— Et toi, tu fais toujours des vers comme Victor Hugo quand il est sur le pot ?

Ils cachaient la joie de se retrouver derrière des sarcasmes, de petites rosseries affectueuses.

— Viens aider à décharger !

La tante Victoria, sa belle chevelure noire coiffée

en nattes, se montrait souriante. Sur la route, la circulation continuait. Comme la veille. Les mêmes images mais comme lavées, purifiées par le beau temps.

— Bonjour, ma tante. Avez-vous bien dormi ?

— Qui peut dormir bien à cette époque, à part toi ?

— Allez ! dit l'oncle. Un coup de main...

— Il n'a pas été facile de faire des provisions, dit la tante. Les magasins sont envahis, dévastés. Il y a même des queues. Heureusement qu'on nous connaît... On ne trouve plus rien.

Olivier se demanda ce que ce serait si on trouvait quelque chose. Il déménagea des sacs débordants de victuailles, des cageots, des cartons. De quoi tenir un siège.

— Attention aux œufs ! Tiens les cageots bien droit. Portons tout à la cuisine.

Ils déjeunèrent fort tard. L'oncle Henri et la tante Victoria méditaient. Seuls Olivier et Jami parlaient. Surtout Jami, qui racontait l'école, ses nouveaux copains, des promenades en forêt, les premières baignades dans le Cher. Il dit que la petite plage était fermée « pour cause de guerre » et que Vouna la surveillait.

Les parents montraient une humeur sombre. Olivier pensa que son oncle ressemblait à l'acteur Harry Baur. Quant à sa tante, on aurait cru que la gravité la rendait plus belle encore. Il lui sembla deviner sa pensée. Quelque chose comme : « Les enfants ne se rendent pas compte de la gravité de la situation. » Alors il cessa d'écouter Jami le bavard. Non, il n'était plus un enfant, lui, Olivier. Il avança une phrase d'adulte :

— Mon oncle, quelle est la situation ?

— Elle est mauvaise, dit l'oncle Henri. À Montrichard, toutes les rues sont encombrées d'automobiles, de cars, et même de roulottes. On ne peut aborder à la place. Des gens campent là près de leurs véhicules. Je ne prendrai plus la Vivaquatre. Toi, tu feras les courses. Au fait, la bécane de Marceau est toujours là. Tu ferais bien de vérifier les pneus.

— Ce sera fait, mon oncle.

— Pour le reste, j'en suis aux bruits qui courent. Le gouvernement s'est replié par ici. Il doit rejoindre Bordeaux. Il paraît que Paris s'est vidé. Un réfugié m'a dit avoir vu des vaches sur le pont de l'Alma. Elles viendraient de la ferme d'Auteuil. On dit que des gens se sont suicidés. Ils ne supportaient plus le malheur qui nous arrive. La fumée noire a disparu. On parle aussi de pillages, d'actes de banditisme. Et les espions de la Cinquième Colonne sont partout. Et les traîtres...

— Ah ! elle est belle la France..., soupira la tante Victoria.

« Elle est belle la France... », Olivier prit la tirade désespérée de sa tante d'une autre manière. Il pensa aux rives de la Loire, aux châteaux, puis à l'Auvergne, aux volcans.

— M. Gondou est venu. Toujours avec son parapluie.

— Le brave homme ! Et que pense-t-il de ce qui arrive ? Les paysans ont souvent du bon sens.

— Il a dit que nous sommes dans la mélasse, que

les Chleuhs vont entrer dans Paris, qu'ils sont en Normandie et qu'ils avancent vers la Loire.

— C'est-à-dire vers nous !

— Hélas ! dit l'oncle Henri. Nous n'avons pas défait toutes les valises. Si nos soldats n'arrêtent pas les... les Chleuhs, comme dit le père Gondou (Olivier pensa que le père Gondou n'avait pas employé ce terme, c'est lui qui avait traduit), il nous faudra repartir vers le Sud. Mais il y a un problème d'essence.

Jusqu'au dessert, une charlotte aux biscuits et aux fruits rouges, régna un silence entrecoupé de soupirs. Même Jami se taisait. Il regardait Olivier comme s'il attendait une parole de lui. Mais son cousin gardait la tête baissée sur son assiette.

Au moment du café, l'oncle annonça :

— Dans les jours, peut-être même dans les heures qui vont suivre, nous aurons à prendre une décision. Je dois réfléchir. Je vais écouter la T.S.F. sans en attendre grand-chose. Sans doute de vagues communiqués. Personne à qui demander conseil.

— Cet horrible Hitler... Ce Mussolini, le César de Carnaval, qui nous poignarde dans le dos. Qui aurait cru cela des Italiens, des gens si charmants ? Tu te souviens, Henri, du voyage à Venise ?

— Les temps heureux sont derrière nous, dit l'oncle. Les Italiens sont à plaindre. J'ai appris qu'à Paris on leur donnait la chasse, on cassait des boutiques. Tout cela est absurde : la plupart sont des gens qui sont venus en France pour fuir le fascisme. Notre sœur latine...

— Je les détesterai toujours moins que les monstres allemands.

— Tous les Allemands ne sont pas des monstres, observa l'oncle Henri. En 14, nous étions déjà ennemis mais aussi compagnons de souffrance. Il y a maints exemples... enfin, c'est du passé. Les causes de la défaite sont simples : quatre-vingts millions d'Allemands qui ne rêvent que de guerre et de conquêtes : leur « espace vital », comme ils disent, et, en face, la moitié moins de Français qui ne rêvent que de tranquillité, de congés payés et de paix. D'un côté de la ligne on s'entraînait au combat, de l'autre on jouait aux cartes ou au football.

— Il y aurait beaucoup à dire, répondit la tante Victoria. Mais ce n'est pas le moment d'épiloguer. Nous irons à l'église et nous prierons pour nos soldats, pour notre patrie.

— Je ne t'imaginais pas si croyante, dit l'oncle Henri.

— Une prière, cela ne fait de mal à personne. Et au point où nous en sommes.

— Moi, j'ai déjà prié, dit Marguerite qui débarrassait la table. La Sainte Vierge...

Olivier cligna de l'œil à l'intention de Jami. Mais l'enfant haussa les épaules. Olivier se souvint que le petit cousin avait reçu une éducation religieuse. Marceau, libre-penseur, ne se serait pas privé de ricaner. Pour lui, après sa phrase malheureuse de la veille, ce n'était pas le moment : « Pour une fois qu'il se passe quelque chose... » Maintenant, des « choses », il s'en passait un peu trop.

— L'essence, l'essence..., dit l'oncle Henri. J'ai bien une idée. Olivier, toi et moi, nous allons commettre une mauvaise action.

— Si nous partons, je ne vois qu'un endroit où aller, dit la tante Victoria.

— Moi aussi, dit Olivier.

— À Saugues, bien entendu, conclut l'oncle Henri. Les envahisseurs n'iront pas jusque-là.

« Chic ! » faillit s'exclamer Olivier, mais il se retint.

Il pensa à la mémé qui vivait seule depuis la mort du grand-père, depuis que le tonton Victor était soldat, seule ? – pas tout à fait, Marceau était là-bas. Il devait aller à la pêche et courir les filles. Il imagina sa grand-mère fréquentant tous les offices à l'église Saint-Médard, parlant le soir à la veillée avec les autres vieilles. Ce devait être un chœur de lamentations dans le patois du pays.

« Une mauvaise action » : que voulait dire l'oncle Henri ? Qu'importe, il lui faisait confiance. Il eut un moment inattendu de tendresse pour ses proches. Ne sachant comment l'exprimer, craignant de ne pas trouver les bonnes paroles et qu'on se moquât de lui, il annonça gravement :

— Moi aussi, je vais faire une prière.

Il se dit que, peut-être, le bon Dieu écoutait même les prières de ceux qui ne croient pas en Lui.

Au plus noir de la nuit, les deux complices, l'oncle Henri et Olivier, quittèrent la demeure. Ils portaient une échelle en bois, deux nourrices à essence, un tuyau de caoutchouc : les instruments de leur méfait. Une stratégie de cambrioleurs.

Après bien des hésitations, la décision avait été prise. Une maison proche, abandonnée par des estivants, était la cible. L'oncle Henri avait bien précisé : il s'agissait d'un emprunt. Il serait restitué quelque jour, d'une manière ou d'une autre. Il n'empêche...

— Nécessité fait loi, dit-il. Nous jouons le tout pour le tout. Devant le danger, pas d'hésitation. Je m'expliquerai plus tard. Ou je serai absous ou un procès me sera fait...

Ce fut Olivier, plus souple, qui gravit les échelons jusqu'au faîte du mur où il se tint à califourchon. Par bonheur, il ne s'y trouvait pas de tessons de bouteilles. Il tira l'échelle pour la placer de l'autre côté, là où grimpait la vigne vierge. L'oncle lui tendit les deux nourrices et le tuyau de caoutchouc.

Un plan des lieux avait été préparé. Fort simple : un garage ouvert sur la droite, plusieurs grands bidons au fond. Guère rassuré, Olivier eut du mal à déboucher l'un d'eux. Il trouva le secours d'une clé anglaise. L'extrémité du tuyau glissa dans le liquide. Il aspira et, quand l'essence vint dans sa bouche, la fit couler dans l'un puis l'autre récipient. Il tendit bientôt les nourrices à son oncle qui alla faire le plein de la Vivaquatre. Puis il revint avec, cette fois, en plus des nourrices, un tonnelet qui avait contenu du vin. Le transport fut plus difficile : la bonde fermait mal. Une demi-heure suffit pour exécuter le forfait.

Ils se retrouvèrent dans la cuisine. Olivier ne cessait de se rincer la bouche sous le robinet. L'oncle Henri déboucha une bouteille de vouvray. Ils trinquèrent en silence. Olivier sourit et dit :

— Cette fois, je suis un vrai cambrioleur ! Bon pour la prison et le bagne...

— Une habitude à ne pas prendre, dit l'oncle. En attendant, tu es un vrai monte-en-l'air !

— Arsène Lupin !

— Musidora ! (Et l'oncle ajouta :) Comme quoi les circonstances font d'un honnête homme un malfaiteur.

— J'aurais pu cambrioler toute la baraque. Oh ! après tout, ce n'est qu'un peu d'essence.

— Nous voilà complices ! Mais c'est une bonne chose de faite. Sur ce, au lit !

— Oui, au pageot ! conclut Olivier.

Le lendemain, le père Gondou apporta les nouvelles. Il brandit son parapluie comme une arme et annonça :

— Les troupes allemandes sont entrées dans Paris. Sans combat. Les nôtres essaient de les contenir sur la Loire. Qui sait s'ils ne seront pas bientôt ici ?

Olivier serra les poings. L'oncle Henri sortit son portefeuille et tendit des billets au jardinier. Qu'il rentre chez lui. Le jardin pourrait attendre. Quelle importance désormais !

— Aujourd'hui, préparons le départ. Demain matin, j'irai chercher le petit chez la nounou. Et en route ! Je vais tracer un itinéraire sur la carte. Sans doute Loches, Châteauroux, Guéret, Clermont-Ferrand... Avec Jami en plus et toute cette essence, je me demande comment nous allons tenir dans l'auto.

Olivier annonça :

— J'ai une idée !

— Le Ciel nous préserve de tes idées, dit sa tante.

— Bon, je ne dis plus rien.

— Et il se vexe, en plus. Eh bien ! dis-la, ton idée.

— Voilà, dit Olivier. Il y a la bicyclette de Marceau. Je peux la prendre pour faire le voyage. Et Marceau, à Saugues, sera content de la retrouver.

— Il est toc-toc ! dit Marguerite.

— Et toi, tu yoyotes de la touffe ! jeta Olivier oubliant le beau langage. Un de moins dans la bagnole. Vous pourrez mettre des trucs en plus...

— Ce n'est pas si bête, dit l'oncle Henri, mais la route est longue...

— Un jour, avec Lucien nous nous sommes tapé quatre-vingts bornes aller et retour pour Nesles-la-Vallée. Et lui avait un vélo de course, moi la bécane à freins sur moyeu. C'est rien ! Je suis un type dans le genre d'Antonin Magne et de Leducq...

Du regard, Olivier quêta l'approbation de son oncle. Depuis l'expédition de la nuit, ils se comprenaient. L'oncle pensa qu'Olivier avait un désir de liberté. Il dit :

— Au fond, à y bien réfléchir, ce n'est pas une mauvaise idée. Mais il faudra faire attention. Tu prendras la carte routière. Et il faudra t'équiper.

— Merci, mon oncle.

La journée fut consacrée aux préparatifs. Olivier ne songeait qu'à la bicyclette. Il la vérifia, graissa la chaîne, fixa les patins des freins, gonfla les pneus. Dans la sacoche, dans la trousse fixée au guidon, il trouva des rustines, de la dissolution, des démonte-pneus et même une chambre à air de réserve. C'était un instrument solide, lourd, de la marque Automoto avec des pneus demi-ballon et un changement de vitesse.

Marguerite, sur l'ordre de la tante Victoria, lui apporta des boîtes de conserve, du pâté et des sardines. Olivier noua sur le porte-bagages une couverture et un poncho imperméable, puis son sac tyrolien. Il roula jusqu'au pont sur le Cher pour un essai. Il tourna à droite pour se rendre à la petite plage déserte. Là, il vit Vouna qui, au contraire de son habitude, ne souriait pas de ses belles dents blanches.

— Vouna, Vouna !

— Te voilà, toi. C'est bien fini, la plage...

— Oh ! ça reviendra. Si les Chleuhs arrivent, on se tire, moi en vélo ! Tu en fais une tête. Allez, champion des champions, perle du Sénégal, tu me fais risette !

— Risette, tu parles qu'on peut faire risette ! Moi je monte la garde. J'ai un fusil de chasse. Je te jure bien que pas un Fritz ne passera le pont !

— Tu rigoles !

— C'est eux qui vont rigoler. Allez, laisse-moi. Je veux être seul.

Olivier le quitta sur un salut qu'il voulait désinvolte. Peut-être l'histoire locale l'a-t-elle retenu : quelques jours plus tard, Vouna, à l'approche de motocyclistes allemands, tirait en l'air et donnait un ordre de repli. On retrouverait son cadavre troué de balles contre le parapet du pont. Ainsi, dans le monde de la débâcle, y eut-il, auprès de lâchetés et de méfaits, quelques actes absurdes et grandioses.

Après avoir quitté Vouna, Olivier rendit visite à la dame qui gardait Jami. Celui-ci s'ennuyait. L'école était fermée. Olivier lui annonça qu'on viendrait le chercher dans la journée. Oui, départ pour Saugues. « Chouette ! » dit Jami, et Olivier ajouta : « Vachement chouette, oui ! Et moi, je pars à bicyclette. Parfaitement, monsieur ! »

La dame lui offrit de la citronnade, puis elle commença à réunir les vêtements de son locataire. Quand Olivier revint à la villa, des valises encombraient le couloir. L'oncle Henri expliqua à son épouse qu'il avait retrouvé de l'essence qu'il gardait par précaution dans la cave, ce qu'il avait oublié.

— Henri, tu penses à tout !

Regard vers Olivier. Puis l'oncle l'attira dans la salle à manger. Il sortit son portefeuille et tendit plusieurs billets de banque.

— C'est trop ! dit Olivier.

— Ne te prive pas. Si en route tu trouves de bons petits restaurants, régale-toi.

— Merci, mon oncle.

Sans doute sa tante croyait-elle qu'il partait à bicyclette pour rendre service. L'oncle avait deviné que c'était pour son plaisir.

— Je peux partir tout de suite, proposa-t-il.

— Non, dit l'oncle. Après notre expédition de la nuit dernière – quelle histoire ! –, tu as besoin de passer une autre nuit plus calme, avec un bon sommeil. Après, tu seras en grande forme pour la traversée de la France. Tu seras prudent. Prends de petites routes et ne parle à personne. Surveille bien ta monture. Nous nous retrouverons à Saugues et tout ira bien.

— Comme sur des roulettes ! conclut Olivier.

La nuit fut moins bonne qu'on ne s'y attendait. Elle fut même la plus effroyable dont Olivier garderait le souvenir. Par elle, il serait un autre. Il franchirait le mur séparant l'enfance de l'âge d'homme. Il verrait désormais le monde d'une autre manière.

Ils furent réveillés par les bruits de la guerre. Les Allemands seraient-ils déjà là ? Combattait-on dans Montrichard même ? Une série d'explosions, des cris lointains, des appels. En peu de temps, toute la famille se retrouva sur la route, à demi vêtue. D'autres personnes sortaient des villas. Des rumeurs commençaient à circuler quand un motocycliste apporta des nouvelles :

— C'est un bombardement aérien. Les Ritals, sans doute. Ils ont lâché des bombes sur la place. Tout flambe !

— Jami ! cria la tante Victoria.

Ils partirent en courant vers le centre de la ville. À mi-chemin, ils trouvèrent la nounou et Jami. Ce fut un soulagement. La maison n'avait pas été touchée. La tante Victoria en larmes serra Jami contre elle. Ils firent demi-tour. À l'exception de l'oncle Henri qui dit à Olivier :

— Allons voir. On a peut-être besoin de nous...

Il faudrait des mots, tant de mots pour tenter de montrer, décrire l'atrocité, l'arrachement des corps, l'horreur. La peste allait s'étendre sur toute la planète. Des temps barbares dont un jeune garçon comme Olivier ne pouvait avoir le soupçon. La lâcheté, le crime et la fuite, l'agression contre qui ne peut se défendre. Des assassins dont on ferait des héros décorés.

L'aviation ennemie avait choisi pour cible cette place de village où les automobiles des réfugiés agglutinées, des campements précaires avaient été installés. Et, sous les bombes, tout flambait, explosait, hurlait, la chair, le sang, le métal, l'essence. Des gens arrivaient de partout. Déjà les autorités, gendarmes, pompiers, municipaux, barraient du mieux possible les accès à l'enfer. Tant que se poursuivaient les ravages, on ne pouvait guère songer à des sauvetages.

On entendait des cris de souffrance et d'agonie, les lamentations d'enfants logés chez l'habitant et devenus sans famille, des hurlements hystériques ponctués par des explosions de moteurs. Des êtres brûlés, ensanglantés qui rampaient hors du brasier étaient recouverts de linges mouillés, évacués vers une ambulance ou une camionnette. On entendait des ordres : « Restez à l'écart ! Ne gênez pas ! Des hommes pour aider les pompiers ! Rentrez chez vous ! »

— On ne peut rien faire, dit l'oncle Henri.

— Restez quand même, dit un pompier. Quand tout sera éteint, nous aurons besoin de volontaires.

— Les salauds ! les salauds ! cria une femme en brandissant le poing vers le ciel.

Un prêtre en soutane tenait un goupillon à la main comme si l'eau du baptême pouvait éteindre le feu du diable. Des gens sanglotaient. Olivier se sentit envahi par un sentiment nouveau : la haine.

On regardait vers le ciel. Qui sait si les assassins ne reviendraient pas ?

— Olivier, rentre à la maison ! ordonna l'oncle Henri.

— Non ! Je reste.

— Ne regarde pas. Tu es trop jeune. Moi, je vais donner un coup de main dès qu'on le pourra.

— Moi aussi, dit Olivier, les dents serrées. Il y a d'autres jeunes...

Il fallut attendre que la pompe à incendie et toutes sortes de récipients refroidissent de leur eau les carcasses fumantes. Un barrage de cordes fut tendu autour de la place.

Comme si tout devait s'apaiser sur un ordre secret, il s'étendit un silence de prière. Les porteurs de secours – mais quels secours quand tout était calciné ? –, la gorge sèche, s'exprimaient par gestes, par signes. Quelques survivants, fort peu, des agonisants avaient été emmenés. Il ne restait que des morts, des membres arrachés.

L'oncle Henri, muni d'une barre de métal, aidait à ouvrir les portes des véhicules. À l'intérieur, le spectacle d'êtres humains devenus des blocs noirs comme du charbon de bois. Près d'Olivier, un homme vomit et dit : « Quand je pense que je suis boucher... »

On voulut écarter deux femmes qui apportaient leur aide. Quelqu'un dit : « Ce n'est pas un spectacle pour les dames ! » La réponse fusa : « Imbécile ! je suis infirmière. »

Olivier reconnut des hommes qu'il avait croisés

dans le village ou au café. Dans un état vague, comme si ce n'était pas lui qui agissait mais un autre, il tirait des draps mouillés, les étendait et ramassait des membres épars qu'il portait vers une ruelle qu'on avait barrée, cachée avec des bâches. Était-ce lui qui tenait dans ses bras une jambe comme on porte un nouveau-né ou un autre lui-même surgi du cauchemar ? Il touchait des chairs mortes, le sang le souillait.

— Olivier ! Olivier !

Il tressaillit, revint à la réalité, sentit la nausée l'envahir. Qui l'appelait ? Il revit sa mère morte près de lui, son père allongé dans une bière avec ce costume du dimanche qu'il ne portait jamais, cette cravate noire de son propre deuil et cette grosse alliance qu'on retira de l'annulaire.

— Olivier ! Rentrons. On n'a plus besoin de nous...

C'était l'oncle Henri, hagard, et comme ayant perdu sa haute taille.

— Oui, mon oncle.

Il ajouta sans savoir pourquoi, peut-être parce qu'il avait désobéi : « Pardon, mon oncle ! »

Ils retrouvèrent la villa où la tante Victoria et Marguerite avaient préparé du café, des tartines, mais auparavant il fallait se laver de ce sang des inconnus, des martyrs qui rougissait leur peau.

Deux

Malgré la fatigue, l'écœurement, ils devaient partir, fuir les envahisseurs. Les troupes françaises se repliaient. Les soldats harassés se traînaient, le fusil à l'épaule, la crosse en l'air. On les questionnait. Ils répondaient à peine. Un officier à motocyclette cria : « Rentrez chez vous ou partez... Ils arrivent. »

La famille dans la Vivaquatre, Olivier sur sa bicyclette, ils partirent en même temps. Jusqu'au pont sur le Cher, il put suivre l'automobile. Bientôt elle le distança. Marguerite et Jami lui adressèrent des signes par la vitre arrière. Il ressentit un soulagement. Il restait seul. Il lui fallait cette solitude.

Son pantalon de golf troqué contre un short, une chemisette blanche, un blouson de suédine, des sandales : son vêtement. Il aurait dû prendre un couteau ou un canif. Cet oubli n'était pas digne d'un fils de Saugues où on ne se sépare pas de son Opinel ou de son Laguiole. Saugues, Saugues au bout du chemin...

Après quelques kilomètres, il s'essouffla. La fatigue de la nuit se faisait sentir. L'air frais chassait les miasmes. Il ne voulait plus se souvenir. Il n'avait pas vécu ces heures horribles. Un cauchemar effacé par le jour. Il était libre. Comme au temps de la rue Labat. Il pouvait rouler lentement ou plus vite à son gré. Il prendrait tout son temps. Il avait choisi de petites routes. Plus d'encombrement. Comme si les fuyards s'étaient évaporés. Pour atteindre Châteauroux, il passerait par Écueillé, puis Buzançais. C'est là qu'il s'arrêta.

Ce village lui plut. Il fit connaissance de l'Indre, un fleuve calme où l'eau semblait dormir derrière les digues des moulins. Il parcourut ses bords, quitta sa bicyclette, ôta sandales et chaussettes et baigna ses pieds, les agitant, créant des remous. Comme il avait soif, il s'allongea à plat ventre et but l'eau fraîche avant de tremper sa tête.

Il sommeilla, puis il eut faim. Il sortit une boîte de sardines et s'aperçut qu'il ne possédait pas de clé pour l'ouvrir. Cela le fit rire. Il essaya avec un démonte-pneu. Rien à faire. Il reprit sa bécane et la conduisit à la main en la tenant par le milieu du guidon. Il actionna la sonnette et ce grelot lui fit plaisir.

Au centre du village, il trouva une boulangerie où il acheta une grosse boule de pain. Plus loin, dans une quincaillerie, d'autres emplettes : un couteau de cuisine, une clé à sardines, un ouvre-boîte de conserve. Il revint au bord de l'eau pour casser la croûte. Le pain était savoureux. Il trempa la mie dans l'huile des sardines. Pour la boisson, rien de plus facile : le fleuve. Il aurait dû acheter un bidon. Il se dit qu'il était « bourré de fric », un richard, un rupin.

Où dormir ? Il avait décidé de camper dans la nature, par exemple dans une forêt. Et si, pour la première nuit, il s'offrait une chambre dans une auberge ou un hôtel ? Il lui sembla qu'il n'avait pas dormi depuis longtemps. Il parcourut la rue Grande et trouva ce qu'il cherchait, le café du village.

En cette fin d'après-midi, il n'y avait pas grand monde. Sans doute les gens venaient-ils plus tard pour l'apéritif, les dés ou la belote. La tenancière, derrière son zinc, était une grosse dame blonde, du sourire sur le visage. Il la salua poliment, demanda s'il pouvait avoir un café crème. On le lui servit dans un grand verre. Olivier regardait vers la porte, surveillant sa bicyclette.

— Vous pouvez la rentrer, dit la dame, il y a assez de place.

Il remercia. La machine à l'abri, il finit de boire son café crème. Un homme avec de grosses moustaches entra et commanda un blanc sec. Il dit à Olivier :

— Alors, comme ça, tu es un réfugié ? Tu viens du Nord ?

— Non, je suis parisien. De Montmartre.

Le bonhomme expliqua que son neveu était cheminot à Villeneuve-Saint-Georges. « Je connais ! » dit Olivier.

— J'aime mieux vivre ici qu'à Paris. Même si on gagne pas gras. Tu as vu le Pavillon des Ducs, c'est notre plus beau monument.

— Oui, dit Olivier qui avait aperçu une bâtisse avec des tours.

— Où allez-vous avec votre bicyclette ? demanda la dame.

— En Haute-Loire chez ma grand-mère.

— C'est pas la porte à côté. Mais à votre âge on a de bonnes jambes.

Peu à peu, la salle se remplissait. Des gens du

village. Ils se connaissaient tous, échangeaient des plaisanteries, réclamaient le tapis et les cartes, le cornet et les dés, les jeux de dames ou de jacquet. Une odeur sucrée d'apéritifs se répandait. Une jeune fille aux joues rouges aidait la patronne. La guerre paraissait lointaine. Pourtant certains visages montraient de la préoccupation. La gaieté paraissait de commande.

Olivier profita d'un moment de calme pour demander à la tenancière :

— Vous n'auriez pas, par hasard, une chambre à louer ? J'ai de quoi payer.

— Hélas ! mon pauvre. Je n'ai que deux chambres et je les ai louées à des Belges.

Le premier arrivant, le moustachu au blanc sec, intervint à voix haute :

— Y aurait-il pas quelqu'un qui pourrait loger ce pauvre gars pour la nuit ?

— P't-être ben moi, dit un homme gros et jovial, mais c'est pas du grand luxe. Une piaule au-dessus du garage. Pas d'eau courante. La cuvette et la cruche. Pour faire, faut aller dans la cour... Mais y a un bon lit, pour ça oui, y a un bon lit !

Olivier remercia. Son hôte était charcutier. Il demanda le prix de location, mais il lui fut répondu :

— On verra plus tard. En attendant, viens boire un coup. Tu sais jouer à la belote ? Il nous faut un quatrième...

— Et comment ! dit Olivier.

En fait, il ne jouait pas très bien. Son partenaire le lui reprocha : « Tu as une tierce et tu ne l'annonces pas... Je te fais un appel à cœur et tu joues pique... Tu te défausses au mauvais moment... Tu aurais pu faire deux plis et que dalle... »

Olivier admit ses erreurs. Certes, il jouait mal, il se montrait distrait, traversé par des pensées et des images qui se confondaient. En peu de jours, il s'était passé tant de choses : la route de l'exode, un univers en haillons, et, la nuit précédente, le drame qu'il tentait d'oublier.

La patronne remplit les verres. La servante apporta des pots de rillettes, du saucisson, du jambon, du pain.

« Ces gens-là sont heureux ! » pensa Olivier.

Il se dit que les Allemands approchaient. Oublieraient-ils les villages et les bourgs, ne prenant que les grandes villes ? Il désirait quêter des nouvelles mais il ne l'osait pas. Comme s'il était inconvenant d'y faire allusion.

La soirée se prolongea. Des femmes tapaient à la vitre pour rappeler quelque père de famille à ses devoirs. Il se levait alors et disait : « C'est pas tout ça... » ou : « Quand faut y aller, faut y aller ! »

Lorsqu'un monsieur vêtu d'un élégant costume de chasse qui lui donnait une allure de gentleman-farmer entra dans la salle, tous se tournèrent vers lui. Il quitta sa casquette à carreaux, la passa sous son bras et salua de la main. On entendit des « Bonjour, monsieur le maire » tandis que certains l'appelaient par son nom ou son prénom. Il étendit sa main devant lui dans un geste semi-circulaire et l'on attendit qu'il parlât. Après une toux pour s'éclaircir la voix :

— Chers amis, dit-il, je requiers toute votre attention. Notre tambour de ville a été mobilisé, je le remplace. J'apporte une nouvelle importante, mais peut-être avez-vous pris l'écoute de la T.S.F.

— J'ai essayé, dit la patronne, mais avec les parasites et le boucan, je n'entendais rien et j'ai renoncé.

— Je serai donc le porteur de nouvelles. Bonnes ou mauvaises ? Au point où nous en sommes, je ne sais que dire. Voilà : cela tient en une phrase, pas plus. Écoutez bien : le maréchal Pétain, président du Conseil en remplacement de M. Paul Reynaud démissionnaire, a demandé aux forces adverses l'armistice. Oui, l'armistice !

Un silence suivit. Olivier observa les mouvements divers. La plupart se taisaient. Quelques-uns chuchotaient à l'oreille de leur voisin. On devinait un état d'hébétude, de consternation, une longue réflexion mesurée, patiente, à la paysanne. Tous les regards se tournèrent vers le maire comme pour demander une explication.

— Oui, chers administrés, l'armistice, la fin des combats.

Olivier entendit des soupirs, devina de la tristesse et, en même temps, une impression de soulagement. Comme s'ils étaient délivrés d'une responsabilité, d'une anxiété. Des phrases se heurtèrent :

— L'armistice, ce n'est pas le traité de paix... Je suis sûr que le vieux maréchal, malin comme il l'est, leur jouera un tour à sa façon... Enfin, quelqu'un prend les choses en main... Vous allez voir ce que vous allez voir... Il a parlé, le Maréchal ?

— Oui, il a parlé. Il a fait une annonce solennelle. Je peux seulement la résumer. On l'entendra sans doute de nouveau à la T.S.F. ou on la lira sur des affiches. En gros, voilà ce qu'il a dit : à l'appel de

Lebrun, il prend la tête du gouvernement, il félicite l'armée qui a tenu tête à un adversaire supérieur en nombre. Il exprime sa sollicitude envers les réfugiés, il annonce qu'il faut cesser le combat. Enfin, il fait le don de sa personne à la France pour atténuer son malheur...

— Ben, ça alors..., dit quelqu'un, ça m'en bouche un coin ! On peut dire ouf !

— On va boire un coup à la santé du Maréchal.

Quelqu'un ricana, puis se mit à tousser pour effacer l'effet scandalisé produit.

— Encore autre chose, dit le maire. J'ai des nouvelles de la capitale. Tout se passe bien. Dans le calme. Certes, ils ont mis des drapeaux partout avec la croix gammée. Ils ne font de mal à personne, ils sont corrects, on dit même qu'ils aident les gens en difficulté.

— Allons, monsieur le maire, ce ne sont pas des anges ! dit le moustachu au blanc sec.

— Que voulez-vous que je vous dise ? Je rapporte ce que j'ai appris. C'est moins pire que ce qu'on redoutait. On nous a raconté bien des bobards. Je crois que les gens des grandes villes auraient pu rester chez eux... Sur ce, chers amis, je rentre à la mairie où mes devoirs m'appellent. J'ajoute que si les Allemands arrivent ici, vous vous enfermez chez vous. Pas d'actes inconsidérés. Ce serait de la désobéissance.

— Un homme à poigne ! dit le charcutier sans qu'on sache s'il s'agissait du maire ou du Maréchal.

— Et voilà le travail ! jeta un ancien de 14. Nous, on les aurait arrêtés, les Boches.

— Avec deux millions de morts. Cette fois, il y

en aura beaucoup moins. C'est déjà ça, dit la tenancière.

— On croirait vraiment, dit le vieux, que nous n'avons pas reçu la déculottée. Et c'est encore un de 14, Pétain, qui prend les choses en main. S'il n'était pas là...

Les discussions se poursuivirent longtemps.

Le charcutier fit signe à Olivier qui sortit sa bicyclette. Dehors, l'homme demanda s'il reprendrait la route. Et par où ? Olivier dit : d'abord Châteauroux, puis Argenton-sur-Creuse, Dun-le-Paletot, Guéret...

— Avant Châteauroux, renseigne-toi. Les Fritz sont peut-être déjà là. Et tout ce que raconte notre maire, j'y crois sans y croire.

La dame charcutière, rose et tendre, avait préparé un solide dîner. Olivier s'émerveilla de l'appétit de ses hôtes. Il fit de son mieux pour les suivre sans y parvenir. Heureusement, ces personnes étaient des couche-tôt. Il eut la surprise de découvrir une chambre charmante, les murs recouverts de papier peint imitant la toile de Jouy, des napperons en dentelle à foison et de charmants tableaux de nature.

Comme son mari, la dame dit que ce n'était pas du « grand luxe ». Olivier trouva le compliment qu'il fallait. La cruche d'eau était pleine. Dans la table de chevet, le vase de nuit traditionnel dont il ne se servirait pas, préférant descendre dans la cour. Une lampe de chevet à abat-jour rose. Il pourrait lire un poème de Baudelaire avant le sommeil et se le réciter en s'endormant.

Le lit ? Une merveille de lit à l'ancienne avec des matelas superposés, un édredon rouge comme dans un poème d'Apollinaire, un couvre-lit au crochet. Il écarta draps et couvertures, procéda à l'ascension, s'allongea et eut l'impression que son corps s'enfonçait dans cette couche tendre comme dans un moule. Il n'eut pas le courage de se lever pour prendre le livre dans son sac. Il murmura : « Quelle aventure ! » et s'endormit aussitôt pour ne s'éveiller que longtemps après le chant du coq.

Il se lava du mieux qu'il put et se regarda dans la glace. Il n'avait pas pensé à emporter des objets de toilette. Pas de peigne. Heureusement, il trouva une brosse, du savon, des serviettes. Il aurait dû se munir d'un rasoir, non que sa jeune barbe fût fournie mais tout de même ! Il se dit qu'un peu de poil le vieillissait, lui donnait de l'assurance. Il en avait assez d'être pris pour un enfant. Selon son habitude, il se tira la langue devant le miroir. Il arrangea tant bien que mal draps, couvertures et édredon. Satisfait, il jeta son sac sur son épaule et rejoignit ses hôtes.

Après un échange de politesses sur la qualité du sommeil de chacun, il but du café dans un énorme bol avant le casse-croûte, charcutaille, fromage et vin blanc. Sur le départ, il demanda ce qu'il devait. Sa proposition fut écartée. « Trop heureux de rendre service à un réfugié... » Il se confondit en remerciements, en promesses de se revoir quand tout se serait apaisé. « Putain de guerre ! » dit le charcutier.

Olivier avait fixé le changement de vitesse sur le braquet moyen. Il n'osait pas en changer, craignant de faire sauter la chaîne. Il appuya son pouce sur les pneus. N'étaient-ils pas trop gonflés ? Il verrait plus tard, au moment de la chaleur. Il se sentit partagé entre l'appréhension et une sorte d'allégresse. Un léger souffle de vent semblait le pousser.

Il regardait tout pour en garder l'image. Les champs, les prés, les bois, les animaux de ferme et ceux qui volaient dans le ciel, l'herbe sur le bord de la route, les maisons de pierre, les cabanes de bois lui parurent admirables. Ils effaçaient le souvenir abominable, tous les mots entendus, la suite des événements devenus absurdes. Il se sentait le maître de son corps, de ses membres qui répondaient à ses appels. Et comme la route était déserte aux petites heures, il sut que le monde lui appartenait.

Il récita : *« Mon enfant, ma sœur... »* puis il se mit à chanter toutes les chansons de Charles Trenet qu'il connaissait : *« Je chante, je chante soir et matin, je chante sur mon chemin... Bonjour, bonjour les hirondelles... »* Oui, la route était enchantée et il y avait de la joie.

Plus tard, il s'arrêta sur le côté pour laisser passer un convoi militaire qui se repliait. La guerre continuait donc. Un soldat, à l'arrière d'un camion bâché, lui fit un signe de la main. Il paraissait aussi jeune que lui et triste, si triste.

Il pensa que les siens devaient être arrivés à Saugues. Bientôt ils s'inquiéteraient de lui. S'il avait eu trois ans de plus, sans doute serait-il à la place de ce jeune soldat. La maladie avait dispensé Marceau de l'armée. S'il guérissait, peut-être lui aurait-elle sauvé la vie. Et le tonton Victor, où était-il ? Peut-être replié sur Saugues. Et le cousin Jean, auprès d'Élodie, à Saint-Chély-d'Apcher ? Il irait les voir en prenant le car du Puy.

La bicyclette était lourde, les côtes difficiles à gravir. Il mettait souvent pied à terre. Il avait tout son temps. Il murmura : « Vive la liberté et les pommes de terre frites ! »

Une pause était nécessaire. La forêt proche l'accueillit. Il choisit le plus gros arbre pour s'asseoir sous son ombrage, le dos contre le tronc, les pieds calés par une pierre. Il pensa à Robin des Bois.

Sa joie fut de courte durée. Il ressentit une envie de pleurer non sur lui-même mais sur les hommes, les femmes, les enfants. Ils étaient tous des victimes, des feuilles ballottées par le vent. Aucun n'était maître de sa destinée, ni même de sa vie quotidienne. D'autres décidaient pour eux. Olivier aimait les gens. Il revit l'image de tous ces êtres de la politique, il entendit des phrases : *« Le Français ne cédera pas un pouce de son territoire... Elle est finie, la semaine des deux dimanches... Je fais le don de ma personne... Un repli élastique... »* Tout lui parut redondant, absurde. Et tous les quarts de siècle, ces garçons jetés vers la mort. Ces dirigeants avaient fait des discours, s'étaient agités, et il avait suffi d'un fanatique, d'un fou pour mettre tout à feu et à sang.

Puis Olivier se dit qu'il ne comprenait rien à tout cela. Le tonton Victor était réputé pour bien ferrer les chevaux. Le cousin Jean aimait dire : « Moi ? Je fais mon petit boulot tranquille... » Tous, la tenancière et son bistrot, les joueurs de cartes, le charcutier et sa charcutaille, tous, il les aimait. Et Vouna qui voulait arrêter les Allemands à lui tout seul. Et la place de Montrichard où brûlaient les martyrs.

Dans cette forêt paisible, Olivier se sentit envahi par un vacarme. Il serra les poings, puis se mit à gémir pour ne pas hurler à la mort comme un loup.

En route ! Il avait hâte de revoir Marceau, son cousin, le malheureux, le tuberculeux, le poitrinaire, le phtisique, comme il disait de lui-même en se moquant, mais aussi le seul à qui il pût se confier, le seul qui, entre deux sarcasmes, pouvait répondre à ses questions.

Quand il dépassa un groupe de soldats en fuite, l'un d'eux s'accrocha à son porte-bagages et hurla : « Donne-moi ce vélo, petit con ! » Un de ses compagnons le tira en arrière. « Laisse ce gosse tranquille ! » Ce gosse... Il pédala un peu plus vite mais se retourna pour brandir le poing. Il était capable de se défendre tout seul. Il se sentait fort. Rue Labat, dans les bagarres de rue, il avait souvent le dessus. Se méfier, il fallait se méfier de tous, avaler les kilomètres, rejoindre l'Auvergne.

Dans son portefeuille, il gardait les billets de l'oncle Henri. Il ne dépenserait plus rien. Ou presque. Il pourrait rendre cet argent. Il dormirait à la belle étoile en attachant la précieuse bicyclette à son poignet. Il se remit à fredonner : *« Une étoile m'a dit, deux étoiles m'ont dit : connais-tu le pays du rêve... »*

Aux approches de Guéret, Olivier vit une villa en flammes. Bombardement ? Incendie accidentel ? Il ne le saurait pas. Dans la pente, il ne ralentit pas son allure, mania la sonnette et donna de la voix pour écarter les gens. Il roula sur des gravats, des cendres fumantes. Il pédala de plus en plus vite comme un malfaiteur en fuite. Il ne voulait plus voir le feu.

Pas d'arrêts dans une grande ville. *« Fuir, là-bas, fuir... »* Il n'emprunterait plus que des chemins, ceux qui raccourcissent ou qui allongent la route. Qu'importe s'il s'égarait ! Tant pis pour Aubusson, ville au nom célèbre qu'il supposait plus vaste qu'elle n'était. Il dépassa même Felletin pour contourner le plateau de Millevaches, nom qui l'amusait.

Son pneu avant se dégonfla. Il porta sa lourde bécane, le cadre sur l'épaule, les pédales lui égratignant les jambes, à l'écart. Il apercevait trop de fuyards, ceux de l'armée française. Ses compatriotes lui faisaient peur. Isolé, il constata le dégât : un clou fiché dans le pneu. Avait-il roulé sur une planche ? Il fit des plaisanteries pour lui tout seul : « Je suis crevé, non, j'ai crevé... Un clou dans mon clou... » La bicyclette appartenait à Marceau et non à lui. À Saugues, son cousin la récupérerait.

Il effectua les gestes nécessaires, arracher le clou, dégager la chambre à air, frotter autour du trou avec le grattoir courbe, et puis la dissolution, la rustine, avec méticulosité. Cela lui prit du temps. La pompe fonctionnait mal. La valve était tordue et l'air entrait lentement. La réparation faite, un épouvantail lui fournit un chiffon et il nettoya la machine, la graissa, la soigna comme un cavalier sa monture.

Il grignota du pain, eut soif mais ne trouva pas d'eau, pas un ruisseau, pas un ru, rien qu'un pré qui sentait l'herbe coupée. Il décida de ne pas attendre le coucher du soleil pour prendre du repos. Après tout, il pouvait rouler de nuit, la loupiote fonctionnait. La bicyclette sur l'épaule, pour éviter une nouvelle crevaison, il s'enfonça dans la campagne. Des martinets fendaient l'air. Un lapin s'enfuit à son approche. Des grenouilles sautaient dans une rase.

Il vit une bouteille enfoncée dans l'eau vaseuse. De la boisson mise à rafraîchir ? Une canette de bière facile à décapsuler. Il fit couler du liquide dans le creux de sa main, le goûta. Il reconnut le goût du coco, de l'antésite. La marchande de bonbons à côté de l'école de la rue de Clignancourt en vendait de minuscules boîtes : une poudre à mélanger à l'eau mais qu'on léchait du bout de la langue. Il but une bonne goulée. Il reboucha la bouteille et la remit en place.

Derrière une rangée d'arbres, il aperçut un tas de foin recouvert d'une bâche. Il chantonna : *« Couché dans le foin avec le soleil pour témoin... »* Une couche lui était offerte.

Il cacha la bicyclette dans l'herbe. Il grimpa sur le tas de foin, s'allongea, prit la bâche pour couverture, regarda le ciel. La joie l'envahit. Il pensa à Jami qui, chaque soir, faisait une prière avant de s'endormir : « Petit Jésus, bénissez mon papa, bénissez ma maman... » Le bon Dieu voyait-il la folie des hommes ? Non, il devait avoir autre chose à faire. Olivier ne savait pas prier. Pourtant une pensée le traversa et il murmura : « Si tu existes, arrête ces conneries ! » et soudain, à voix haute, il s'écria : « J'ai le plus grand lit du monde ! »

Il fut éveillé au petit matin par un bruit de charrette, le hennissement d'un cheval, une voix : « Ho ! Ho ! » Il se laissa glisser du tas de foin. Il entendit :

— Qu'est-ce qu'il fait là, ce vagabond ? Un peu plus et la fourche lui piquait le cul ! Qui que t'es, toi ?

C'était une femme. Sans doute venait-elle charger le foin. Olivier se frotta les yeux, chercha une explication... Cette femme était grande, massive, plutôt belle malgré des traits durs, presque masculins. Elle portait une chemise d'homme ouverte sur le pli de seins énormes dont on apercevait les pointes à travers le tissu.

— Excusez-moi, madame.

C'est tout ce qu'il trouva à dire. La femme éclata de rire, les mains sur les hanches.

— Excusez, qu'il dit. De quoi ? T'as pas mangé l'herbe, non ? J'ai compris. Un réfugié de plus...

— Non, dit Olivier, je voyage...

Réfugié : il se souvint de la femme du pâtissier de Saugues, Anglade, un ami de son père. Au moment de la guerre de 14, elle était venue du Nord et était restée. La grand-mère, en patois, l'appelait *la Réfugiade*, ce qui voulait dire qu'elle n'était pas du pays.

— Donne-moi donc un coup de main, dit la femme, prends la fourche.

— Avec plaisir, dit Olivier.

Il saisit la fourche, l'enfonça et ramena quelques brins de foin qui s'échappèrent. La femme rit de nouveau :

— Ah ! tu sais t'y prendre, toi ! Tu ne serais pas parisien ?

— Exactement, dit Olivier, mais j'ai vécu à la campagne.

— On ne le dirait pas. Donne-moi cette fourche.

Elle enfonça l'instrument dans le foin, avec habileté, tournant et retournant par à-coups et, bientôt, elle éleva au-dessus de sa tête une énorme fourchée qu'elle jeta dans la carriole.

— Au lieu de me regarder, place-toi devant le cheval pour qu'il ne bouge pas.

Un gros cheval de labour. Olivier lui offrit une poignée d'herbe et, tandis que l'animal mâchait, il lui caressa les naseaux, doux comme du velours.

— Les chevaux, ça me connaît, dit-il. Mon oncle est maréchal-ferrant !

Elle ne l'entendit pas. Le tas de foin baissait. La fourche allait et venait. Elle saisit un râteau de bois et réunit les brins. Elle essuya son visage, son cou, son buste avec un vaste mouchoir à carreaux.

— Attention ! ma bécane...

Il sortit la bicyclette de sa cache. La femme rit de nouveau. Sans raison. Olivier la trouva bizarre.

Le travail achevé, elle lui proposa de le suivre. Ils prendraient le café à la maison. Olivier fut invité à jeter sa bicyclette sur le foin, dans la charrette. Elle conduisit le cheval par la bride. Il marcha près d'elle. En chemin, elle expliqua que, son homme mobilisé, elle était seule à s'occuper de la ferme. Olivier exprima le souhait que son mari la rejoignît bientôt. Il parla de l'armistice. Elle s'arrêta un instant, lui tâta les biceps et affirma qu'il était plutôt costaud. Ciel ! allait-elle l'engager comme valet de ferme ?

— Il faudra que je reparte, dit-il, ma grand-mère m'attend. Et aussi ma tante, mon oncle...

— Toute la famille, quoi ! Et tes parents ?

— Je suis orphelin.

Elle le regarda de côté, approuva de la tête comme si cette condition expliquait sa présence.

La ferme n'était pas éloignée. La charrette arrêtée près de la grange, Olivier pénétra dans la cour. Il regarda le tas de fumier, l'enclos avec les poules et leur coq, des clapiers à lapins, des oies, une étable où le cheval dételé fut conduit. Dans un appentis, il eut la surprise de voir une énorme truie couchée que tétaient une quantité invraisemblable de petits cochons. Ce spectacle plaisant, il aurait pu rester des heures à le regarder.

Il fut appelé dans la salle de ferme. Le sol était dallé de pierres plates. Parfois une poule entrait que la femme chassait d'un coup de torchon. Sur une longue table, une miche de pain, une motte de beurre, des pots de confiture. Le café fut servi. Le café du matin où l'on ajoutait de la chicorée.

— Qu'est-ce que tu attends pour te servir ?

Elle coupa de larges tranches de pain qu'elle beurra sans parcimonie. Elle dit :

— Mange ! Tu ne sais pas qui te mangera !

Il remercia. Elle lui conseilla d'ajouter de la confiture maison. Olivier dévora. Il se sentit bien. Elle lui proposa de mettre de la goutte dans son café. Il refusa poliment. Quand il fut rassasié, il chercha des mots pour remercier. Durant ce temps, la femme se lava au-dessus de la pierre à évier, découvrant ses épaules, ouvrant la chemise sans la moindre gêne.

— Si tu veux te débarbouiller...

Olivier se contenta d'une toilette de chat. Avec

un regard de côté, elle lui dit : « Viens donc à la grange. »

Elle riait, semblait se moquer de lui. Une échelle était posée contre le foin. Elle la gravit et lui dit de la suivre. Olivier ne comprit pas tout de suite. Elle le poussa et il s'étala dans le foin, elle se jeta à côté de lui. Que lui arrivait-il ? Il le comprit bientôt. Elle tira son short, son slip, le caressa, dit : « C'est joli tout ça. Mais c'est qu'il est mignon, le petit... » Il ferma les yeux. Il avait honte. En même temps, il connaissait le ravissement. « Je te viole ! » dit la femme. Elle fut bientôt nue contre lui. Elle le domina, l'écrasa de son poids. Il eut les pointes dures à portée de sa bouche, puis des lèvres s'appuyèrent sur les siennes. Leurs langues se rejoignirent. Elle murmura : « Tu bandes bien ! Ce que tu bandes ! »

Elle le chevaucha. Le foin se creusait. Les corps s'y enfouissaient. Olivier prit quelques initiatives, il caressa le dos, la croupe, saisit les hanches, il s'enfonça en elle. Elle gémit, dit : « Pas trop vite. Retiens-toi ! » Et ce fut un va-et-vient, des mouvements tournants, des halètements, des cris. Olivier ne pensait plus. Il se sentait loin du monde.

Plus tard, ils recommencèrent, cette fois en silence, avec lenteur et même un peu de tendresse. Ils se caressèrent les cheveux, se regardèrent comme s'ils se connaissaient depuis longtemps. Elle murmura que c'était bon, qu'elle ne l'avait pas fait depuis des mois. Il dit aussi que c'était bon. Et plus tard, tandis qu'ils se rhabillaient, elle proposa :

— Si tu veux rester...

— Non, je dois repartir.

— Je sais. Ta grand-mère t'attend...

Une heure plus tard, Olivier, encore tout étonné de ce qui venait de lui arriver, pédalait sur la route. Dans ses sacoches, la femme avait glissé deux pots de confiture, du pain, du beurre. Ils s'étaient embrassés, cette fois avec délicatesse.

Il lut un poteau indicateur : La Courtine, Ussel... La route était plus fréquentée qu'il ne l'aurait cru. Il n'y pensait pas, pédalait, pédalait de plus en plus vite. Et s'il était resté un jour de plus à la ferme ? Il se sentait fier. Il avait fait l'amour avec une femme, une vraie femme. Plus jeune que sa tante, mais quand même. Il se souvint d'une chanson chère à son oncle : *« J'aime les femmes, c'est ma folie. Quand j'en vois une je deviens fou... »*

— Donne-moi ce clou et fous le camp ! Sinon, je t'estourbis.

Cela recommençait. À l'approche de La Courtine, les soldats étant de plus en plus nombreux, Olivier empruntait un chemin parallèle à la route. Il en avait assez de voir ces hommes qui se traînaient, débraillés et défaits, menaçants, loques de l'armée en déroute. Leurs uniformes kaki étaient laids, mal seyants, trop chauds pour la saison, mais pourquoi se tenaient-ils courbés comme des vieillards, avachis, sans un sursaut de dignité ?

Sur ce chemin où il se croyait en sécurité, le soldat l'avait rejoint et le menaçait. L'homme était grand, maigre, le visage osseux, les cheveux taillés en brosse. Un mégot collé à ses lèvres, une bave noirâtre coulait sur son menton.

— Allez, descends de là, dit-il en tirant la selle.

— Des queues, Marie ! jeta Olivier.

— Alors, dis ta prière...

— Je vous signale que je suis judoka, mentit Olivier, je peux faire mal.

L'homme sembla hésiter mais il se reprit, jeta son poing en avant et tituba. Il avait bu. Olivier tenta une ruse.

— D'accord, d'accord, dit-il, on peut s'entendre, mais avant il faut m'écouter. C'est un secret. Je ne peux le dire qu'à l'oreille.

Ce grand pendard qu'Olivier en pensée avait déjà surnommé « le dépendeur d'andouilles » voulut bien se pencher, les jambes écartés. Olivier mit ses mains en porte-voix, s'approcha et, d'un seul coup, son genou se porta entre les cuisses de son adversaire, au bon endroit. L'homme hurla et se tordit de douleur. Vite, Olivier fit rouler sa bicyclette, l'enfourcha et pédala le plus vite qu'il put.

En roulant, il répéta : « Merde ! merde ! merde ! » et il ajouta : « En plein dans les burettes ! Il les aura toutes bleues. Un blessé de guerre... »

Quelle journée ! En quelques heures, il avait aimé une vraie femme et dérouillé un zigue plus grand que lui. Pour un peu, il se serait frappé la poitrine en poussant le cri de Tarzan.

Il roula de plus en plus vite, dépassa La Courtine. Il pensa aux cyclistes du Tour de France, Speicher, Vietto, Lapébie, Leducq, Magne, puis à Philéas Fogg et Passepartout dans *Le Tour du monde en 80 jours*, à Lavarède qui n'avait dépensé que cinq sous, à *« la douceur d'aller là-bas vivre ensemble »*...

Il revint à la réalité. On l'attendait à Saugues. Et la nuée allemande se répandait en France. Les Allemands ? Sales types ! Et s'il suffisait de les prendre un par un et de bien viser avec le genou ? Ils repartiraient vite chez eux. Il réfléchit. Un Fritz n'aurait pas menacé. Il aurait tiré un coup de feu et serait reparti sur la bicyclette. « Oh, je déconne à pleins tubes ! »

Il s'aperçut qu'il divaguait. Cette chanson de Biscot entendue dans son enfance : *« N'aie pas la tremblote. Vas-y, tricote. Sur ton vélo !... »* Il avait la tête pleine de chansons idiotes ou non : *« Pour être fort, il faut faire du sport... »* Était-ce Milton ? Puis il pensa que le chanteur comique portait le même nom qu'un grand poète anglais.

Ne plus penser, pédaler, pédaler. Comme s'il était parti de Montrichard depuis des semaines et qu'il dût rattraper son retard. Il roula de nuit, grimpa les côtes en danseuse, accéléra dans les descentes. Hier, il se promenait. Aujourd'hui, il fuyait. Après Ussel, ce seraient Bort-les-Orgues, Riom-ès-Montagnes. Il connaissait l'autre Riom, près de Clermont-Ferrand. Cela sentait bon l'Auvergne.

L'inattendu arriva : une crampe à la jambe gauche. Il s'arrêta, sautilla en se serrant le mollet, cria : « Ouille ! Ouille ! » Au bout d'un quart d'heure la douleur cessa. Il devait se reposer. Il avait froid. Il serra la couverture autour de sa taille pour protéger ses cuisses et ses jambes nues. Il ferma son blouson au col.

Bon, une fin de nuit à la belle étoile. Là encore

des réminiscences de chansons, de poèmes. « Que je zieute, que je zieute ! » dit-il. Voilà qu'il parlait tout seul. Il aperçut une cabane de cantonnier fermée par un cadenas. Il la contourna et vit des planches qu'il dressa inclinées sur le muret. Un abri de fortune pour la bicyclette. Il glissa son bras sous le cadre, l'attacha à sa main avec une sangle. Il écouta les bruits de la nuit. Il entendit les cris de plaisir de la fermière, les menaces du soldat, oublia de manger et s'endormit.

Plus tard, il sentit quelque chose de froid et de mouillé contre sa joue. Un chien le reniflait. Heureusement, ce n'était pas un loup, ni la bête du Gévaudan, un simple corniaud comme il les aimait. Le chien s'éloigna. Il l'entendit aboyer puis se rendormit. Pas pour longtemps car le chien avait attiré l'attention de son maître et d'un jeune garçon qui l'accompagnait.

— J'crois bien qu'il est mort, dit l'homme.

Olivier eut un sursaut, se redressa et précisa :

— Non, non, je ne suis pas mort, je dors...

— Drôle d'endroit pour pioncer, dit le jeune homme.

— Comme on fait son lit on se couche ! répondit Olivier citant sa grand-mère.

— Bon. Lève-toi. Il va faire jour. Moi je me couche avec les poules et je me lève avant le coq.

Olivier se leva, se détacha, conduisit la bicyclette, prête à repartir. L'homme était vieux, courbé, tout en rides. Le jeune homme devait être son petit-fils.

— On va passer à la maison, dit-il. Faudrait voir à te décrasser. On n'a pas idée d'être si sale !

Le jeune homme, de l'âge d'Olivier, expliqua que,

la veille, ils avaient posé des collets, mais pas un lapin ne s'y était laissé prendre. Le vieux lui reprocha de faire des confidences à un inconnu. « Je connais ça, dit Olivier pour le rassurer, avec mon oncle Victor, à Saugues, on en posait. » À sa surprise, le vieux lui dit que Saugues, il connaissait. Dans sa jeunesse il y avait été agent voyer. Olivier ne savait pas ce que cela voulait dire mais il se contenta d'exprimer sur un ton ravi :

— Ah bon ?

— Je connaissais tout le monde. J'étais ami avec le curé. L'abbé Fabre qu'il s'appelait.

— Vous n'avez pas connu des Chateauneuf... Mon grand-père était le maréchal-ferrant.

— Ça ne me dit plus rien. Je ne me souviens que de l'abbé Fabre.

— Ça ne fait rien, dit Olivier.

Ils rejoignirent une villa modeste, presque une chaumière. Dans la salle, un bureau à cylindre débordait de paperasses. Un vaisselier où les assiettes étaient remplacées par des cadres avec des photos de famille. Une table recouverte d'une toile cirée. Un tortillon de papier tue-mouches pendait au plafond.

— Suis-moi, dit le jeune homme.

Dans le jardin, il avait improvisé une douche : un bidon sur de hauts tréteaux avec une pomme d'arrosoir. Il tendit un gros morceau de savon de Marseille. « Déshabille-toi. Ne fais pas de manières ! Tu vas voir le travail. » Il tira un seau du puits, monta sur un escabeau et bientôt Olivier ressentit les piqûres glacées. Il fit le courageux, n'émit pas la plainte que l'autre devait attendre et se savonna avec énergie. Un second seau d'eau arriva pour le rincer. Olivier sortit transi du lieu de supplice. Le garçon lui tendit des torchons de cuisine.

— Il n'y a pas autre chose, pas de serviette. D'ailleurs, le grand-oncle ne se lave jamais. Moi si !

Habillé, par réaction, Olivier sentit la chaleur le gagner. Et il eut sa récompense. Le vieux avait fait chauffer une soupe épaisse, mitonnée.

— Elle est délicieuse, dit Olivier.

— C'est la seule chose que je sache faire, dit le vieux, la soupe. Après ça, le coup du médecin, un bon verre de rouge.

Olivier tenta d'avoir une conversation avec le garçon, mais il n'était pas bavard. Que faisait-il dans la vie ? Réponse : Rien ! Le vieux non plus ne parlait pas.

Olivier, voyant un gros poste de T.S.F., demanda s'il avait pris les nouvelles. Là encore : Non ! Il ajouta ce qu'on savait déjà : La guerre était perdue et Pétain avait demandé l'armistice. Puis le vieux s'anima et déclara la main sur la poitrine : « Seul un roi pourra sauver la France ! »

— Il faut que j'y aille. On m'attend à Saugues...

— Tu diras bonjour à l'abbé Fabre.

Olivier savait que le bon abbé qui avait écrit sur la bête du Gévaudan était mort depuis belle lurette, mais il répondit qu'il ferait la commission.

— Bonne route, dit le vieillard, ta machine a l'air solide.

— Salut ! dit le jeune homme.

— Merci pour la douche... Et pour la soupe.

« On voit parfois du drôle de monde ! » disait la mémé de Saugues.

À l'exception d'une chute sans gravité, la randonnée se poursuivit sans incident. Plus de circulation excessive, d'inconnus menaçants. En revanche, une route accidentée, des côtes, des tournants brusques, des chaussées défoncées. Son allure ralentit alors qu'il avait hâte de toucher au but. Eût-il été un touriste qu'il se fût arrêté à Ussel pour admirer l'hôtel ducal ou l'ancien presbytère. Il se souciait moins des villes que de la campagne.

À Bort-les-Orgues, il voulut cependant voir le fameux instrument de musique. Il entra dans l'église où un prêtre rangeait des chaises. Il toucha l'eau du bénitier et fit un signe de croix. Puis il demanda où se trouvaient les orgues. Le prêtre dont la soutane était ceinte d'un tablier bleu le regarda avec un sourire indulgent. Non, les fameuses orgues (du féminin au pluriel comme amours et délices, pensa Olivier) étaient ailleurs et ne faisaient pas de musique.

— Dieu, expliqua l'homme d'Église, a donné à la montagne la forme de l'orgue, d'où le nom de la ville. Du sommet, on aperçoit les monts du Cantal. Un beau spectacle. La ville est fière de la montagne qui lui a donné son nom...

Ce prêtre lui demanda s'il était un réfugié, s'il avait faim ou soif, lui assura qu'il n'était pas le premier ni le dernier sans doute à confondre les orgues de pierre et celles qui offraient de la musique au ciel.

Olivier quitta la Corrèze pour le Cantal. Ce nom lui était plus familier. Dans les champs, les paysans travaillaient sans hâte. Ils ressemblaient à ceux de

Saugues. Les femmes portaient la coiffe, de longs tabliers noirs, des galoches. Les hommes ne se séparaient pas de leur chapeau. Certains étaient en blouse, d'autres en gilet. On voyait des vaches. Un troupeau de moutons coupa sa route. Les poules, les poulets, dans les hameaux vivaient en liberté. « Virgilien ! » décréta Olivier.

Un chien le poursuivit en aboyant. Une femme rappela l'animal en patois, ce qui ravit le cycliste. Puis, après Riom-ès-Montagnes, la pluie tomba et il dut s'abriter sous un hêtre. Olivier devenait un cheval qui sent l'écurie. La guerre, loin derrière lui, paraissait irréelle. Les Allemands avaient-ils « pris » la France ? Regardant les vallées et les monts, cette idée lui vint que le paysage, le pays, la France n'appartenait à personne, que les champs survivraient à ceux qui croyaient en avoir la possession. Dans sa tête se forma un poème que sa mémoire effaça.

Il reçut le spectacle des genêts, des genévriers, de la bruyère, des forêts de pins, des entassements de granit, des landes, des prairies. Le ciel s'apaisa. Un arc-en-ciel dessina sa beauté. La Terre qui est ronde et a quarante mille kilomètres de tour (réminiscence écolière), la Terre est belle, le monde est beau. Seuls certains hommes sont laids lorsque le mal les habite. Et pourtant Olivier savait qu'il aimait les gens. Enfant, il admirait les adultes. Tous lui semblaient détenteurs d'une science secrète. Aujourd'hui, devant tant d'absurdités, de bassesses, il commençait à douter et cela lui faisait mal. Les êtres étaient tombés dans un trou noir. Peut-être que lui-même... Il grogna : « La connerie, toujours la connerie... »

Il parlerait avec Marceau, il l'écouterait comme

Jami l'écoutait lui-même. Car il s'établissait avec ses deux cousins des relations inattendues : Jami admirait Olivier et Olivier admirait Marceau tandis que les deux frères, séparés par trop d'années, s'ignoraient. Au sommet se trouvaient l'oncle Henri avec son sens des réalités, sa bonté, et la tante Victoria douce ou sévère, lunatique, frivole ou grave. Que pensait-elle de lui, Olivier ? Elle avait des moments inattendus de tendresse, puis se reprenait bien vite. « Au fond, lui avait dit Marguerite, elle n'ose pas se l'avouer mais c'est toi qu'elle préfère parce que tu lui ressembles. C'est pourquoi elle est parfois dure avec toi... »

Olivier se souvint d'une phrase qui l'avait blessé. Il avait surpris une conversation. L'oncle Henri : « Olivier devient beau garçon... » La tante Victoria : « Pas aussi beau que Marceau. Lui a de la classe. Il est élégant. Son cousin restera toujours un petit Montmartrois, un poulbot, un gavroche... »

N'empêche que lui, Olivier, dans son secret, avait appris plein de choses que les autres ignoraient et il en gardait un orgueil intime.

Curieuse ville que Saint-Flour. Une cité partagée en deux : le haut tout en pierre noire, dominé par sa grande cathédrale, le bas avec une simple église et qui paraissait plus désordonné. Des maisons anciennes, comme on en voit sur les images des livres d'histoire. La ville dépassée, un paysan lui permit de coucher dans la grange « à condition de ne pas fumer ».

L'odeur de la grange lui rappela son aventure amoureuse. Une petite fille lui apporta un morceau de pâté en croûte et une bouteille de cidre. Il n'eut pas le temps de remercier. Elle s'éloigna, craintive, devant ce vagabond.

Il n'avait presque rien dépensé de l'argent donné par l'oncle Henri et se voyait déjà le lui restituant en disant : « Oh ! je me suis débrouillé... »

Le lendemain, il atteignit Ruynes-en-Margeride. Il répéta : « Margeride, Margeride... » et se souvint de la chanson composée par Alphonse Flandin, le vieux professeur, son ami d'enfance : *« Les pins, les sorbiers de la Margeride... »* Il la connaissait par cœur avec cet hommage entre les couplets : *« Saugues, Saugues, salut à toi, salut ! »* sur la musique du *Sanctus* de Beethoven. Il chanta aussi fort qu'il le put. Il lui sembla que la belle nature le reconnaissait pour un des siens. Il s'arrêterait à Ruynes, y passerait la journée, ne rejoindrait Saugues que le lendemain.

Il se trouvait au cœur de la France – ou presque – et ressentait la sensation d'être au bout du monde. Il devenait une sorte de pèlerin comme ceux qui se rendent à pied à Saint-Jacques-de-Compostelle. Mais que de côtes difficiles à gravir : ce pays, il fallait le mériter. Enfin, il aperçut la tour ronde de Ruynes qu'il avait déjà vue au cours d'une randonnée avec le tonton Victor.

Au centre du bourg, un hôtel faisait aussi restaurant. Le patron, un gros homme en tablier bleu et aux moustaches en croc, essuyait des verres, les mirait dans la lumière et frottait encore. Il regarda Olivier avec un air étonné.

— Qui tu es, toi ?

— Un voyageur. Je suis de Saugues.

— Si tu es du pays, ce n'est pas pareil...

Pareil à quoi ? Olivier demanda si une chambre

était disponible. Oui. Devenu un client sérieux, le tutoiement cessa.

— Vous prendrez bien un canon ?

— Avec plaisir !

Ils trinquèrent. Boire du vin le matin n'était pas dans les goûts d'Olivier. Il eut du mal à vider son verre.

— La petite va vous montrer la chambre.

— Où je peux mettre mon vélo ?

— Dans la cour, si vous voulez, mais il ne risque rien. Chez nous, il n'y a pas de voleurs.

La fille de salle le conduisit. Elle précisa que la chambre était propre et les draps changés. Ce lieu fort laid, il le qualifia de magnifique. Puis la demoiselle posa des questions : D'où venait-il ? Comment s'appelait-il ? Que faisait-il dans la vie ? Réponses : « Je me nomme Olivier Chateauneuf. Je suis typographe. Je suis de Saugues mais je vis à Paris. Je ne suis pas un réfugié. J'ai de quoi payer. Largement... »

Plus tard, il installa la bicyclette dans la cour, trouva des chiffons, astiqua, frotta chaque rayon des roues, porta à la chambre son sac et ce qui lui restait de nourriture. À midi, il se contenterait d'un casse-croûte. Le soir, il s'offrirait le dîner, ou plutôt le souper, comme on disait ici.

Il se promena ensuite dans le village. Il regarda travailler un maréchal-ferrant qui égalisait la corne d'un sabot de cheval et parla avec lui du métier, celui de son grand-père disparu, celui du tonton Victor dont on n'avait pas de nouvelles. Il remplaça une vieille qui peinait à pousser une brouette chargée de paniers de linge. Au lavoir, il regarda les femmes qui battaient le linge à coups répétés tout en parlant mi-français mi-patois. Il caressa une vache qui broutait l'herbe du chemin. Au cimetière, il lut des noms qui lui semblaient familiers.

Il pensa à voix haute : « La vie est belle ! » puis, revivant les événements, il ajouta plus bas : « Pas tant que ça... »

Il se rendit chez le coiffeur pour une coupe de cheveux. « Pas trop court ! » Il ajouta : « Pendant que vous y êtes, faites-moi donc la barbe ! » Sa tante aurait dit qu'il faisait l'important. Dans le miroir, il suivait tous les mouvements. Ses cheveux furent frictionnés avec un liquide qui sentait la lavande. Avec trois doigts, le merlan lui fit sur le devant un cran ridicule. Puis il trempa du blaireau le savon à barbe dans un bol, aiguisa sur une lanière le coupe-chou redoutable. Le travail exécuté sans coupure, le visage lisse eut droit à la serviette chaude, à l'eau Gorlier et au talc.

— Vous voilà tout neuf ! dit le coiffeur.

Après le casse-graine, la sieste. Il se laverait plus tard. Il s'allongea sur le lit dont les ressorts grinçaient, les mains derrière la nuque.

L'aventure touchait à sa fin. Il la prolongeait par cette halte. Rien ne pouvait plus lui arriver d'aussi merveilleux que ce qu'il venait de connaître. En quelques jours, l'amitié, l'amour, le danger, la bagarre, l'insolite et des images de nature, tant d'images qu'il n'oublierait pas.

Au réveil, il se rendit à la salle de bains ou plutôt à ce qui en tenait lieu. La baignoire était une cuve où il fit couler l'eau trop froide. Il trouva une savonnette. Le luxe. Il se lava, se rinça, recommença. Il trouva même une serviette-éponge qui avait déjà servi. Devant un miroir, il tenta d'aplatir les crans de sa chevelure. Satisfait, il revint dans sa chambre, secoua ses vêtements, les aéra. La chemisette sentait le fauve. Il aurait dû la nettoyer, mais comment la faire sécher ?

En fin d'après-midi, il rejoignit la salle du café-restaurant où il fut présenté à la patronne qui se contenta de hocher la tête et de lui demander s'il souperait. Elle ajouta : « À cause de la cuisine. C'est moi qui la fais. D'ailleurs je fais tout ici ! » Le patron adressa un clin d'œil à Olivier.

Le lieu était peu achalandé. Seuls quelques hommes tenant en main leur verre, du vin, du Pernod ou de la Suze. Ils étaient silencieux, méditatifs. Si l'un d'eux prononçait quelques mots, son vis-à-vis répondait par de petits coups de tête approbatifs. Tous gardaient leur couvre-chef, casquette ou chapeau noir.

Olivier commanda une Salers. En le servant, le patron demanda :

— Alors que pensez-vous de tout ça ? (Il ajouta à l'intention des autres clients :) Il est de Saugues, il vient de Paris.

Comme quoi la fille de salle avait tout rapporté. Olivier fit semblant de réfléchir. Il finit par avouer :

— Je ne sais rien. Seulement l'armistice.

— Moi, ce que je sais, c'est que c'est la fin des haricots. Le gouvernement est à Bordeaux. On dit qu'il s'installera à Clermont-Ferrand, mais après la signature de l'armistice. Ce n'est pas encore fait. Ça discute. Enfin, on le dit... Il paraît qu'il y a des millions de prisonniers. Au moins, ils ne sont pas morts.

Les Boches seront bien obligés de les libérer. Ils en feraient quoi ?

— Je ne sais pas, dit Olivier.

Il annonça qu'il repartirait le lendemain très tôt, qu'il pourrait régler la note le soir mais l'homme assura qu'il se levait à six heures et que rien ne pressait.

Un être humain fait des milliers de repas au cours de sa vie. Pourquoi Olivier se souviendrait-il de celui qu'il fit ce soir-là ?

On soupait tôt. Le repas commença par une soupe aux lentilles. Suivirent les habituelles charcuteries, puis des truites. On apporta de la cuisine, enveloppée dans un torchon, une grande jatte qui fumait. La potée, la bonne potée auvergnate, le plat solide des pays froids. Elle aurait nourri trois personnes. Olivier se régala de chou, de lard, de saucisses, de petit salé, de carottes, de navets, de pommes de terre, d'oignons... Il n'en pouvait plus mais mangeait encore en buvant un vin piquant. Suivit une large tranche de vieux cantal, noirci près de la croûte, et qui était savoureux comme un dessert. Il refusa un morceau de ce gâteau qu'on appelle de la pompe, prit un café. Le patron lui servit un verre d'alcool de prune. « Pour faire digérer... »

— C'est bon ! Mais je suis *couffle*...

Il fallait bien prononcer un mot de patois.

Il se leva aux petites heures. Tout était silencieux. Mais le patron se tenait dans la salle, installé devant le casse-croûte du matin. Il se leva pour préparer la note sur un bloc-réclame. Il mouilla son crayon pour faire une difficile addition. Le total apparut si modeste qu'Olivier en fut étonné. Il ajouta un pourboire.

— Il va faire chaud aujourd'hui, dit l'homme. Bonne route !

Et Olivier, bien lesté, tout propre, tout neuf, pédala. Les routes départementales étaient étroites mais bonnes. À un carrefour, il se trompa mais, quand il vit l'indication Le Malzieu, il rebroussa chemin et prit à droite. Il lut avec plaisir des noms de hameaux qu'il connaissait. Le voyage touchait à sa fin. Il était heureux de rejoindre les siens et, en même temps, mélancolique de perdre sa solitude et sa liberté.

Lorsqu'il vit au loin *son* village, dominé par la tour des Anglais, il retrouva cette émotion qui l'avait envahi lorsque, petit garçon, le tonton Victor était venu le chercher à la gare de Langeac. Cet arrière-tremblement, à aucun moment de sa vie, il n'en trouverait la cause exacte, quelque chose d'enfoui au plus profond de lui-même qui restait, en dépit du raisonnement – lieu des origines, de la lignée, des racines –, en partie sans explication.

Il s'arrêta. À quelques dizaines de mètres, à sa gauche, coulait la Seuge. Un pêcheur au lancer se déplaçait sans cesse. Il le reconnut : Marceau, c'était Marceau ! Il coucha sa bicyclette dans l'herbe et cria :

— Marceau ! Marceau ! C'est moi !

Ils coururent l'un vers l'autre, s'étreignirent. Marceau se dégagea et dit :

— Pas d'embrassades ! Il paraît que je suis contagieux.

— Mais tu vas mieux ?

— Sauf quand je crache le sang.

— Je m'en fiche de la contagion !

Ils marchèrent vers la rivière. L'eau murmurait. Des roseaux se penchaient pour lui répondre. Dans le panier d'osier, une truite entourée d'herbe finissait sa vie.

Les bras de Marceau entouraient les épaules de son cousin. Quel bonheur que de le retrouver ! Mais Olivier connaissait son Marceau. Il manifestait de la joie, de l'affection. Cela ne durerait pas. Le jeu des sarcasmes reprendrait.

— Alors, dit Marceau, ma petite âme sentimentale et populaire a connu l'aventure ?

— Le tonton Victor est rentré ?

— Non. Pas de nouvelles. Sans doute est-il prisonnier. Et cesse de dire « le tonton », « la mémé », c'est cul et, malgré ton absence de développement intellectuel, tu n'es plus un enfant...

— Ce type, quel œuf, madame ! jeta Olivier. Et toi, tu les appelles comment ?

— Par leur nom. Je dis Victor, je dis « ma grand-mère » ou « la Marie », mais elle n'aime pas. Elle me traite de « putanier ». Ma mère, je l'appelle Victoria tout court. Elle proteste mais elle est bien contente. Cela la rajeunit. Mon père, je dis « papa ». Je n'ose pas l'appeler Henri.

— Intéressant ! dit Olivier du bout des lèvres. Et tout le monde va bien ?

— Tu les connais. Ils se tirent de tout.

Ils s'installèrent sur un talus qui dominait la

rivière. Olivier observa Marceau. Grand, beau, élégant, il avait une manière bien à lui de jeter sa veste en tweed à martingale et soufflets sur ses épaules, de croiser ses jambes, d'observer ses longues mains fines, de pencher la tête de côté. Et cet air de se moquer de tout, y compris de lui-même. Son visage était maigre, ses joues creuses, ses pommettes marquées du rouge de la maladie. Une mèche tombait sur ses yeux qu'il écartait d'un mouvement de tête.

— Tu es toujours communiste ? demanda Olivier.

— Tu n'as pas entendu parler du pacte germano-soviétique. Non ? J'ai rendu ma carte du Parti. Pour tout te dire, je suis nihiliste.

— Ça veut dire quoi ?

— Si tu avais fait du latin, tu le saurais. *Nihil* égale rien.

— Je n'ai pas fait de latin parce qu'on m'a retiré de l'école. « Un orphelin doit gagner sa vie... »

— Les idées toutes faites de la maison... Rien de grave. Tu étais un écolier très moyen.

— C'est pas ce que disait l'instituteur, M. Joly.

— Pour te faire plaisir.

— Alors, tu es... rien.

— La déduction est facile... Je t'explique : je ne crois plus aux valeurs, à la hiérarchie, je suis contre les contraintes. Tout ce que nous faisons est absurde, inutile. La France nage dans la merde mais là, rien de nouveau. Je suis tuberculeux. Et après ? Je ne sers à rien. Personne ne sert à quoi que ce soit. Faire ceci ou cela ? À quoi bon...

— Au fond, tu es anar.

— Si tu veux. Mais un anar fatigué... Enfin, tu sembles comprendre. Alors, ce voyage ?

— Il m'est arrivé des trucs inimaginables. Peut-être que je te les raconterai plus tard. Peut-être pas. C'est tellement extraordinaire que tu ne me croirais pas.

— Il n'arrive jamais rien. Comment tu t'es débrouillé pour le pognon ?

— Ton père m'en a donné un beau paquet. Je n'ai presque rien dépensé. Regarde...

Olivier sortit les billets de banque de son portefeuille. Marceau les lui arracha, les compta, en sépara la plus grande partie, rendit le reste à son cousin étonné.

— Mais qu'est-ce que tu fais ? Rends-moi mon argent.

— Quoi ? On ne partagerait pas en frères ?

— Mais il faut que je rende ce fric. Il n'est pas à moi.

— Si tu crois que mon père se souvient de ce qu'il t'a donné... Tu n'allais pas le rendre, quand même ? Tu n'es pas stupide à ce point-là ? Autre chose : ce que je retiens, c'est le prix de location de *ma* bicyclette. J'espère qu'elle est en bon état. Je me sers de celle de Victor, un vieux clou. Tu la prendras. Moi j'ai besoin de la bonne pour aller voir une fille. Elle habite au Villeret.

Olivier serra les poings, se fit menaçant :

— Je te jure bien que tu ne me prendras pas ce fric !

— Quoi ? Tu frapperais un tubard ?

— Musique ! Du chantage...

Marceau empocha les billets. « Et puis, après tout, je m'en balance ! » pensa Olivier. Il jeta :

— Ni... hiliste, tu parles. Tu es comme tout le monde.

— Tu as encore beaucoup à apprendre. Tu dois te fier à ceux qui savent. Qu'est-ce que l'argent ? Un simple moyen. Je t'en ferai gagner beaucoup plus.

Marceau lui expliqua son système. La nuit, il pêchait la truite à la main ou il allait aux grenouilles. Le matin, il disposait des balances à un lieu nommé Le Luchadou et il revenait avec plein d'écrevisses qu'il vendait à l'hôtel.

— J'en rapporte même à la famille. De quoi te plains-tu, Lustucru ?

Ils conclurent la paix. Marceau fit jouer son moulinet, rassembla son matériel de pêche. Ils marchèrent en direction du village. Olivier poussait la chère bicyclette à la main. Elle ne lui appartenait plus. Il ne possédait plus rien. Il se sentit dépouillé. Marceau riait. Olivier haussa les épaules. Il décida d'être magnanime. Il dit à son cousin :

— Tu sais quoi, grand cornichon ? Je t'aime bien quand même.

Trois

Jamais Saugues n'avait été aussi peuplé. La plupart des réfugiés avaient de la famille au pays. Partout, on voyait des groupes de gens qui parlaient. Chacun devait conter son aventure personnelle, poser des questions sur la situation, quêtant des avis à défaut d'informations.

Olivier et Marceau jetaient de rapides saluts. À l'église, midi venait de sonner. L'heure du repas. Comme Olivier se préparait à aller chez sa grand-mère, Marceau le prit par le bras et l'entraîna dans une autre direction.

— Les parents ont trouvé à se loger. Chauvy leur a loué trois pièces. Pas terrible. Tu verras...

Ils se trouvaient tous là, la tante Victoria et Marguerite s'affairant à la cuisine, l'oncle Henri penché sur une boîte à hameçons, Jami plongé dans son livre de lecture.

— Ah ! te voilà ! dit l'oncle Henri.

— Eh bien ! tu as pris tout ton temps ! ajouta la tante Victoria en posant des raviers sur la table.

— Sain et sauf ! jeta Olivier.

Il s'attendait à être accueilli comme le héros d'une aventure, l'enfant prodigue... et fut déçu.

Marguerite se contenta d'un coup d'œil. Seul le

petit Jami manifesta de l'intérêt, embrassant son cousin, ne le quittant pas des yeux.

— Je te raconterai..., promit Olivier.

C'est à Marceau qu'il aurait voulu confier le plus chaud de ses péripéties. Il imaginait déjà des paroles : « Alors, la femme toute nue se jeta sur moi et... » Non, Marceau l'accuserait de raconter des craques.

Marguerite servit le repas comme elle le faisait à Paris, mais là, elle avait sa place à table. La guerre opérait des rapprochements ou la cuisine était trop petite.

À la surprise d'Olivier, sa tante était vêtue avec modestie, comme une ménagère, d'une robe grisâtre et de chaussures plates. Pas un seul bijou. Même sa chevelure, nouée en chignon, paraissait terne. Au pays, avait-elle retrouvé ses habitudes rurales d'antan ou voulait-elle s'accorder aux difficultés du temps ? Elle semblait inverser la phrase et exprimer : « Il vaut mieux faire pitié qu'envie ! »

L'oncle Henri, dès qu'il quittait les affaires commerciales, savait se mettre à l'aise. Ses manches de chemise retroussées montraient les poils roux de ses bras. Son pantalon, fermé au-dessus du ventre arrondi, était usé mais de bonne coupe.

Marguerite portait une blouse grise, comme une employée de bureau. Elle paraissait absente, indifférente, ailleurs. Jami commençait à être trop grand pour porter des culottes courtes en velours uni à gros boutons blancs.

Au moment du civet de lapin aux carottes, l'oncle Henri affirma :

— Les temps sont durs. C'est là une évidence.

Nous sommes cloués ici pour une durée d'autant plus longue que nous n'en connaissons pas la mesure. Je ne sais pas quand je pourrai retirer des espèces et nos disponibilités s'épuisent...

Olivier apprit qu'ils n'avaient pas hésité à toucher auprès de la mairie l'allocation allouée aux réfugiés. Il regarda Marceau qui chipotait dans son assiette, se leva pour fouiller dans la poche de son blouson et, d'un geste appuyé, sans quitter des yeux son cousin, il donna à son oncle l'argent qui lui restait.

— Tu n'as rien dépensé, observa l'oncle.

— Ah ! je me suis débrouillé... J'ai même avancé de l'argent à Marceau.

Une bonne vengeance, mais qui ne troubla pas son cousin. Il rit sous l'œil indulgent de sa mère et dit :

— Il faudrait du Fly-Tox. Je me demande s'il n'y a pas des cafards ici.

— Ou des araignées, rétorqua Olivier, piqué au vif.

— Que racontez-vous ? dit l'oncle Henri qui n'avait pas compris les allusions malveillantes des deux jeunes. Des cafards, des araignées ? Cette demeure est parfaitement saine. Garde cet argent. Tu t'achèteras des... enfin, ce que tu voudras.

— Merci, mon oncle.

— Quelque chose d'utile, précisa la tante Victoria, des espadrilles par exemple. Nous nous sommes organisés. Tu seras chez ta grand-mère. Tu coucheras dans le lit de Victor puisque, malheureusement, il n'est pas là. Pour tes vêtements, sans moi tu n'aurais rien à te mettre. J'y ai pensé. Marguerite, vous ferez un paquet de ses habits.

— C'est prêt, madame.

— Enfin, ajouta la tante, nous avons de quoi subsister. Je veux parler de la nourriture. J'ai stocké de la morue séchée et j'ai des champignons du Roi des Montagnes. La viande ne manque pas chez le boucher. Et Marceau, tu nous fournis en poisson, mon chéri... Olivier, tu trouveras de quoi t'occuper. Tu iras dans les fermes pour les œufs et le beurre.

— Ta grand-mère a vieilli, dit l'oncle Henri. Elle se ratatine mais ça ne l'empêche pas d'être toujours par voies et par chemins. Elle ne doit se reposer qu'à l'église ou à la veillée avec ses amies. Elle se fait du souci pour Victor. Depuis que la forge est fermée et qu'elle n'a plus de vaches, elle s'ennuie.

Les vaches : la Marcade, la Dourade et la Blanche... Ses copines. Il ne les verrait plus. Il demanda :

— Et Pieds-blancs ?

— Il est mort. Les chiens vivent moins longtemps que les hommes, dit l'oncle Henri.

Et les copains ? Ceux de Victor devaient être mobilisés. Les jeunes ? Il les retrouverait peut-être. Olivier n'avait qu'une hâte : rejoindre sa grand-mère, sa mémé. Puis il irait chez Chadès, le coiffeur, là où se réunissaient les copains.

— Si cela va trop mal, dit l'oncle Henri, j'irai au Puy chez les imprimeurs. Je suis encore capable d'être un bon typographe. Olivier aussi pourrait trouver une place.

Le Puy. Olivier pensa à son grand-père qui disait toujours vouloir s'y rendre et ne le faisait jamais. Pour lui, c'était le bout du monde.

— Henri, ne dis pas de bêtises, dit la tante. Cela va bien finir par s'arranger. Le maréchal Pétain s'en occupe.

— S'il n'a pas trop la tremblote, dit Marceau.

— Un peu de respect ! s'insurgea l'oncle Henri.

— Quelle époque ! quelle époque ! Sais-tu ce que j'ai entendu chez le boulanger, Henri ? Un paysan qui disait : « Tous ces étrangers qui viennent manger notre pain ! »

— Ce ne sont que des paroles. Les Sauguains sont moins durs qu'ils ne veulent le paraître. Leur pain, ils le donnent de bon cœur.

— À condition qu'on le paie ! observa la tante. Autre nouvelle, Olivier, ajouta-t-elle. Durant une permission, Victor s'est fiancé. Sa promise s'occupe beaucoup de ta grand-mère. Une très bonne personne, convenable et tout, bien mise, bien propre. Elle a des airs d'institutrice. Tu seras très poli avec elle.

— Je suis toujours poli, dit Olivier.

— Poli... chinelle ! jeta Marceau.

Olivier ne trouva pas la bonne réplique. Il retint une remarque du genre « peau de fesses ! ». Au moment du café, il demanda :

— Et votre voyage ? La Vivaquatre a bien marché ?

— Nous sommes arrivés le soir même. Une Renault, c'est du solide. Pas le moindre pépin. Maintenant, elle est au garage.

— En ce qui me concerne..., commença Olivier.

— En ce qui te concerne, on s'en tape, dit Marceau. Tu t'es pris pour un géant de la route et tu as avancé comme une limace. Moi, j'aurais été trois fois plus vite.

— Oh ! toi tu as toujours plus de beurre au cul que les autres, rétorqua Olivier.

— Un peu de politesse ! réclama l'oncle Henri.

— N'empêche qu'il m'est arrivé des tas d'aventures. Puisque ça n'intéresse personne, je les garde pour moi.

— Tu me raconteras ? demanda Jami.

— À toi tout seul.

— En attendant, aide Marguerite à débarrasser la table. Et tu essuieras la vaisselle.

« Quel accueil ! » se dit Olivier, déçu.

Son sac sur le dos, un paquet de vêtements à la main, il fut heureux de les quitter. Malgré sa hâte, il fit un détour par le village. Toujours beaucoup de gens. Ils s'écartaient pour laisser passer des troupeaux de vaches. L'odeur des bouses lui plut. Elles formaient sur le chemin des ronds presque parfaits. Quand un chien s'approchait, il criait en patois : « *Aoutchi !* putain de *tchi !* » et il riait. Il entendit : « C'est le petit Escoulas, le fils de Pierre. » Il était bien chez lui.

Il rencontra une adolescente, Paule, la fille du notaire Charrade. Elle lui plaisait bien avec sa démarche dansante, son sourire énigmatique, cet œil où il y avait une tache de couleur. Son père avait la plus belle villa du bourg, sur la route du Puy. Il prétendait l'avoir surpris à voler des pommes dans son jardin alors qu'il s'agissait de Marceau.

— Tu vas bien ? Alors, tu es un réfugié ? demanda-t-elle.

— J'ai une tête de réfugié, moi ?

Il s'éloigna, furieux contre lui-même d'avoir trouvé une réplique idiote.

Il passa devant la fontaine où les femmes se réunissaient pour emplir les brocs. Tout le monde n'avait pas l'eau courante à la maison. Lui, pour cela, il allait à la fontaine devant la maison des religieuses. Peut-être reverrait-il la sœur Clémentine qui lui offrait des fraises quand il était petit.

La maison de la mémé lui parut triste, avec la forge fermée, l'étable vide qui sentait encore l'odeur des bêtes. Il gravit l'escalier de bois, pénétra dans la pièce. La grand-mère, assise près de la fenêtre, sommeillait. Elle ne l'entendit pas. Il posa ses affaires en silence, s'assit sur le trépied qui avait servi pour la traite des vaches.

Il regarda avec tendresse le visage ridé, les traits brunis, comme cuits par les intempéries, la coiffe blanche ceinte d'un ruban noir retenu par une épingle à tête jaune. Sur les oreilles, deux fines tresses comme des anses. Et cette grande blouse noire allant jusqu'aux pieds chaussés de galoches.

Il ne la quittait pas des yeux. Elle était la femme qu'il aimait le plus au monde. Et pourtant, elle se montrait rude, pas tendre. Elle refusait qu'on l'approche, qu'on la *poutoune*. Autrefois, la maison était pleine d'enfants. On entendait le bruit de la forge. Des chevaux, des vaches, en attente d'être ferrés, étaient attachés à des anneaux. Et des échanges de paroles dans ce patois qu'Olivier ne comprenait pas bien. Maintenant, quel silence !

La mémé, oui, c'était bien la mémé, pas la grand-mère comme le voulait Marceau. Il ne l'appellerait jamais autrement. Il se souvint d'un paysan qui lui avait dit : « Le Victor, il a mauvais caractère... mais comme il ferre bien ! »

Quand la mémé s'éveilla, elle regarda le panorama comme elle le faisait depuis des dizaines d'années. Elle avait une vue perçante et voyait tout ce qui se passait dans les prés, les chemins et jusqu'en haut de la route du Puy. Elle se tourna et s'aperçut d'une présence. Elle se leva en s'appuyant sur le dossier de la chaise et dit :

— Tu es revenu, mon pauvre Pierre...

Elle confondait Olivier avec son père mort depuis longtemps. Elle répéta comme étonnée par ses paroles :

— Pierre... Non, c'est toi, Victor.

Là encore, elle mêlait tout, les deux absents, celui d'après 14, celui de la guerre de 39.

— Non, mémé, c'est moi, Olivier, le fils de Pierre.

— Ah ! *Paoura, paoura ! Petsaïre ! mon pille de canou ! Mounstré de sort ! Mounstré de sort !*

Pour lui faire plaisir, Olivier trouva quelques mots de patois :

— Mémé, *co vaï* ?

Pour la première fois, elle se laissa embrasser sur les deux joues. Puis elle sourit de ses yeux bleus, ceux dont Victor avait hérité.

— Te voilà revenu... Victoria m'a dit que tu allais habiter avec moi. Le lit est fait. Tu n'as pas faim ?

— J'ai mangé, mémé.

Ils s'assirent face à face près de la table en demi-lune, sous le poste de T.S.F. qu'elle n'allumait jamais depuis le départ de son fils.

— Et le pauvre Victor...

— Je suis sûr qu'il va bien, dit Olivier. Il reviendra bientôt. Et il se mariera.

— Une bonne petite, elle s'occupe bien de moi, et même un peu trop. C'est comme Victoria, dès qu'elle arrive, elle met tout en train. Avec sa Marguerite, elles nettoient tout, elles balaient, elles font de la poussière. Et elle veut même que je me lave. Elle fait chauffer de l'eau et... elle dit que je dois aussi me laver les cheveux. Comme si des cheveux, ça se lave !

Olivier sourit. Il reconnaissait bien là sa mémé. Et aussi sa tante.

— J'ai dit ce que j'avais à dire : « Va-t'en d'ici ! Je ne suis pas *fillade* ! »

Il le savait : la *fillade*, c'est la bru, celle à qui sont dévolus les plus rudes travaux.

— Tu es grand maintenant, dit la mémé. Pas tant que Marceau, mais quand même... Celui-là, il m'en fait voir. On est venu se plaindre. Il court la gueuse. J'ai dit : « Rentrez vos poules, je rentrerai mon coq ! » C'est quand même un bon garçon. Il m'apporte des truites. Mais il manque de respect. Il m'a appelée Marie ! Et comme il sait que je n'aime pas les poutous, il fait le *poutounaïre.*

Olivier attendait : dès que sa grand-mère avait libéré ses paroles, celles de l'accueil, elle se taisait. Il aimait aussi ce silence. On entendit la cloche de l'église. Elle se leva, tapota le devant de son vêtement et sortit sans rien dire. « Les vêpres, sans doute », pensa Olivier.

Il se rendit à la chambrette du tonton Victor. Il ouvrit le tiroir de cette commode rustique fabriquée par un paysan-menuisier et que Victor considérait comme son luxe. Il écarta quelques vêtements et rangea les siens, touché que sa tante eût pensé à ses affaires.

Il se déshabilla, ne gardant que son short, et se rendit torse nu à la fontaine des sœurs, une cuvette et un savon à la main. Le soleil était bon. Il lava chemisette, slip et chaussettes, les rinça et les étendit sur un fil dans la cour. Puis, en attendant le séchage, il s'allongea sur le lit de Victor, son Baudelaire à la main.

Sa grand-mère avait oublié de le contraindre à la tournée des cousins. Il en était tant qu'Olivier avait oublié les degrés de parenté. À chaque visite, il devait manger et boire.

Il s'attendait à entendre : « Tu es bien allé voir les cousins Itier et le grand-oncle Chateauneuf, et la Lodie, et... » Oui, il verrait tout le monde mais petit à petit.

Ses vêtements secs, il les enfila et sortit. Il hésita. Il se serait bien rendu chez la tante Finou, la sœur de son pépé, mais la mémé était fâchée avec elle depuis des années et, si elle l'apprenait, elle lui ferait des reproches. La tante Finou, il s'en fichait, mais ses petites-filles, surtout Jeannette dont il était amoureux, se trouveraient peut-être là. Non. Il se dirigea vers le salon de coiffure. Il trouva Gustou Chadès, le frère de Pierrot absent, et Zizi le garçon à tout faire. C'était l'heure creuse.

— Bonjour tout le monde ! jeta-t-il.

— Ah ! te voilà, toi...

Enfin, il pouvait raconter son voyage, son épopée à quelqu'un. Et surtout deux épisodes : la femme qu'il dirait avoir culbutée dans le foin et l'assaillant qu'il avait castagné. Il fut écouté mais on ne le crut guère.

— *Couflaïre !* dit Zizi. T'es bien un Parisien. Il faut toujours qu'ils racontent des histoires.

Olivier pensa parler du drame de Montrichard, puis se dit qu'il voulait oublier. Il demanda :

— À part ça, quoi de neuf au pays ?

Gustou qui faisait des études pour être instituteur parlait peu. Zizi fit tourner sa casquette et répondit :

— Quoi de neuf ? La moitié de dix-huit. Rien de neuf. Tout est vieux. Ici, il n'y a que des vieux. Et le Pétain qui demande l'armistice est encore le plus vieux.

— Pas gai tout ça ! dit Olivier. Mais la guerre est finie, c'est déjà une bonne chose.

— La guerre finie, tu rigoles ! dit Zizi. On voit que tu n'es pas au courant...

Et c'est ainsi qu'Olivier apprit de la bouche du petit bossu, qui était un sans-filiste, qu'à Londres un général au nom qui rappelait les Gaulois avait lancé un appel pour que la guerre continuât à partir des colonies. Le comptoir de Chandernagor s'était rallié. Les habitants de l'île de Sein avaient rejoint l'Angleterre. S'ajoutaient les troupes françaises évacuées de Dunkerque, celles de l'expédition de Norvège.

— Toi aussi, tu racontes des bobards, dit Olivier. Comment tu le sais ? T'as consulté la voyante ?

— Je me renseigne. La T.S.F., tu vois ! Et les Angliches ne vont pas se laisser faire. Le roi George VI voudrait que Pétain se rallie et poursuive la guerre.

Tout cela, Olivier n'y croyait guère. Il changea de conversation, demanda des nouvelles des uns et des autres. Il apprit que des officiers français avaient rendu visite au maire. Pour faire quoi ? On l'ignorait. Gustou annonça qu'il allait « aux fraises », ce qui voulait dire qu'il avait rendez-vous avec une fille. Olivier s'installa sur une chaise et parcourut des magazines. Il se demanda si quelqu'un pourrait lui prêter des livres. Il avait lu tous les romans populaires, les Paul Féval, les Xavier de Montépin, les Zévaco, que possédait le vieux père Chadès. Peut-être Louis Amargier, s'il était là. Il en avait de toutes sortes et même des livres de poésie.

— On va boire un coup chez Chany ? proposa Zizi.

— Je t'invite, dit Olivier.

Là, ils retrouvèrent Marceau et des garçons qu'Olivier ne connaissait pas. « C'est mon cousin, dit Marceau le désignant, un type formidable ! » Voilà qu'il se vantait à travers lui. Et Marceau ajouta : « Il écrit même des poèmes... » Cette fois, l'ironie. « Occupe-toi de tes fesses ! » jeta Olivier.

Juliette Chany vint l'embrasser. Elle aussi était, paraît-il, une cousine. Pour se distinguer, Marceau et ses amis buvaient des diabolos rhum. Olivier, par défi, commanda deux canons, même si le vin rouge ne lui disait rien. Il annonça que Zizi avait la T.S.F. et qu'il connaissait des nouvelles.

— L'appel du général de Gaulle ? Je suis au courant, dit un des jeunes gens du bout des lèvres. Encore un illuminé !

— Qui sait ? dit Marceau.

Et ils passèrent à autre chose. Olivier trouvait leur conversation sans intérêt. Il dit à Zizi :

— On serait mieux près de la fenêtre. Changeons de table.

Zizi lui parla de politique. Il n'appartenait à aucun parti. Il détestait les rupins, les ratichons, les gendarmes, les autorités de toutes sortes. Il parla des fascistes et des nazis, d'Hitler et de Mussolini, ces criminels, évita Staline et dit que la France était gouvernée par des cons, quel que soit leur bord.

— Au fond, dit Olivier, tu es ni... hiliste.

— Ni ce truc-là ni autre chose. Je suis contre, c'est tout.

— Moi, dit Olivier, je suis...

Il se tut. Il ne savait pas ce qu'il était. Il faudrait en discuter avec Marceau s'il le voulait bien. Marceau aimait le prendre sous son aile. Ils pouvaient faire autre chose que se disputer. Il suffisait de choisir le bon moment.

Justement, Marceau se leva et s'approcha de lui, plutôt souriant. Il lui tapa sur l'épaule.

— Alors, vieille branche, tu fais bande à part ? Tu m'en veux toujours ?

— Nullement, dit Olivier, je suis bien au-dessus de ça !

— Si tu veux, demain nous pourrions aller aux écrevisses. Nous prendrons les lignes aussi. Il y a celle de Victor. Pourquoi tu ne parles pas à mes amis ? Tu les trouves trop chic ? Il faudra te débarrasser de tes complexes. Au fond, tu es peut-être moins con qu'eux...

« Et allez donc..., se dit Olivier. Voilà qu'il pense pour moi. » Il prit un ton enjoué, aimable :

— Nous irons donc à la pêche. Si ta mère n'a pas inventé autre chose pour moi...

— Elle fera ce que je lui dirai de faire ! On ne peut rien me refuser. C'est l'avantage d'être malade.

— T'en fais pas, dit Olivier, tu vas guérir.

— Le paternel veut me conduire en Suisse. Je ne vois pas comment...

Olivier se rendit à l'église pour attendre sa grand-mère. Au passage, il regarda le monument aux morts de 14. Il vit la longue liste de noms. Peut-être ceux des morts de 39 s'y ajouteraient-ils.

L'église était vide. Il revint vers la rue des Tours-Neuves, vers l'*ousta*. Il ne se sentait bien qu'auprès de la mémé et ignorait pourquoi. Ce soir, il souperait avec elle. Peut-être préparerait-elle les pommes de terre à la poêle comme il les aimait. Ou une omelette aux mousserons si elle en avait. La suivrait-il comme lorsqu'il était petit à la veillée ? Non, il se dirait fatigué. Il écouterait la T.S.F. Il monterait au grenier pour voir si quelque vieux livre n'y traînait pas, puis il dormirait dans le lit du tonton Victor en pensant à lui.

Les jours passèrent. Le sinistre mois de juin glissa vers juillet. Ce fut, malgré les circonstances, une suite de moments heureux. Il accompagnait Marceau, le laissant prendre les initiatives. Ils allèrent aux écrevisses. Avec les morceaux de tête de mouton parfumés d'huile d'aspic ou d'anis, elles se laissaient facilement attraper. Marceau en apportait à la maison ou en vendait aux hôtels. Pour la pêche à la truite, Olivier n'était pas doué. Même la nuit, à la main. Il dut renoncer. Près du moulin de Coston, sur un fond sablonneux, un bouchon fixé à sa ligne, il pêcha avec plus de succès des goujons et des vairons.

Parfois, Olivier et sa grand-mère prenaient un repas chez ses tuteurs. Souvent la mémé refusait. Elle disait qu'ils « faisaient des manières ». Jami était un peu jaloux : les grands le laissaient à l'écart. Marguerite, muette, semblait faire la tête. Ou bien elle pensait à son « presque fiancé », un « pays », originaire comme elle de Saint-Léonard-de-Noblat. Ou encore, Saugues ne lui plaisait pas.

Marceau fit connaître Olivier à sa petite amie. Ce qu'elle était belle, grande, blonde et ce visage de vedette de cinéma... De quoi vous couper le souffle. Et Marceau ne se gênait pas, bien qu'elle protestât, pour l'embrasser devant lui. De longs baisers comme au cinéma.

— Tu devrais te trouver un flirt ! dit Marceau.

— Oh ! moi, les filles... J'ai autre chose à faire.

Parfois, Marceau entraînait sa conquête vers le petit bois. Olivier se demanda s'ils *le* faisaient. Pourvu qu'elle n'attrape pas la maladie !

Un jour, elle vint accompagnée de sa sœur, plus jeune qu'elle. Un coup monté. Cette fillette, il lui parla à peine. Elle était impressionnée parce qu'il était parisien. Il lui parla de la tour Eiffel où il n'était jamais monté, de monuments qu'il n'avait pas visités, de théâtres qu'il ne connaissait que de nom. Il resta réservé. Elle avait presque l'air de lui tendre ses lèvres. Elle lui dit :

— On ne m'a jamais embrassée.

— Tant mieux pour toi. C'est dégoûtant.

Que croyait-elle, cette gamine ? Lui avait été l'amant d'une femme, d'une vraie femme.

Marceau et Olivier firent des promenades à bicyclette. Ils prenaient une route, n'importe laquelle. Ils visitèrent des hameaux, Venteuges, Grèzes, Esplantas, Vazeilles, Cubelles, La Clauze. Ils allèrent jusqu'à Monistrol-d'Allier, huit kilomètres de côte et huit de descente. Au retour, ils se baignaient dans la Seuge. Parfois, Marceau toussait, se détournait pour cacher sa bouche dans son mouchoir.

Quelques Sauguains, soldats échappés de la tourmente, revinrent au pays, se mirent en civil et reprirent leurs activités. Ils verraient plus tard à se faire démobiliser. Chacun avait sa longue histoire à raconter comme l'avaient fait ceux de l'autre guerre, la victorieuse.

L'oncle Henri rendit visite au maire, puis il obtint une audience auprès du préfet, au Puy. Pour cela, il s'habilla en tenue de ville, en monsieur. Il en imposait et pouvait passer pour un industriel plus important qu'il n'était. Olivier comprit qu'il faisait des démarches, prenait des informations dans l'espoir de remonter à Paris. Il craignait que la Vivaquatre ne fût réquisitionnée. Il lui fallait des papiers en règle, des certificats médicaux pour Marceau. Le préfet lui conseilla d'attendre que la situation se dénoue.

Où en était-on ? Le gouvernement s'installait à Vichy. Les relations diplomatiques avec la fidèle alliée, la Grande-Bretagne, étaient rompues. De Gaulle était maintenant chef des Français libres. Au Tchad, au Proche-Orient, des ralliements s'opéraient. Cette opposition au maréchal Pétain qui serait bientôt chef de l'État, personne ne la comprenait bien.

— C'est de la folie, dit l'oncle Henri. Le pays ne doit pas se diviser.

Olivier ne savait que penser sinon que cette rébellion ne lui déplaisait pas. Marceau haussait les épaules. Il ne faisait pas confiance aux militaires, généraux ou maréchaux. Et puis, les gens avaient d'autres problèmes, le plus immédiat étant le retour des prisonniers. Et la paix. On avait signé l'armistice avec les Allemands. Puis avec les Italiens. Les premiers étaient haïs, les seconds méprisés. Et l'Alsace, la Lorraine, sans doute ne seraient-elles plus jamais françaises.

Dans la famille, seuls l'oncle et la tante étaient soucieux. Marguerite aussi, à sa manière. Jami avait rejoint un groupe de louveteaux et paraissait s'amuser. Les visites aux cousins se firent en compagnie de Marceau. À lui de faire les politesses. Olivier trouvait tout le monde ennuyeux. Avec Marceau, au moins, on pouvait parler de livres. Il paraissait tout connaître et citait des noms d'auteurs, des titres qu'il commentait. Olivier mesurait son ignorance.

Ces officiers français qui avaient rendu visite au maire une première fois revinrent. Ils visitèrent le bourg, puis les environs. Peu de temps après, dans des camions et des autocars arrivèrent des soldats. Ils devaient rester dans le canton jusqu'au moment de leur démobilisation. La plupart logèrent aux alentours, mais le soir ils venaient tous à Saugues, déambulaient, fréquentaient les cafés. Ils montraient plus de tenue que les hordes rencontrées durant l'exode, mais ils n'hésitaient pas à porter leur veste à l'épaule ou à se promener manches retroussées. Enfin, ils n'affichaient pas un air abattu, un aspect de vaincus. Ils paraissaient joyeux, comme en vacances. Ils tentaient de parler avec les gens du pays, surtout les femmes et les jeunes filles, mais tous et toutes restaient réservés. Le soir, à l'hôtel de la Terrasse, les officiers se réunissaient pour de joyeux dîners. Cela choquait les villageois. En les voyant, ils détournaient la tête comme le feraient les Parisiens avec les troupes d'occupation.

L'un d'eux, un adjudant en tenue de fantaisie, avec une moustache à la Clark Gable, paradait, un stick à la main. Grand, élancé, sûr de lui, il adressait des œillades à toutes les femmes et jeunes filles qu'il croisait. Elles se détournaient. Dans Saugues, on le surnommait « le gommeux ».

— Tu vois, Olivier, dit Marceau, tu as devant toi l'image de la vulgarité. Un maquereau !

Il ne se trompait pas. Trois prostituées venues de Marseille exerçaient leur métier auprès des soldats. Le bruit courait que c'était un B.M.C. Olivier apprit que cela voulait dire « bordel militaire de campagne ».

Deux incidents se produisirent. Marceau, Olivier, beaucoup d'autres en furent les témoins.

Le premier eut lieu le soir.

À l'hôtel de la Terrasse, selon leur habitude, les officiers festoyaient. Ils se montraient plus bruyants que jamais. De la fenêtre entrouverte fusaient des chansons de salle de garde ponctuées de grands éclats de rire.

Apparut, venant d'on ne sait où, un soldat, un de la guerre de 14, en bleu horizon, avec bandes molletières, manteau aux pans relevés sur le côté en triangle, casque sur la tête. Une vision fantastique, celle d'un mort échappé au monument ou au cimetière et qui marchait sans hâte.

— Vise un peu ! dit Olivier à Marceau.

Ils ne furent pas les seuls à s'étonner. Une foule suivait le poilu. Était-ce un tour d'un des nombreux originaux du pays, Fedou par exemple ?

Et l'homme avançait, se tenant droit, ne voyant personne, dans un grand silence.

Certains montraient leur crainte devant ce fantôme surgi des temps anciens. Olivier se glissa au plus près de lui pour tenter de le reconnaître.

Le poilu gravit d'un pas pesant les trois marches de l'hôtel, s'arrêta, écouta le tapage, porta ses mains à ses oreilles comme pour cesser d'entendre. Il franchit la première porte, puis celle de la salle où se turent tous les chants, les bringueurs en uniforme immobilisés.

Alors le poilu fit le salut réglementaire dû aux gradés. Puis sa voix tonna :

— Ce sont les galons que je salue car je suis un deuxième classe. Les galons, pas vous. Un peu de pudeur, messieurs, vous êtes infâmes ! Songez aux morts, aux blessés, aux disparus et fermez vos grandes gueules de porcs !

Il salua de nouveau, se retourna et sortit. Chez les insultés, des mouvements divers se produisirent. Certains se levèrent, menaçants. Mais la fenêtre s'ouvrit toute grande sur la foule. D'autres Sauguains se tenaient près de la salle, silencieux, résolus.

Le poilu de 14 avait disparu. Nul ne sut jamais de qui il s'agissait. Les officiers aussi s'éclipsèrent un par un par la cuisine et la porte donnant sur une ruelle.

Cette image du passé rappelant à l'ordre le présent, Olivier et Marceau ne devaient jamais l'oublier.

Le second incident fut d'un ordre plus réaliste, plus brutal, un règlement de comptes entre voyous.

L'habitude n'était pas perdue de se promener le soir sur la route du Puy, de revenir vers le centre et de repartir, ce que les Italiens appellent la *passeggiata*. Jeunes filles se tenant par le bras, jeunes garçons se croisaient, et aussi familles tandis que des gens devant les pas de porte les regardaient et leur parlaient.

Marceau, Jami et Olivier, assis sur un parapet, virent déambuler l'adjudant, le bellâtre, celui que Marceau appelait « le maquereau ». Une fille maquillée se pendait à son bras. Fier de lui, il jetait des regards amusés. Des gens hochaient la tête devant cette attitude peu de leur goût.

L'agression fut soudaine. Deux soldats se précipitèrent. Le premier revolver à la main, le second tenant un rasoir. Le gommeux fut immobilisé. La fille s'enfuit en ramassant sa jupe. Un revolver braqué sur sa poitrine, un rasoir frôlant son cou, l'agressé, paralysé, effrayé, se tenait pétrifié. Et l'on entendit :

— Demain, tu lâches la fille et tu nous apportes le sac. Sinon, on te fait une deuxième bouche. En attendant, tiens !

— Ne bouge pas, Olivier, dit Marceau. Toi non plus, Jami.

— Tiens, ordure !

Un cri retentit. Le rasoir jeta deux éclats sur le front de la victime. Les autres le lâchèrent et disparurent. Le gommeux avait le visage en sang.

— Ils lui ont fait la croix des vaches ! dit Marceau.

Le gommeux décimé fut entouré, presque porté chez le pharmacien Promeyrat. Il n'était plus le flambard mais une victime, un blessé à secourir.

Certes, Saugues, dans le passé, les jours de foire, avait vu de belles rixes. Ne disait-on pas des Sauguains : « Le chapelet d'une main, le couteau de l'autre » ? Mais il s'agissait alors de combats loyaux, à un contre un. Et là...

— L'horreur..., dit Marceau.

La fin de l'histoire, personne ne la connut. Nul ne revit ni la victime ni les agresseurs.

— Le dégoût..., ajouta Olivier.

Le lendemain, le maire s'adressa à un officier supérieur et lui dressa un tableau de la situation. On revit moins les militaires dans Saugues, puis, un jour, plus du tout. Ce fut un soupir de soulagement.

Toujours pas de nouvelles des prisonniers. Comme on avait dit « nos soldats », on disait « nos prisonniers ». Olivier trouvait ce possessif absurde. Les Allemands aussi l'employaient. Des chiffres étaient avancés. On parlait de deux millions ou presque. Cela rassurait. Au moins, ils vivaient.

— Je ne comprends plus rien à rien, dit l'oncle Henri. Nous avons un chef d'État mais qu'en est-il de Lebrun, de la République ?

— Oh ! la République, dit la tante Victoria, elle a bien des torts.

— Nous avons seulement celui d'avoir perdu la bataille. L'aurions-nous gagnée qu'il en serait autrement. Et à quoi tient une défaite ? Seule l'Histoire nous le dira.

— De toute façon, nous n'y pouvons rien, dit la tante. D'autres décident pour nous.

— On ne peut plus compter que sur le vieux maréchal.

Olivier observa que les adultes n'en savaient pas plus que lui. Que dire ? Que penser ? Ils l'ignoraient. Marceau créa la sensation en annonçant :

— Tous à mettre dans le même sac, la vieille baderne y compris. Voilà qu'il se réveille et tout le monde l'acclame. C'est l'autre qui a raison, celui qu'on a condamné pour désobéissance. J'aime bien les gens qui disent merde aux autres.

— Veux-tu te taire ! dit la tante Victoria. Un peu de respect pour le vainqueur de 14.

— Les vainqueurs, ce sont les pauvres types dont le nom est gravé sur le monument aux morts, pas les culottes de peau.

— Un peu de respect, reprit l'oncle Henri.

— Oh ! ce que j'en dis...

Il fallait parler d'autre chose. Bientôt il n'y aurait plus d'autre sujet de conversation que de commenter les événements.

— Je ne pêche pas comme toi, dit l'oncle Henri à son fils. Je me mets à une place et je ne bouge plus. Toi, tu parcours la Seuge et tu fais fuir les poissons...

— Sauf ceux que j'attrape.

— Peut-être mais je te signale que les autres pêcheurs se plaignent de toi.

— C'est à cause de ma truite de trois livres. Ils n'en revenaient pas. Ils sont jaloux.

— Marceau est bon pêcheur, observa la tante Victoria.

— Et même devant l'Éternel, jeta Olivier, perfide.

Marguerite débarrassa le couvert. Elle se taisait, perdue dans un rêve lointain.

— Marguerite, ne faites pas cette tête, dit sa patronne. Vous le reverrez, votre fiancé. Et moi, mon frère. Et Olivier son cousin.

— Oui, madame. Si vous le dites...

La tante assura qu'il serait temps qu'en France l'autorité soit rétablie, que chacun n'en faisait qu'à sa tête, que tout avait débuté en 1936, que...

— Non, dit Marceau, en 1789 !

Cela recommençait. Olivier dit qu'il avait plu, que sa mémé lui dirait où trouver des champignons. Marceau l'accompagnerait. Ils devenaient inséparables.

Ils étaient allongés en maillot de bain au bord de la Seuge sur l'herbe du pré que la grand-mère louait depuis qu'elle ne possédait plus de bétail. Au coude de la rivière, l'eau, plus profonde, permettait la baignade. Parfois une sauterelle se posait sur la peau sans qu'on y prenne garde. Derrière la sente, dans le bois de pins, de nombreux corbeaux s'envolaient pour se poser dans les prés. De l'autre côté, sur le chemin qui reliait les moulins, passaient des troupeaux de vaches, certaines portant au cou une sonnaille faisant retentir une musique de vie.

— Quand je serai mort, dit Marceau à Olivier, tu penseras à moi ?

— Patate ! Qu'est-ce que tu dégoises ? Je serai clamsé avant ta pomme et je me fiche qu'on pense à moi.

— Étant donné que mes poumons, je les crache, le tubard que je suis accepte cette éventualité.

— Oh ! tes phrases fleuries... tu parles comme ta mère dans ses grands jours. Dès que tous ces tordus permettront le voyage, ton père t'emmènera en Suisse chez le docteur « Tuberculine ». Là, tu t'en paieras une tranche avec les femmes du monde et les princesses et, en plus, tu leur piqueras leur oseille au bridge ou au poker.

— On peut toujours rêver. Tu n'en as pas marre de moisir ici ?

— Nous ne sommes pas des champignons, dit Olivier. Moi, ici, je me plais bien. Je voudrais que ça dure.

— Tu finiras valet de ferme.

— Et même ?

— Non, mon petit. Tu vas rentrer à Paris dans

quelques semaines. Tu retrouveras ton boulot minable et tes livres consolateurs. Tu aimes bien tes petites habitudes de bon garçon. Bien calme, tranquille, pépère. Les Fritz prendront tout et se débineront comme à la guerre de 1870. Et puis ce sera une autre Commune et la révolution. Avant qu'on recommence. Il y aura des riches et des pauvres, des beaux et des moches et toujours autant de cons.

Olivier ne dit rien. Même si les prévisions de Marceau s'avéraient, rien ne serait comme avant. Rien n'effacerait la noirceur. Oui, il retrouverait son boulot pas si minable, ses livres, tant et tant de livres. Il deviendrait le héros de chaque roman, la matière de chaque poème. Peut-être apprendrait-il la musique. Et même le dessin, la peinture...

— Que penses-tu de la fiancée de Victor ? demanda-t-il pour briser le silence.

— Pas mal, pas mal pour une fille d'ici. Cela te fera une tante de plus.

— À toi aussi.

Sans transition, Olivier rit et devina que son cousin lui en demanderait la raison, ce qui arriva :

— Pourrait-on connaître les causes de ce rire niais ?

— Tu veux tout savoir et rien payer. C'est la mémé qui me fait rire.

— Mé... mé... on dirait une chèvre.

— Notre grand-mère, si tu préfères. Elle m'a épaté. Voilà qu'elle déplie une feuille de journal qui enveloppait un chou-fleur. Et le bébé sort du chou : un portrait du maréchal Pétain. Elle le repasse au fer, le découpe et se perd dans la contemplation. J'entends : « Qu'il est beau ! Qu'il est beau ! » Comme si elle tombait amoureuse. Et elle ajoute : « Il ressemble à ton grand-père ! » Ce doit être à cause de l'âge et de la moustache. J'étais furax. Le grand-père, il ne posait pas devant le photographe, il ne faisait pas le comédien. Et il était socialiste. Il admirait Léon Blum.

— C'était quelqu'un de bien, dit Marceau. Il pensait !

— Oui, dit Olivier, il pensait...

— Un pays de vieux gouverné par un vieux ! dit Marceau. Le grand-père, lui, est resté jeune jusqu'au bout.

Le lendemain, Olivier poserait un bouquet de fleurs des champs sur sa tombe.

Comme il se l'était promis, il se rendit à Saint-Chély-d'Apcher par le car venu du Puy. Il avait acheté des pastilles de menthe. Élodie les aimait. Il prit la rue du Château. Rien de changé. La femme de Jean habitait avec sa mère dans cette ancienne boutique devenue logement. Elle se chargeait de porter les dépêches. Une sonnette l'appelait de la poste et elle courait à son office. Mais les télégrammes étaient rares. On en craignait l'arrivée. N'apportaient-ils pas presque toujours de mauvaises nouvelles ?

— C'est toi ? Je croyais que tu m'avais oubliée...

Il la trouva changée. Elle avait pris de l'embonpoint. Elle expliqua que l'absence de Jean la faisait grossir. Une question d'hormones. Elle pleura.

Olivier chercha des mots consolateurs. Il alla jusqu'au mensonge. Par des gens bien informés, il savait que les prisonniers rentreraient bientôt. Il ne lui était rien arrivé. Elle aurait été prévenue. Oui, elle reverrait son Jean, son mari. Et la rue Labat. Et le tandem des dimanches.

— Tu le crois vraiment ?

— C'est une certitude ! affirma Olivier.

Elle essuya ses larmes et lui proposa du café. Il dit qu'il devait se dépêcher pour reprendre le car de quatre heures.

— Et tout le monde va bien chez toi ? Ton cousin...

— Pas mal, pas mal. Dès que possible, mon oncle le conduira en Suisse pour... pour la convalescence.

— Tant mieux, tant mieux, ce n'est pas parce qu'on a des malheurs qu'il faut que les autres en aient.

— Très juste ! Et mon oncle Victor lui aussi reviendra.

Une série de soupirs. Des « Ah là là ! » qui semblaient en dire long. À Saint-Chély aussi, il y avait des réfugiés. Et même un peu trop. Les commerçants en profitaient pour augmenter les prix. Et ceci, et cela.

Olivier croisait et décroisait ses jambes. Il se souvint des pastilles de menthe et les tira de sa poche. Elle remercia, ajouta des compliments : Olivier était devenu un jeune homme, pas comme le gosse de la rue Labat (« Ce que tu étais voyou... »). Elle gardait de lui une image fausse.

Il dit au revoir, il donna trois baisers. On se reverrait bientôt à Paris.

Il eut le temps de parcourir la grande rue. Il acheta même deux romans d'amour. De l'eau-de-rose. C'était mieux que rien. Il savait que sa grand-mère l'attendrait à l'arrivée du car. Reconnaître des gens, leur parler, cela faisait partie des distractions. On demandait : « Vous avez fait un bon voyage ? » comme s'il s'agissait d'un long parcours. Pour la mémé qui ne bougeait pas de son village, au-delà du canton de Saugues c'était l'étranger.

Dans les jours qui suivirent, Olivier eut le plaisir de revoir les amis de Victor qui étaient aussi les siens malgré la différence d'âge : Oscar Dumas et sa fossette au menton, Pierrot Chadès qui ressemblait à Fred Astaire, le beau Fernand Anglade, et Alphonse Lonjon l'horloger. Des copains de son âge aussi, Gignac, Mondillon, Chambaron, d'autres. Malgré leur jeune âge, ils gardaient des souvenirs en commun et les égrenaient comme auraient fait des adultes.

Maintenant, on pouvait lire le journal et recueillir des informations qu'il fallait interpréter car, dans *La Montagne* par exemple, on trouvait de grands blancs, ceux imposés par la censure qu'on appelait Anastasie. Les hostilités arrêtées en France se poursuivaient ailleurs. Si les Allemands bombardaient les îles Anglo-Normandes, la Royal Air Force s'en prenait aux côtes opposées, attaquait l'Allemagne de nuit. La marine britannique décimait celle des Italiens en Méditerranée. Le Canada fabriquait des navires de guerre. Oui, la guerre continuait même si la France avait abandonné la course. Tous écoutaient la voix du Maréchal, ses discours dont on extrayait quelque phrase frappante pour la placer sous son portrait.

Ce qui intéressait le plus les Desrousseaux, comme tant d'autres : le rapatriement des réfugiés. Il se ferait par étapes, selon les régions et en tenant compte des professions indispensables à la reprise des activités. Attendre, toujours attendre, vérifier ses papiers d'identité qui seraient examinés à la frontière de la France occupée.

— Pour l'organisation, les Allemands savent s'y prendre, disait-on. Ce n'est pas notre pagaille.

Et Hitler, dont le prénom serait donné à tant de cochons, visitait la cathédrale de Strasbourg. Une prise de possession de l'Alsace-Lorraine d'où l'on chassait les gens d'autres provinces. La Moselle faisait partie de la rapine.

On apprit que l'U.R.S.S. occupait en partie la Roumanie. Les vautours surgissaient de partout.

Et un nom, inconnu de la plupart des Français, devint célèbre : Mers el-Kébir. Les Anglais y attaquèrent la flotte française par deux fois. On dénombra des centaines de morts. L'escadre française d'Alexandrie fut neutralisée. À Dakar, le cuirassé *Richelieu* fut bombardé, les navires français saisis dans les ports anglais. Pour la plupart, les Alliés d'hier devenaient les ennemis d'aujourd'hui. La propagande de Vichy ne tarda pas à s'en servir.

— Ils craignent que les Boches s'emparent de notre flotte qui est puissante, plaida l'oncle Henri.

— Quand même, quand même..., dit la tante Victoria. De toute façon, les Anglais seront bientôt logés à la même enseigne que nous. Ils seront envahis.

— En attendant, les Forces françaises libres se battent en Érythrée, observa Marceau.

— Cela nous fait une belle jambe, dit sa mère.

Les trains circulaient mal. La plus grande partie avaient été détruits ainsi que les ponts. Pour aller d'un point à un autre, par des détournements d'itinéraires, il fallait plusieurs jours.

Attendre, toujours attendre. Les Allemands aussi attendaient. Pour que l'invasion de l'Angleterre réussisse, il fallait détruire la R.A.F. À défaut d'y parvenir, l'opération semblait ajournée.

La République française avait laissé la place à l'État français. Tout paraissait net. L'Ordre, l'Autorité, voilà ce qui importait. Nul ne se doutait que, dans la ville de cure devenue capitale provisoire, les mêmes appétits de pouvoir, les mêmes grenouillages qu'auparavant se poursuivaient. « Le Maréchal a dit... » On s'en tenait à cela.

La lecture des romans à l'eau-de-rose (Delly ? Max du Veuzy ? il ne s'en souviendrait pas) amusa beaucoup Olivier. Il en souligna des passages qu'il lut à Marceau. Celui-ci lut à son tour et déclara, sans doute pour apporter un avis contraire, original de préférence, que ce n'était pas si mal fichu, que les attardés mentaux avaient aussi droit à leur littérature.

« Nous ne manquons de rien, au fond... » avouait la tante Victoria. Olivier pensait « sauf de livres ». Par bonheur, il y avait *Les Fleurs du mal* qu'on pouvait toujours relire en découvrant sans cesse de nouveaux trésors. Comme son idole, Olivier composa un poème intitulé « Spleen » qu'il ne montra à personne.

L'état de santé de Marceau s'aggravait. Il ne courait plus les routes et les filles. Il n'allait plus à la pêche mais restait allongé sur son lit. Olivier s'asseyait près de lui. Ils jouaient aux dames. Même quand il sentait sa victoire assurée, Olivier laissait gagner son cousin. Il disait :

— Au fond, tu as raison. Moi aussi, j'en ai marre de la pêche et du vélo. C'est toujours pareil.

— Et tes copains ?

Il ne répondait pas. Il n'osait dire à Marceau le railleur que son plus grand copain, c'était lui.

Un médecin local le visitait. Il ne servait pas à grand-chose et le savait, donnait des conseils plutôt que des médicaments.

L'oncle Henri, jamais à court d'idées, proposa au médecin un voyage à Paris, honoraires et frais payés. Il lança cela comme une bouteille à la mer, sans y croire. À sa surprise, le docteur, célibataire, avait une connaissance en banlieue parisienne. Il accepta. Pour qu'une automobile circulât, il suffisait d'avoir les laissez-passer et l'essence. Pour le carburant, il restait une bonne partie de l'emprunt de Montrichard et, de plus, un garagiste, sous le couvert du secret, lui assura le plein.

La présence d'un médecin pouvait briser bien des barrières, d'autant qu'un caducée fut posé sur la vitre et qu'on ajouta sur le toit du véhicule une bâche arborant une croix rouge.

— À Paris, dit l'oncle Henri, je verrai où nous en sommes. Peut-être l'imprimerie et la papeterie pourront-elles reprendre une activité. Hullain et Jacquet seront là. Je mettrai nos affaires en règle et c'est bien le diable, avec mes relations, si je ne peux pas conduire Marceau en Suisse. Là, il sera sauvé.

Il ajouta à voix basse : « C'est une question de vie ou de mort... »

Il fut convenu que la tante Victoria, Olivier et Jami rentreraient plus tard, quand les trains rouleraient mieux. En attendant, qu'ils se considèrent comme en vacances et qu'ils prennent les choses du bon côté.

Pour Marguerite, cela se passa d'une autre manière. Elle demanda un congé pour se rendre dans son village. Qui sait si le fiancé n'était pas revenu ?

En dépit d'hésitations, de récriminations, de disputes même, rien ne modifia la décision de l'oncle Henri. Dans des circonstances exceptionnelles, on pouvait compter sur lui.

Ainsi eut lieu ce déchirant départ. Olivier, retenant ses larmes, embrassa son cousin. Ce dernier eut un pâle sourire et dit :

— Salut, bonne pomme. On se reverra bien. Un jour ou l'autre. Tu peux même me chiper ma petite amie...

Et ce fut le départ. La tante Victoria serra Jami et Olivier contre elle. Ils rendirent visite à la mémé : sa modeste demeure restait l'ultime refuge.

La terreur, le danger physique écartés, il demeurait chez tous, et chez Olivier en particulier, l'impression d'un malaise diffus, peu analysable, d'une culpabilité inconnue et absurde. Ces temps, marqués par tant d'événements qui se succédaient à un rythme rapide, il les fallait subir, chaque jour étant punition, remords vague, crainte que l'on éprouverait dans un univers chargé de miasmes, de microbes ou d'invisibles présences. Parfois, Olivier tressaillait comme s'il se sentait observé, épié par l'inconnu, comme s'il avait oublié un acte important, il ne savait lequel.

Aussi, cet été passé dans son lieu de prédilection, celui dont il se « languissait » dès qu'il l'avait quitté, cet été lui parut vain, interminable, une parenthèse mal placée dans une phrase de sa vie.

Il ne s'ennuyait pas, trop d'activités de toutes sortes, de rencontres, de randonnées, de distractions, de plaisirs ruraux le requéraient. Auprès de sa grand-mère, il se sentait heureux. Et aussi dans la compagnie de sa tante qui semblait chercher un appui comme auprès d'un adulte ou d'un chef de famille.

Certes, il avait des soucis : l'absence de ceux qu'on n'imaginait pas autrement que prisonniers, le voyage de l'oncle Henri, la maladie de Marceau, l'échec du pays, la crainte de l'avenir. Olivier en prenait la mesure, l'analysait, cherchait des solutions. Non, il ne s'ennuyait pas, tout en percevant un sentiment d'ennui, de trahison des êtres. Un mal le minait, celui d'une époque, non de sa vie, celui de son adolescence, non du temps et de l'Histoire. Comme si on l'avait arraché à un univers pour le porter vers un autre, le même dans les apparences mais différent, fabriqué avec d'autres matériaux.

Croyant, il se serait tourné vers l'Église. Mais si une foi mal définie l'habitait, une sorte de panthéisme poétique, il n'aimait pas les cérémonies du culte, les démonstrations collectives, y voyant de l'abandon, voire de l'hypocrisie. Et cette nouvelle devise qui semblait s'y accorder : « Travail, Famille, Patrie ». Où se trouvaient la liberté, l'égalité, la fraternité, ces mots qui portaient en eux une énergie si forte ? Son pays serait-il à l'image de ce beau vieillard à la voix chevrotante et qui devait s'appuyer sur une canne, se donnant des airs de papa gâteau ou de père Noël ?

Il pensa à ce général révolté qu'on venait de condamner à mort. Il lui manquait son image, il ne connaissait pas encore sa voix. Par quoi était-il guidé ? Olivier tentait aussi d'analyser ce que Marceau appelait nihilisme sans y parvenir. Ce sentiment n'était-il pas né de la maladie, de la peur de mourir, cette idée d'inventer le rien présent parce qu'on craint de s'y dissoudre dans le futur ? Avant son départ, il avait eu des conversations sérieuses avec son cousin. Elles débouchaient toujours sur cette idée que les choses étaient sans importance, les faits sans consistance, les mouvements des êtres maladroits, médiocres et vains.

Certes, chez Pierrot Chadès, on discutait ferme. Mais les idées personnelles étaient rares, sauf chez le petit bossu dont le regard semblait en dire long mais qui se taisait de crainte d'être incompris ou, pire, mal compris.

L'arrivée de Pierre Laval, l'homme à la cravate blanche, l'Auvergnat, aurait pu ne pas déplaire aux gens du pays. Ils restaient indifférents comme si le maréchal Pétain, dont le portrait s'affichait partout, l'effaçait. Et pourtant, il devait être habile : cet Otto

Abetz, l'avait-il roulé dans la farine ? Le procès des hommes politiques présumés responsables de la défaite, et qui se tiendrait à Riom, n'intéressait guère.

Certains amis de Victor qui étaient de gauche l'étaient-ils restés ? Ils se taisaient, souriaient ou ricanaient sans qu'on pût rien déceler de leur pensée. Cependant, quand Fernand Anglade dit que le Tchad, le Congo, l'Oubangui-Chari, la Polynésie française se ralliaient aux Forces libres, Olivier sentit que cela ne lui déplaisait pas.

Car la guerre continuait. Déplacée, elle faisait rage, surtout dans le ciel. Chaque partie annonçait les pertes en avions de l'autre. Pour l'Angleterre, certains savaient des choses, peut-être par la radio de Londres qu'Olivier avait essayé en vain de capter et où les Français parlaient aux Français. Churchill apparaissait comme un lion rugissant.

Le débarquement des troupes allemandes semblait remis à plus tard. Il fallait d'abord détruire Londres et la Luftwaffe bombardait de plus en plus la ville mais la R.A.F. ripostait, faisait subir des pertes à l'ennemi – car, pour Olivier, l'ennemi, c'était toujours le monstre à moustache carrée avec sa mèche sur l'œil et son horrible voix.

Une lettre expédiée de Lausanne arriva à Saugues un mois après avoir été postée. De manière concise, l'oncle Henri indiquait qu'en dépit de quelques difficultés, le voyage s'était bien passé. Marceau se trouvait en de bonnes mains. Il citait les mots du professeur : « Je vous le guérirai ! » Lui-même revenait à Paris pour remettre les machines en marche. Il rapportait du chocolat pour certains gourmands.

Marceau avait ajouté quelques mots : « Tout est dit. Salut et fraternité. » Cette lettre rassura. Elle ne surprit pas car, entre-temps, de Paris, l'oncle avait donné des nouvelles. Les presses marchaient de nouveau. Hullain et Jacquet présents, le travail reprenait.

Les jours raccourcissaient. Le 15 août, on fêta la Vierge Marie, et surtout les nombreuses Marie du pays, ce prénom étant le plus répandu.

« Adieu, vive clarté de nos étés trop courts ! » dit Olivier sur le ton de la conversation, ravi qu'on ne s'aperçût pas qu'il faisait une citation.

Le froid commençait à se faire sentir. La mémé prêta à Olivier un des nombreux pull-overs de Victor.

À Saugues, sous le signe du renouveau annoncé, des initiatives se préparaient. On envisageait la construction d'un stade. Les anciens combattants se manifestaient à tout propos. On parlait d'une jeunesse saine et sportive comme si les jeunes Sauguains, rompus aux durs travaux, n'étaient pas solides.

On apprit qu'on avait dressé des listes de prisonniers. Olivier pensa que ce serait plus simple de les libérer. Personne ne supposait qu'ils resteraient captifs tout le temps d'une guerre dont on ignorait la durée.

Si les Anglais ne tenaient pas, ce serait la fin de tout. Le nazisme dominant, les nations seraient esclaves. Que faisaient donc les Américains ? Les Russes ? On n'y pensait pas. Les rapaces de l'Est seraient de connivence.

Fin juillet, Hitler était venu à Paris au petit matin. Il avait visité l'Opéra. Il avait exprimé sa satisfaction. Par bonheur, il n'était resté que quelques heures. Que craignait-il ?

— Il va falloir songer au retour, dit la tante Victoria. Le voyage sera long et pénible. Je me suis arrangée avec le chef de gare de Langeac. Il nous a promis des places. Il faudra fixer la date. C'est, paraît-il, encore un peu tôt. Qu'en pensez-vous, monsieur le maire ?

Visiblement, celui-ci n'en pensait rien. Il répondit :

— Plus tôt vous serez partis, plus tôt vous serez arrivés ! ce qui ne voulait rien dire. Il ajouta pourtant : Vous devriez attendre la mi-septembre.

— J'en connais qui sont déjà partis, dit Olivier.

Pourquoi avait-il cette hâte de rejoindre Paris ? Il ne se l'expliquait pas. Sans doute pour ne plus être isolé, pour voir comment les choses se passaient avec ces Fridolins. Et puis, ces livres qu'on ne lui avait pas permis d'emporter. Et les deux qu'il n'avait pas rendus à la bibliothèque municipale, ce qui le tracassait.

Et l'imprimerie. Il devait parfaire son métier de typographe, l'apprentissage n'étant pas terminé. Il se voyait déjà le composteur en main, alignant les caractères, plaçant des interlignes, préparant la composition dans la galée. Lucien et Guy, les autres jeunes, le grand David seraient-ils là ?

Le grand jour arriva. La tante Victoria quitta ses vêtements de campagne pour retrouver son élégance. Olivier fut invité à enfiler ses culottes de golf qu'il détestait.

L'oncle Henri avait emporté ses valeurs, mais il restait les trois lingots d'or qui furent dissimulés chez la mémé dans une cavité entre le plafond de la pièce et le sol du grenier. Le petit autocar bringuebalant faisait toujours le service de Langeac à vingt kilomètres.

Le train de Nîmes arriva avec trois heures de retard. Il devait stationner une demi-heure, ce qui permit au chef de gare, on ne sut par quel moyen, de trouver trois places assises alors que le train était bondé.

La locomotive toussa, haleta, cracha des jets de fumée et les wagons de bois s'ébranlèrent. Lentement, fort lentement. Pour atteindre Clermont-Ferrand, il fallut des heures. Le train s'arrêtait partout, souvent en rase campagne. Dans les gares, c'était la cohue. Heureusement, la tante, qui jugeait pourtant vulgaire de manger dans les transports, avait prévu de la nourriture. Il en était de même des autres passagers. Des politesses s'échangeaient bien que la tante se tînt sur la réserve. La plus grande difficulté fut de se rendre aux toilettes en se frayant un chemin parmi les voyageurs et les valises pour atteindre un lieu sale et nauséabond.

La tante se tenait droit. La fatigue ne semblait pas avoir prise sur elle. Parfois, elle poudrait son visage en rentrant les lèvres et examinait sa coiffure dans le miroir du poudrier. Le bienheureux Jami recroquevillé dormait. Olivier, à côté de sa tante, se penchait pour regarder le paysage envahi par l'ombre. Ils roulaient depuis des heures et voilà que ce maudit train s'arrêtait de nouveau. Personne, pas un contrôleur pour donner des indications. Olivier s'endormit.

Plus tard, bien plus tard, une secousse le réveilla. Le train, le tortillard plutôt, s'arrêtait une nouvelle fois. C'était la nuit. Seule une veilleuse bleue jetait sa lueur dans le compartiment qui sentait le saucisson, l'ail, la fumée, les corps. La tante Victoria s'était endormie, sans s'affaisser, raide comme une momie. Olivier la regarda et se demanda s'il l'aimait et si elle avait quelque affection pour lui. Il l'admirait non seulement parce qu'elle était distinguée, chic, mais pour sa force de caractère. Selon elle, il fallait ne jamais se plaindre, oublier ses petites misères, ne pas parler de soi. De qui tenait-elle ses qualités ? Elle avait grandi à la campagne, élevée par des gens simples. Rien ne la prédisposait à devenir cette dame. Ce qu'elle était, elle l'avait conquis, sans doute au prix de grands efforts.

Olivier lui ressemblait physiquement. Tout le monde l'affirmait : ils avaient le même visage hérité du grand-père dont la mémé disait que le maréchal Pétain de son cœur lui ressemblait. Il se dit : « Je ne ressemble quand même pas à ce maréchal ! » et cela le fit rire.

Il gardait une petite photographie de son père. Un jeune homme. Jeune, il l'avait toujours été puisqu'il était mort à trente-six ans, victime des suites de la guerre. Marceau lui avait dit : « Il était plus beau que toi ! » et, curieusement, cela lui avait fait plaisir.

Olivier se rendit aux toilettes, enjambant des corps allongés. Il dut attendre et frapper à la porte. Quelqu'un s'était endormi sur le siège. Quand il revint à sa place, le soleil se levait. Ils croupissaient dans ce train depuis près de vingt-quatre heures. Il se sentait sale. L'eau était absente du petit lavabo. Ses culottes de golf le serraient aux mollets. Il fit descendre l'élastique et pensa que cela faisait pantalon de ski.

Il sommeilla. Le train repartit, lent comme un cheval harassé. Il pensa de nouveau à sa randonnée à bicyclette, à la fermière en quête d'amour, à la potée de Ruynes...

— Tu es fatigué, Olivier ?

— J'ai connu pire, répondit-il crânement.

— Tu as raison. Je suis lasse. Faisons bonne figure. Pas pour ces gens, mais pour nous-mêmes. Nous vivons un calvaire. Il faut boire le calice jusqu'à la lie.

Et sa tante parut s'endormir. Il la regarda et pensa qu'à son éveil, il fermerait les yeux pour qu'elle ne sût pas qu'il l'avait regardée durant son assoupissement.

Puis elle se leva, sortit d'un sac une bouteille Thermos et offrit du café chaud à son neveu. Elle agita sa main devant son visage. Olivier chuchota : « Ça sent mauvais. » Il avait failli dire : « Ça chlingue ! » Elle but du café, demanda à son neveu s'il avait faim. Il fit non de la tête. Les odeurs de nourriture le dégoûtaient. Il craignait la nausée. Il regarda les autres voyageurs : deux vieux couples et un jeune garçon. Un des hommes dormait, sa bouche édentée ouverte, l'autre ronflait. Les vieilles sentaient le rance.

Le train s'arrêta si longtemps aux abords d'une gare qu'on se demanda s'il repartirait. Olivier prit l'initiative de baisser la vitre. Il préférait l'odeur de la fumée à celle du compartiment. Des hommes marchaient le long de la voie, une lanterne éteinte à la main.

— Allons-nous repartir ? leur demanda Olivier.

— Tu verras bien. Il faut redresser un rail. C'est pas de la tarte.

— On redresse un rail, dit-il en remontant la vitre.

— Dieu sait quand nous arriverons, dit la tante Victoria.

Il faillit répondre que Dieu n'en savait rien et qu'il s'en fichait bien. Sa tante montrait de la gentillesse envers lui. Les difficultés les rapprochaient. Jami qui s'éveillait annonça qu'il avait soif. Il restait de la citronnade dans une bouteille mais elle avait tiédi. L'enfant se leva, s'étira, sortit du compartiment et, à son retour, il confia qu'il avait fait pipi par la portière. Olivier demanda : « Pas dans ta culotte ? » Jami lui répondit par un pied de nez.

Le train repartit, connut d'autres arrêts. Chaque fois qu'il s'ébranlait, on entendait des craquements inquiétants. En début d'après-midi, un arrêt dans une gare fut le plus long. On atteignait la ligne de démarcation entre les deux zones. Sur le quai, pour la première fois, Olivier aperçut des soldats allemands. Ils étaient deux qui marchaient, l'arme à l'épaule. Il ferma les yeux pour ne pas les voir. On procéda au contrôle des identités. Dans le couloir, les voyageurs se serraient pour laisser passer. Chacun présenta sa carte d'identité. Après une longue attente, deux policiers français, sans un mot, consultèrent les papiers, jetèrent un œil soupçonneux vers les voyageurs et les bagages et sortirent.

Après un soupir de soulagement, les gens commencèrent à ranger leurs cartes. À ce moment-là, on frappa à la portière comme pour demander la permission d'entrer. Il s'agissait d'un officier allemand accompagné d'un soldat. Il salua, s'inclina et demanda, dans un français presque parfait : « Vos papiers, s'il vous plaît ! » Cette politesse étonna. L'officier était grand, bel homme. Il souriait. Olivier fouilla ses poches, mais déjà sa tante tendait un livret de famille. L'officier en tourna les pages et demanda : « Vos enfants ? » La tante répondit : « Ce sont mes fils » – ce qui bouleversa Olivier. « Ah bien, très bien... », dit l'Allemand. Il regarda la tante Victoria avec intérêt, s'inclina, jeta un rapide coup d'œil sur les cartes des autres voyageurs et salua de nouveau avant de sortir et de refermer la portière.

Dans le compartiment ce fut le silence, puis un échange de regards d'approbation. La tante Victoria dit à Olivier :

— Quel bel homme ! Il doit appartenir au monde. Et tu as vu ce bel uniforme, ce ceinturon et ces bottes bien cirées, ce superbe képi, tous ces insignes...

Olivier se tut. Il se sentait furieux, humilié. Il détesta sa tante. Et elle en rajouta :

— Que pouvaient faire nos pauvres troufions mal fagotés en face de tels hommes ?

C'en était trop. Olivier pensa au neveu de l'oncle, de son côté à lui et qui n'était donc pas apparenté, mais qu'Olivier appelait comme les autres « le cousin Desloges ». Il était capitaine, aussi grand que cet Allemand, d'aussi bonne tenue et bien plus beau. Il faillit l'évoquer mais préféra se taire.

Le train repartit. Olivier eut l'impression que, soulagé lui aussi, il roulait plus vite. On se trouvait donc en territoire occupé. Il écarta une foule de pensées et concentra son regard sur le paysage. Des champs, des prés, des vignobles, des arbres. Et tout cela qui était naturel semblait l'étonner, le rassurer.

— Le plus dur est passé, dit la tante. J'ai encore des sandwiches. Ton oncle ne nous attendra pas à la gare puisqu'il ignore l'heure d'arrivée. Je ne sais pas s'il y a encore des taxis. Le métro marche. Et ces lourdes valises...

— Je suis costaud, ma tante.

Elle sourit et lui tendit un sandwich. Lui pensait à l'officier allemand. Il détestait tout en lui et, plus que tout encore, sa politesse.

Le manège recommença : nombreux arrêts d'autant plus irritants qu'on ne connaissait pas leur durée. Olivier pensa : « Pire que l'exode. »

Enfin Paris, la gare du P.L.M., le passage de l'octroi. La bousculade, la descente dans le métro, le changement dans les longs couloirs du Châtelet, puis à Gare-de-l'Est. Enfin, Château-Landon. Ils étaient harassés.

L'oncle Henri, en robe de chambre et en charentaises, leur ouvrit. La tante dit : « Sauvés, nous sommes sauvés ! » Échange de nouvelles. Une bonne surprise : l'oncle avait engagé Louise, celle qui avait aidé Marguerite, puis s'était mariée. Son mari était absent, prisonnier sans doute. Elle disposait de son temps. Déjà, la tante s'inquiétait de tout : le travail, le ravitaillement...

— Puisque je te dis que tout va bien ! dit l'oncle Henri. Enfin, tout va pour le mieux, étant donné les circonstances. On dirait que Jami a encore grandi. Il faut faire votre toilette. J'ai mis l'eau chaude. Il y a un pot-au-feu à la cuisine, je le fais réchauffer. Oui, tout marche, le gaz, l'électricité...

Olivier rejoignit sa chambre. Il ouvrit son armoire. L'oncle avait écarté des livres pour les disposer sur une étagère et les remplacer par des provisions, des boîtes de conserve et des pâtes alimentaires.

Ils se lavèrent, dormirent longtemps. Olivier demanda s'il devait rejoindre son travail à l'imprimerie. L'oncle lui dit avec un sourire qu'on pourrait encore se passer de son aide précieuse. Il lui donnait trois jours de congé pour se remettre de ses fatigues.

Quatre

Olivier, enfant du pavé de Montmartre, était curieux de Paris, cette capitale quittée des semaines auparavant sous un brouillard noir et qu'il retrouvait dans la clarté du ciel. Car si les âmes étaient grises, le soleil, indifférent aux maux humains, jetait de l'or sur la cité.

Il avait repris son pantalon bleu à pont, avec ses poches dites « à la mal au ventre », les chaussures à semelles de crêpe. Marchant ainsi d'un pas souple, Paris lui appartenait.

Les rues étaient peu fréquentées. Il rapporta les deux livres prêtés par la bibliothèque municipale et expliqua les raisons de son retard. Il fut pardonné et put choisir deux titres à la lettre F : Faulkner et Flaubert. Il les glissa dans sa gibecière d'écolier. Elle ne contenait rien d'autre, si l'on excepte une boîte minuscule renfermant une bague d'enfant, trop petite pour qu'il la portât, le souvenir d'un vieil ami du temps de la rue Labat, Bougras, dont nul ne savait ce qu'il était devenu.

Il contourna la porte Saint-Martin pour suivre les Grands Boulevards. Il se promettait une longue promenade : l'Opéra, la Madeleine, la place de la Concorde, peut-être le Quartier latin. À sa surprise, là où tant de gens se pressaient, regardaient les petites baraques (qui avaient disparu), on ne voyait que peu de circulation. Des piétons, des cyclistes, mais pas d'automobiles autres que celles des occupants. Les passants, le regard vide, paraissaient préoccupés. Ils voulaient ignorer ces groupes de soldats allemands aux allures de touristes qui flânaient, se photographiaient, tournaient l'objectif vers les immeubles comme s'ils voulaient les emporter avec eux.

« On ne les regarde pas, on ne les voit pas... », avait dit l'oncle Henri. Olivier pensa au film *L'Homme invisible*. Ce premier jour, il les observait. Sa curiosité satisfaite, il se rallierait à l'accord tacite de se prouver à soi-même l'inexistence des étrangers.

Naissait de l'instinct, autant que de la blessure, une première résistance qui ne porterait pas de majuscule : la résistance passive.

Ces soldats, sous la discipline, défilaient, paradaient avec leurs armes astiquées, leurs cuirs luisants, leur tenue soignée, avaient quelque allure. On disait qu'on avait choisi, pour occuper Paris, les plus beaux, les plus spectaculaires. Dès qu'ils se dispersaient dans la ville, ils n'étaient plus que des badauds, des touristes stupides, des bidasses de train de 8 h 47.

« Les Aryens, les surhommes, pensait Olivier, il faudra m'en mettre une caisse et trois bidons. » Il avait vu dans le journal des photographies : Hitler avait l'air d'un clown, Goering était gras comme un porcin et Goebbels frêle comme un avorton. Pour qui se prenaient-ils ?

Il opta bien vite pour le non-regard. S'il ignorait les occupants, il ne pouvait pas ne pas être frappé par l'étalage de leurs symboles. Partout, la présence de ceux à qui il avait été ordonné d'être corrects se faisait sentir : les panneaux superposés à chaque carrefour pour indiquer les directions, de longs mots allemands ou des abréviations, et sur les façades des hôtels ou immeubles occupés de vastes oriflammes, des banderoles où, dans un cercle blanc sur fond rouge, se dessinait une croix gammée monstrueuse.

Rue de Rivoli, devant les grands hôtels, ailleurs devant les anciens ministères, se tenait une sentinelle parfaitement immobile, posée sur un socle de bois comme un jouet ou une statue. Olivier pensait qu'il serait bon de jeter la boule d'un jeu de massacre forain pour voir si la chose tombait en arrière sans rien perdre de sa raideur. « Ils veulent nous épater, nous en mettre plein la vue, pensa-t-il, mais tout le monde s'en tape ! »

Beaucoup de Fridolins en goguette portaient d'énormes paquets. Ils envahissaient les boutiques, surtout celles des parfumeurs, des marchands de mode, achetant en quantité des bas de soie, parfums, colifichets, chaussures, parures féminines. Riches des marks d'occupation, de cet argent arraché aux finances françaises, ils ne lésinaient pas, et non plus dans les restaurants où ils se goinfraient, aux terrasses des cafés où ils prenaient leurs aises.

À la dérobée, Olivier lisait des mots : *Soldatenheim, Zentral-Ersatzteillager, Zentral-Kraft, GL/Paris*... Que voulaient-ils dire ? Il les jugeait blessants comme des armes.

Bientôt, Olivier eut hâte de rentrer, de retrouver

l'appartement, de ne plus voir ces verts-de-gris qui mettaient la ville à sac tout en restant « corrects ». L'appartement, ou plus précisément sa chambre aux livres, et aussi l'imprimerie-papeterie, le coin typo pour revoir ces collègues avec qui, en fin de semaine, il prenait un verre au café La Cigogne, où l'on fêtait la Saint-Jean-Porte-Latine, patron des imprimeurs, une fois l'an.

Les occupants ? Il ne les verrait pas. En pensée, ils seraient anéantis. Comment pouvait-il y en avoir autant puisqu'ils se répandaient partout ?

Il pensait ne plus bouger de la rue Louis-Blanc et du Faubourg. Ce en quoi il se trompait : la Vivaquatre et la camionnette réquisitionnées, il ferait les livraisons dans Paris, par le métro ou en triporteur, en tirant la voiture à bras même, comme un cheval, pour les charges les plus lourdes.

Il avait eu une telle hâte de quitter Saugues ! Et voilà qu'il regrettait de ne plus s'y trouver.

L'imprimerie-papeterie fonctionnait. Travaillant pour d'importantes sociétés, l'oncle Henri se procurait les rames de papier nécessaires. Olivier apprit à se servir du massicot, à marger à la main sur la petite Minerve les cartes de visite et travaux de ville, à se servir de toutes les machines d'appoint : la piqueuse, la perforeuse ou la grille à jasper.

À la typographie, en progrès, il dépassa le stade d'apprenti. Pour les livraisons s'établit un partage équitable avec Guy qui râlait et Lucien ravi de sortir.

Hullain et Jacquet, les deux anciens, qui se réclamaient l'un et l'autre d'être protes, c'est-à-dire contremaîtres, ne s'entendaient guère. Cela à cause de leurs divergences d'opinions, encore qu'elles ne fussent pas éloignées puisqu'ils professaient tous deux une admiration pour le Maréchal, chef de l'État français. Mais avec certaines nuances. Pour l'un, Pétain était l'otage de gens comme Laval ou Déat. Pour l'autre, il était le chef suprême. La querelle s'envenima au moment de la rencontre Pétain-Hitler à Montoire et surtout du célèbre serrement de main. On entendait :

— Peut-être... mais ce n'est qu'un geste. Le Maréchal n'a cédé sur rien. Il a dominé l'autre. Il suffit de regarder la photo dans le journal.

— Vous êtes dans le secret des dieux, vous ! En attendant, le Maréchal prêche pour la collaboration, ce qui peut nous mener loin. Le plus énorme est qu'Hitler a rencontré ce fasciste de Franco pour qu'il ouvre sa frontière et entre dans la guerre. Le Caudillo a revendiqué en échange tant de choses impossibles que c'en est resté là. J'avoue que ça m'en bouche un coin.

— Je persiste à dire que notre maréchal a refusé plus encore. Pour l'Afrique du Nord, il n'a pas cédé.

Cela n'en finissait pas. Le grand David qui s'occupait de la grosse Centurette, tout en faisant glisser les feuilles format jésus, dit à Olivier qui surveillait l'arrivée du tirage : « Deux vieux cons ! » Le grand David était-il toujours communiste ?

L'oncle Henri s'absentait. Il allait, comme il disait, « aux commandes ». Il faisait jouer ses nombreuses relations, notamment celles de sa loge maçonnique. Olivier ignorait le sens de cette expression. Il ne connaissait que les loges des concierges.

En octobre, on reçut des nouvelles du tonton Victor, puis de Jean, le cousin d'Olivier. Ils étaient en captivité dans des lieux appelés stalags et numérotés, l'un XIII A, l'autre XVIII A. On comptait près de deux millions de prisonniers. Des gens prétendaient qu'on les libérerait par tranches de cinquante mille. Plus tard, la famille apprendrait que Victor exerçait son métier de maréchal-ferrant dans une caserne. Quant à Jean, il travaillait dans une ferme.

Les Desrousseaux reprirent une vie non pas mondaine, le temps n'étant plus à cela (la tante ne travaillait-elle pas à la papeterie ?) mais sociale. On revit Bill Inguinbert et sa femme Vivy toujours aussi belle et décolletée. Et de nouveaux venus : les Bastorges, fabricants de pâtes alimentaires (une relation utile), leur grand fils et leur fille de l'âge d'Olivier, Durieras spécialiste des emporte-pièces, enfin Audouin, rentier. Si on parlait des événements, on jouait surtout au bridge.

Arriva un soir un nouvel ami de l'oncle Henri. Comme Olivier s'éclipsait, il dit : « Mais restez donc avec nous, jeune homme ! » Sa conversation était plus élevée. Il parlait de la servitude sans la grandeur, affirmait que le phénix renaîtrait de ses cendres, flétrissait l'immoralité de l'histoire. Pour lui, Laval était un maquignon qui vendait la France, Pétain un pauvre homme dépassé par sa fonction et ne répétant que ce qu'on lui soufflait, enfin le général Charles de Gaulle un visionnaire de génie.

— Oui, cher Henri, la guerre sera longue. Les surprises ne viendront peut-être pas du côté où on les attend. Churchill se situe au plus haut. Roosevelt attend son heure.

Il parla de l'Alsace Lorraine. Tandis que des réfugiés regagnaient les villes, des jeunes s'en évadaient. Nos concitoyens des provinces de l'Est : les plus à plaindre. La langue allemande était la seule autorisée. Les jeunes devaient s'inscrire aux Jeunesses hitlériennes. Ces territoires faisaient désormais partie de l'Allemagne. Comme en 1870.

Ce nouvel ami, qui se nommait Gaston Thil, affirmait que tous les Allemands n'étaient pas des brutes. Ainsi, cet Otto Abetz, d'autant plus dangereux d'être cultivé, civilisé, multipliait les entreprises de séduction auprès des écrivains et des artistes, mais on ne pouvait oublier l'interdiction de diffuser des livres d'auteurs comme Jacques Rivière, André Maurois, Georges Duhamel... après les Allemands Heine, Mann, Zweig, Remarque...

— Drieu La Rochelle est son grand ami. S'il ne se reprend pas, cet auteur, un de nos meilleurs, partira à la dérive.

Les journaux, la radio, tous les moyens de propagande en France occupée : les tentacules de la pieuvre. Se méfier de tout et de tous ! Les Français sont faibles, le mal se répand vite.

Lors des exposés de M. Thil, l'oncle hochait la tête, n'approuvait ni ne désapprouvait, disait des choses vagues du genre : « Le temps fera son choix. » Ou : « Ce n'est pas la bonne volonté qui manque. »

— Et qu'en pense ce jeune homme ? demanda M. Thil.

— Je ne sais pas. Je ne suis pas très calé. Mais

j'aime mieux de Gaulle que Pétain. Il est plus jeune...

Olivier rougit. Il se sentit stupide, insignifiant. Marceau aurait su répondre. M. Thil ne parut pas s'apercevoir de sa confusion. Il dit :

— Tout est incertain. Je comprends qu'on ne sache que penser, surtout à votre âge. Il faut en parler avec vos camarades...

Aussitôt, Olivier pensa à Samuel Bernard. Il se reprocha de l'avoir délaissé. Au cours de leurs conversations, il lui apprenait toujours quelque fait, savait extraire d'Olivier quelque chose qu'il ignorait connaître. Il représentait l'intelligence.

— Oui, finit-il par dire, j'ai un copain avec qui je peux parler.

« Il est charmant, ton ami Gaston, dirait la tante Victoria à son mari, charmant, oui, mais un peu hors de la réalité. »

Qu'était la réalité pour la tante Victoria ? Cette dernière avait changé. Elle oubliait de laisser croire à sa futilité. Elle assurait la bonne marche de la papeterie, devenait une commerçante, retrouvait ce qui lui venait de ses origines modestes. Se souvenait-elle de ses efforts pour accéder à la bourgeoisie ? Elle ne s'intéressait plus qu'à la marche et même au développement de l'entreprise dans une époque peu propice. À table, on ne parlait plus que du travail, des affaires, des carnets de commande, des prix de revient et de vente, de la rentrée des règlements.

Louise, la bonne, remplaçante de Marguerite, se montrait excellente cuisinière. Elle était fort sollicitée : alors que les restrictions, chez la plupart des Parisiens, se faisaient sentir, chez les Desrousseaux les repas restaient copieux. Ils avaient mis au point un système de colis qu'ils recevaient d'un peu partout, de Montrichard, de Gien, de Normandie. Les Bastorges fournissaient la farine et les pâtes alimentaires. De plus, les commerçants du quartier, contre de petits services, les favorisaient.

La taille de la tante Victoria s'épaississait. Elle ne s'en apercevait pas. Olivier ressentait une gêne : les ouvriers de l'imprimerie souffraient de la disette. Il prétendit avoir toujours une petite faim dans la matinée ou vers quatre heures. Louise lui préparait des provisions de bouche qu'il glissait dans sa gibecière. À l'atelier, il annonçait : « Et si on cassait la graine ? » D'autres fois il emplissait ses poches de pommes de terre qu'on faisait cuire sous la cendre au bas de la chaudière du chauffage central.

Le plus fort était que la tante Victoria se plaignait en présence de son personnel : « Tant de bouches à nourrir ! »

Les chiffonniers trouvaient des adeptes. Les démunis fouillaient les poubelles de métal, glanaient sur les marchés des fanes de carottes, des feuilles de chou ou de salade, des légumes ou des fruits à demi pourris.

Durant le rude hiver, des files d'attente s'étirèrent devant les boutiques. Tous n'étaient pas servis. Les derniers avaient attendu en vain dès le petit matin, dans le froid.

La tante, bien que pourvue de provisions, n'hésitait pas à suivre ces queues, à moins qu'elle n'envoyât Louise ou Olivier.

Il existait aussi des arrangements. L'un d'eux causa à Olivier la plus vive humiliation. Le beurre-œufs-fromages avait annoncé une arrivée d'œufs. Il en serait vendu un seul par personne. Or on avait fourni à ce commerçant des feuilles blanches de papier sulfurisé difficiles à trouver.

— Olivier, dit la tante, tu passeras par le couloir et on te remettra une douzaine d'œufs. Ne les casse pas.

Honteux, il longea la file d'attente, traversa le couloir, frappa à la porte de derrière et sortit avec son paquet. Les gens qui attendaient comprirent le manège. À sa sortie, il fut hué, insulté, menacé. Il dut courir pour échapper à la vindicte.

La crainte de manquer rendait sa tante insensée. Elle disait à son mari : « Nous devrions imprimer des tickets de viande et de pain, c'est facile... »

Le soir, avec l'aide Olivier, l'oncle imprima autre chose : de faux papiers pour une juste cause. Il s'agissait d'une demande de M. Thil : des certificats de démobilisation pour des hommes en situation irrégulière. À partir d'un modèle, il fut facile d'obtenir un faux tampon de caoutchouc.

Les cartes d'alimentation étaient réparties selon les âges et les métiers. L'oncle avait la carte A (adulte), Olivier était J 3 et Jami J 2. On appellerait les jeunes des « J 3 ». Une pièce de théâtre porterait même ce titre.

Dans une autre circonstance, Olivier fut conduit à être l'agent d'une tricherie. Il s'agissait de la répartition du charbon industriel.

— Quand ce sera ton tour, dit l'oncle Henri, tu glisseras ce billet dans la main du préposé. Surtout que personne ne s'en aperçoive. Je compte sur ton habileté.

— Et si le type ne marche pas, s'il fait du scandale ?

— Tu lui diras que tu t'es trompé, que tu croyais lui tendre un papier. Mais n'aie pas de crainte. De nos jours, tout s'achète.

La transaction se fit sans heurt. L'attribution de charbon fut doublée et Olivier revint avec le précieux bon.

Comme il avait tout cela en horreur !

On reçut enfin des nouvelles de Marguerite. Le presque fiancé était prisonnier. Elle avait obtenu un laissez-passer pour Paris.

La correspondance se faisait au moyen de ces ridicules cartes interzones. Des mots imprimés, il suffisait de rayer ceux qui étaient inutiles ou d'ajouter une courte mention. La formule de politesse : « Affectueuses pensées. Baisers », était aussi imprimée.

Noël, le jour de l'An approchaient. Ce ne seraient pas des fêtes. Olivier se rendit au bout de la rue de Vaugirard après le travail, chez son ami Samuel.

Sur le quai du métro, il parcourut l'affiche de Paris-Spectacles. Dans de petits rectangles, il lut des titres : *J'ai dix-sept ans*, *L'Honorable M. Pepys*, *Le Bout de la route*, *Colinette*, *Valses de France*, *Vive Paris*... En plus grand, les affiches des Folies-Bergère et du Casino de Paris. Et des noms de vedettes : Lina Margy, Suzy Solidor, Gaby Basset, Jacques Pills, Edwige Feuillère, Ded Rysel, Barbara La May, René Génin...

Les parents de son ami l'accueillirent. Ils parlèrent des vacances à Montrichard. Samuel emmena Olivier dans sa chambre. Rien de nouveau, à part l'occupation. Samuel poursuivait ses études. Olivier apprit qu'il avait participé à la manifestation des étudiants aux Champs-Élysées le 11 novembre.

— Heureusement qu'ils ne m'ont pas arrêté, dit Samuel, dans mon cas...

— Ton cas ?

— N'oublie pas que je suis juif. C'est-à-dire que si je tombe dans les mains d'un salaud, même si c'est un Français, on peut tout me faire subir sans crainte de poursuites.

— Quand même !...

— Tu n'imagines pas ce que les juifs allemands ont souffert. Et tous ceux des pays qu'ils occupent. Mes parents et moi, nous sommes en danger.

— En France !

— Oui, dans ce pays qui se germanise. Il existe des lois antijuives. Sans doute en prépare-t-on d'autres. Sais-tu que les juifs non français sont en résidence forcée et surveillée ? Et ceux de France, on les met à la porte de l'université, de l'école, des fonctions publiques, et, comme il se doit, de la presse.

— J'en ai entendu parler, dit Olivier.

— Cela ne semble gêner personne, à l'exception des intéressés. Intéressés ? En plus, les juifs sont soupçonnés de tous les maux : ils ont fait perdre la guerre. Le marché noir, c'est eux. Certes, il y en a mais pas plus que chez les autres...

— C'est dégueulasse, dit Olivier. Tout est craspect, cra-cra.

— Nous allons partir. Mon père a des amis, à Montrichard justement. C'est tout près de la ligne de démarcation. Il y a des passeurs. Aucun risque de se faire prendre. Il faut payer. C'est tant par tête. Si cela marche, je poursuivrai mes études. À Clermont-Ferrand, peut-être... Mais je ne suis pas là pour me plaindre. Parlons d'autre chose. Et toi ?

— Mon cousin Marceau est en Suisse. Moi, je travaille. L'Université ouvrière est fermée. Je bouquine. N'importe quoi. Comme ça vient. Ma tante aime bien Charles Morgan, Daphné du Maurier, Cronin. Elle me les passe. Et puis je lis toujours les poèmes de Baudelaire et de plein d'autres. J'ai trouvé une anthologie. Autrement... rien.

— Les salauds ont tué un poète nommé Saint-Pol Roux. Ils ont blessé et violé sa fille. Mallarmé le considérait comme son fils. Au Mexique, on a tué Trotski. Et les Français ont condamné un lieutenant appelé Mendès France, et d'autres, Jean Zay, Mandel... Ce n'est pas fini. Tu as vu cette affiche de leur « Révolution nationale » ? Sur un côté, il y a une maison écroulée, renversée par des pierres. Chacune a un nom : *Communisme*, *Désordre*, *Pastis*, *Radicalisme*, etc., et ils n'ont pas oublié : *Juiverie*. Sur l'autre côté, une maison droite avec ses piliers : *Travail*, *Famille*, *Patrie*, et, en plus : *Discipline*, *Ordre*, *Épargne*, *Courage*, etc. Ils n'ont pas oublié *Légion* : les anciens combattants.

— À l'atelier, on a mis une photographie de Pétain. Guy l'appelle Pétoche.

— Il y en a partout. Et des images d'Épinal. Il est encore solide, le vieux. On le voit qui soulève une petite fille suspendue à sa canne.

— Chez nous, Hullain dit qu'il a de bons sentiments. Hullain, c'est le contremaître. Jacquet, l'autre contremaître, dit qu'on se sert de lui.

— Et tes parents ?

— Mon oncle et ma tante ? Oh ! eux, ils ne pensent qu'à la croûte.

— À ce propos, ma mère aimerait les inviter à déjeuner. Tu crois qu'ils accepteraient ?

— Bien sûr. Ce n'est pas la première fois.

— Oui, mais maintenant...

Comme s'ils étaient infréquentables ! Olivier ne trouva pas les paroles de réconfort qu'il cherchait. Alors ils commentèrent de petits faits comme le mariage de Jean-Louis Barrault et de Madeleine Renaud, de Micheline Presle et de Louis Jourdan, de Jules Berry et de Josselyne Gaël, de films qui se préparaient, de ces théâtres parisiens trop fréquentés par les troupes allemandes.

Quoi qu'ils dissent, ils en revenaient toujours au mal essentiel. Cependant Samuel parla de la science, d'un biologiste nommé Alexander Fleming qui avait découvert une moisissure détruisant les staphylocoques.

Olivier fut invité à partager un dîner qui ressemblait à un petit déjeuner, faux café et tartines. Puis les deux garçons sortirent. Olivier offrit un bock à son ami. Ils s'attardèrent à une terrasse. Mis en confiance, Olivier livra ses pensées les plus intimes.

Il raconta ses aventures à bicyclette sans trop s'attarder sur l'épisode de la fermière : Samuel n'aimait pas qu'on parle de ces choses. Il évoqua Saugues, Marceau – en pensant que son cousin serait plus à la hauteur que lui pour parler avec le savant Samuel.

— Tu retournes à Montmartre ? demanda son ami.

— Non. Le temps a passé. Je ne sais même pas si on se souvient de moi, mais tu as raison : j'y ferai un saut un de ces jours.

— Je vais rentrer, dit Samuel. Pour écouter la B.B.C. Il y a des commentateurs, Schumann, Oberlé. Ils disent des choses pleines d'espoir. Après, on entend la radio des Belges libres. Les journalistes ont l'accent de Bruxelles. Ça se termine toujours par « Allez, les Belges, au revoir et courage. On les aura, les Boches ! ».

— En attendant, dit Olivier, on les a ici. Écoute, vieille branche, ne t'en fais pas. Ça ira, tu verras. Si tu as besoin de quelque chose, fais-moi signe.

Olivier courut vers le métro, son ticket aller et retour à la main.

La manière de vivre dans le grand appartement ne changeait pas. L'oncle Henri, avant le dîner, ses bottines ôtées, chaussait ses chères charentaises. Puis il lisait les journaux. Lui qui, autrefois, n'en lisait qu'un par jour, était atteint d'une boulimie de lecture. Après une courte période d'absence, les feuilles étaient peu à peu réapparues. On trouvait *Aujour-*

d'hui que la tante Victoria lisait aussi parce qu'elle le trouvait « tellement, tellement parisien », *L'Œuvre* qui s'affirmait contre tout, sauf contre les Allemands, et dont les lignes, allusives, dogmatiques, hautaines offraient leur assurance et leur supériorité, le bon vieux *Petit Parisien* dont on disait la neutralité et, au contraire, d'autres comme *Le Cri du Peuple*, *Les Nouveaux Temps*, *La Gerbe*, tout dévoués à l'occupant, et des hebdomadaires comme *La Semaine*. Il lisait aussi *La Vie industrielle* et le *Journal de la Bourse*.

Seules deux publications ne pénétraient pas dans l'appartement : *Signal*, le magazine de propagande allemand plein d'illustrations et écrit en français, et *Je suis partout* que l'oncle refusait de lire.

Il jetait des affirmations contradictoires : « C'est truffé de mensonges ! » ou bien : « Il y a du vrai. » Il ajoutait : « Il faut lire entre les lignes... »

Après le dîner, on écoutait la radio de Londres avec ce frisson de plaisir que procure la chose interdite. Et puis, malgré les parasites, tournant les boutons et déplaçant l'antenne qui surmontait le poste, l'oncle cherchait à capter la radio suisse ou celles de la zone « nono ». Qui croire ? Et l'oncle se perdait dans des phrases qui, pour Olivier, ne voulaient rien dire : « Il faut faire la part des choses. » Ou : « Il y a à boire et à manger. » Il en avait comme cela tout un assortiment qui dissimulait son ignorance, montrait qu'il gardait son quant-à-soi et réservait son opinion qui, en fait, était inexistante.

Olivier se taisait, se cloîtrait, se terrait. Il se sentait coupable, mais de quoi ?

Faire comme si de rien n'était, aller à ses affaires

et, pour oublier les incertitudes, les soucis de ravitaillement, si on en avait les moyens fréquenter les salles de cinéma, de théâtre, de music-hall, rire avec les chansonniers capables d'allusions insolentes envers l'occupant : pour beaucoup, une manière de se venger du sort. Et fleurissaient les bons mots, les calembours, les histoires drôles. On exprimait une supériorité cachée : « *Ils* nous prennent tout mais, pour l'esprit, nous sommes plus fins que ces lourdauds ! »

Par instinct, parce qu'il aimait les mots, ceux des poètes et des prosateurs, Olivier refusait ces loques du langage, cette faconde de brasserie, cette fausse insouciance. Il ne se gênait pas pour dire : « Ce n'est pas drôle... Il n'y a pas de quoi rire... C'est con comme la lune... » Ses interlocuteurs haussaient les épaules. Quel prétentieux !

Le Secours national ayant institué un système d'envoi de colis aux prisonniers, le samedi après-midi Olivier se rendait sur les lieux où on les préparait. Car si le carton et son contenu de denrées étaient fournis, il restait à charge d'apporter du papier kraft et de la ficelle pour faire soi-même l'emballage. Malgré la réglementation, on pouvait ajouter quelques produits, bonbons ou nourriture, le tout contrôlé. Pas question de glisser quelque message.

Le Centre du quartier se situait boulevard de la Chapelle, là où s'était trouvé un bordel célèbre : le 106, sur lequel on plaisantait. Olivier, habile à faire des paquets, aidait les gens dans cette tâche. Il fut bientôt considéré comme un volontaire et appelé à donner un coup de main. Dans ces envois, il se trouvait deux paquets de cigarettes de troupe.

L'oncle Henri disait à Olivier : « Pour le colis de Victor, tu peux les ôter, il ne fume pas. Tu ajouteras ces boîtes de sardines et tu me rapporteras les cibiches... »

Car l'oncle, qui ne recevait plus en matière de tabac que ce qu'on appelait « la décade », fumait de plus en plus. Il eut recours au tabac de contrebande. Sur les boulevards, non loin de la librairie Gibert, des marchands à la sauvette proposaient du tabac belge appelé Roisin. Olivier était chargé de la transaction. L'oncle roulait ses cigarettes et sa femme lui disait : « Henri, cela fait peuple ! »

Les alertes, la défense passive, les abris, cela continuait. Les appels de sirène étaient fréquents, comme pour rappeler que la guerre continuait et que nos anciens alliés anglais étaient capables de tout. Comme entre les deux appels de sirène, celle du début et celle de la fin, il ne se passait rien, on le prenait comme une simple habitude.

M. Thil n'était plus guère invité à l'appartement. Il disait ne pas savoir jouer aux cartes mais on le soupçonnait de ne pas apprécier les autres amis de la famille qui, eux-mêmes, le trouvaient ennuyeux.

Il venait à l'imprimerie, bavardait un instant avec tel ou tel, puis invitait Olivier à venir boire une bière. Olivier demandait la permission de quitter son travail et s'interrogeait : « Pourquoi moi ? » M. Thil lui dit qu'il aimait la compagnie des jeunes car ils n'étaient pas encore avilis. Olivier lui parlait de ses lectures. M. Thil souriait. Sans transition, il prenait un air préoccupé. Puis il affirmait qu'un jour tout irait mieux, que l'avenir appartenait aux jeunes.

Que cela voulait-il dire ? Et qui ne le proclamait

pas ? Par exemple, le maréchal Pétain avec son retour à la terre, ses Chantiers de jeunesse, sa propagande pour le sport, ses défilés de gosses dans les stades, bien alignés et qui chantaient à tue-tête *Maréchal nous voilà...*, le nouvel hymne dont certains modifiaient les paroles : *Nous voilà... Sans pinard, sans tabac, sans godasses.*

— Paris est pris, dit M. Thil. Du moins les nazis le croient-ils. Pourtant quelles que soient les interdictions, nous en sommes les vrais maîtres. Les activités ont recommencé. Et aussi les distractions, les spectacles, les chansons. Je ne sais que penser de ces réjouissances. Enfin ! la romance contre les tambours et les cuivres...

M. Thil ajouta qu'un jour la France serait libérée, par les Alliés, mais aussi par les Français eux-mêmes. Il apportait des informations, parlait du général de Gaulle, de journaux clandestins, de mouvements de défense qui se formaient en France même, de la création d'une division française libre armée, d'un comité d'action clandestine, des dissensions à Vichy avec ce Pierre Laval arrêté, puis relâché sur l'ordre d'Otto Abetz qui l'avait emmené avec lui à Paris. Les collaborateurs étaient des traîtres qui seraient punis un jour.

— Alors, vous êtes gaulliste ? demanda Olivier.

— Pas exactement, mais je n'en suis pas loin, répondit M. Thil. Et toi-même, tu es à l'âge où il faut choisir...

— J'aime mieux les personnes comme vous que certains, dit Olivier.

L'oncle et la tante furent invités chez leurs amis Bastorges, ceux des pâtes alimentaires.

— Je suis sûre qu'ils mettront les petits plats dans les grands, dit la tante Victoria. Ils ne font rien à moitié. Olivier, tu es aussi invité mais tu n'es pas obligé de venir. Ils ont une fille de ton âge.

Cette fille, Olivier l'avait déjà vue. Mentalement, il l'avait baptisée « Coquillette ». Elle était plus grande que lui, forte de poitrine, les hanches larges, la taille fine et un visage régulier illuminé par un sourire mystérieux et des yeux entre bleu et vert. Le plus remarquable : sa chevelure blonde, brillante comme de l'or, avec de savantes ondulations lui donnant un volume impressionnant. Elle se montrait distante. Il l'avait définie comme une « fille à papa ».

— Oh ! je peux venir, ma tante.

— Essaie de te faire beau. Marceau a laissé une veste dans son armoire. Tu la prendras. Un peu grande mais tant pis. Tu mettras ton pantalon en serge. Demande à Louise de le repasser. Et tâche d'avoir les mains propres.

— Oui, ma tante. Merci, ma tante.

Olivier trouva le grand fils sympathique. Il s'occupait de la fabrique avec son père. « Mon hobby, dit-il à Olivier, c'est l'architecture moderne. Et toi ? » Olivier répondit : « Un peu de tout... » Le jeune homme, qui se prénommait Martial, apporta de grands albums venus de Suisse. Il s'agissait des constructions de Le Corbusier. C'était intéressant, tout comme les commentaires de Martial. Malheureusement, pris ailleurs, il ne resterait pas pour le dîner.

Un excellent repas. Contrairement à l'attente d'Olivier, on ne servit pas de nouilles. Une servante présenta des canapés variés, puis, après l'apéritif, une série de plats de hors-d'œuvre qu'on ne cessait de se passer dans un ballet de gestes. Suivit un long rosbif entouré de pommes de terre au four. Ce qui étonna le plus Olivier, ce fut le pain, un pain blanc comme on n'en trouvait plus dans les boulangeries, et plus tard, le café, du vrai, pas celui qui était mélangé de chicorée et de glands brûlés.

Les adultes devisèrent gaiement. Les deux jeunes s'ignorèrent. Il fut question de spectacles. Chacun parla de ceux qu'il avait vus ou qu'il aurait aimé voir. *Les Chesterfollies* de Margaritis, à l'A.B.C., puis *La Fille du puisatier* de Marcel Pagnol. Un film délicieux. Et n'a-t-il pas obtenu le prix Mussolini au Festival de Venise ? Mme Bastorges dit son goût pour l'opérette et les films musicaux, ceux où triomphaient la Hongroise blonde Marika Rökk (un peu vulgaire quand même) et la Suédoise rousse Zarah Leander. On parlait beaucoup du *Juif Süss* mais le film ne tentait pas. Au cinéma, on restait entre Français : les Allemands fréquentaient ce qu'ils appelaient *Deutsches soldatenkinos.*

L'Opéra ? Des amis s'y étaient rendus pour *La Damnation de Faust.* Presque toutes les places d'orchestre étaient pour les verts-de-gris. Maintenant, on allait jusqu'à programmer des opérettes au Palais-Garnier. « J'aime bien l'opérette, dit Mme Bastorges, mais quand même ! L'Opéra c'est l'opéra. » On y donnait aussi des ballets et les Allemands comme Otto von Stulpnagel (que les titis appelaient « J'pue d'la gueule ») gouverneur de Paris et Otto Abetz l'ambassadeur en avaient fait toute une propagande, de même que pour ce *Tristan et Isolde* dirigé par un chef d'orchestre nommé von Karajan.

Olivier brûlait d'envie de parler des films qu'il avait vus comme *Nous, les gosses* avec la jolie Louise Carletti, *Premier rendez-vous* avec Danièle Darrieux et *L'Assassinat du père Noël.* Il préféra s'abstenir. Ce n'était pas la présence des parents qui le contraignait mais celle de cette Zaza dont il craignait le dédain.

Que de chansons nouvelles ! Les Allemands adoraient *Lili Marleen*, cette chanson de 1915 reprise sous un nouveau titre. Elle apparaissait comme une marque de l'occupant. Qui aurait cru qu'elle connaissait le même succès auprès des Anglo-Saxons ? Pour les Français, il resterait toujours une gêne, même quand Marlène Dietrich la chanterait.

— Et Cécile Sorel, la grande Cécile. « L'ai-je bien descendu ? » Ah ! Ah !

« Elle est moche ! » pensa Olivier. L'oncle Henri complimenta le bordeaux :

— 1934, un grand cru ! Le 1937 n'est pas mal non plus. J'ai quelques bourgognes...

À l'atelier, la conversation était plus intéressante. Si les plus jeunes s'attachaient au sport, le boxeur Despeaux ou le nageur Nakache, les deux protes oubliaient leurs querelles politiques pour parler de la mort de Bergson qu'ils n'avaient pas lu ou de la découverte de la grotte de Lascaux par deux enfants.

Et la conversation se poursuivait. Après le théâtre (ah ! Dullin, ah ! Jouvet, ah ! Barrault), la mode.

Non, elle ne se déciderait pas à Berlin comme le voulaient les Teutons, mais à Paris qui serait toujours Paris. Les chapeaux n'avaient jamais été aussi originaux. Les grands couturiers tiraient même parti de la pénurie et des ersatz pour créer de beaux modèles. Partout le système D. Oui, les Français sont bien les meilleurs. Certes le swing des jeunes était décadent, mais cela passerait et on reviendrait aux bonnes vieilles danses comme la valse, le fox-trot et le tango...

— Ce jeune homme n'est guère bavard, dit M. Bastorges en regardant Olivier.

— Mon neveu est assez réservé, dit la tante Victoria.

Olivier fit un sourire poli. Celui du garçon bien élevé. La tante poursuivit :

— Mon fils Marceau est bien différent. Il sait conduire une conversation. Il est actuellement en villégiature à Lausanne. En voilà un qui ferait un excellent ami pour votre grand fils. Et aussi pour votre jeune fille...

Les pensées qui traversèrent l'esprit d'Olivier n'étaient pas des plus aimables. Marceau ? Il ne la regarderait même pas, cette Zaza. Ou alors...

Après le café, les cigares. « Pas pour Olivier ! » dit la tante Victoria. Les deux hommes préparèrent leurs barreaux de chaise avec un excès de soin pour montrer qu'ils s'y connaissaient. Et cela ne manqua pas : une conversation sur les havanes.

— Un bridge ? proposa la dame. J'ai préparé les cartes... (Elle ajouta :) Zaza, ma chérie, si tu montrais tes collections à... Olivier ?

La jeune fille dit « Pourquoi pas ? » sur un ton

maussade. Olivier la suivit en regardant le plafond pour montrer son manque d'enthousiasme. Il demanda :

— Vous collectionnez quoi ? Les boîtes à camembert ? Ou les poupées ?

— Si je collectionnais les têtes à claques, j'en aurais une de plus !

« Encaisse ! » se dit Olivier, étonné de la réplique.

— Je suis « minusculiste » ! dit Zaza. Évidemment, vous ignorez ce que cela signifie.

— Évidemment. Moi je suis gaffiste, expert en gaffes.

Il fut surpris. Zaza collectionnait les livres minuscules. Une vitrine en contenait des dizaines. Olivier resta ébahi, admiratif devant ces reliures de toutes couleurs, ces petits titres en or. « Ce que c'est beau ! » dit-il. Zaza en sortit quelques-uns et les lui tendit. Il les tint comme des pierres précieuses. Il lut : *Poésies de Giacomo Leopardi*, *Chanson de Béranger*, *Poésies d'Antoni Deschamps, Les Sonnets de Shakespeare*, et puis Milton, L'Arioste, Voltaire...

— Ce que c'est beau !

Il crut un instant qu'il s'agissait de livres factices. Il ouvrit l'un d'eux. Le texte était bien là, en caractères nains. Ce devait être du corps 1. Quel typographe avait pu manier d'aussi petits plombs ?

— Excusez-moi, dit-il, je n'aurais pas cru...

— Merci pour le compliment.

— C'est que... j'aime beaucoup les livres. J'en ai quelques-uns. J'en emprunte à la bibliothèque.

Il songea qu'au moment du départ de Paris, pour l'exode, des livres de ce format, il aurait pu en emplir ses poches.

— Je ne savais même pas que de tels livres existaient, dit-il. Comment avez-vous eu l'idée de cette collection ?

— Ma grand-mère en avait trois. Elle me les a offerts. Depuis, je m'en suis procuré quelques-uns. C'est rare et cher. Quand mes parents veulent m'offrir un cadeau, c'est ce qu'ils choisissent.

Elle lui sourit enfin. Ils se regardèrent tout étonnés de cette complicité inattendue. Il y eut un moment de gêne. Olivier se sentit rougir.

Elle lui prit la main et l'entraîna vers la fenêtre.

— Je vais vous montrer autre chose.

Ils passèrent derrière les épais doubles rideaux en velours grenat. Olivier écarta le voilage pour regarder par la fenêtre. Zaza était près de lui. Ils étaient dissimulés comme s'ils jouaient à cache-cache. Il entendit alors cette phrase effarante :

— Qu'attendez-vous pour m'embrasser ?

C'est elle qui l'étreignit. Plus grande, elle se pencha vers son visage, chercha sa bouche. Ils échangèrent des baisers maladroits. Cela se prolongea, puis Zaza dit :

— Revenons au salon. Ils doivent se demander ce que nous faisons.

Olivier ferma les yeux. Il respira le parfum de la jeune fille, voulut enfouir son visage dans la chevelure.

— Non, venez...

Olivier se dit qu'il ne comprendrait jamais rien aux filles. Ce qu'il ne savait pas : il venait de tomber amoureux. Il ne penserait plus qu'à cette Zaza, autre que celle qu'il imaginait.

Au salon, par-dessus ses cartes, il lui sembla que l'oncle Henri lui adressait un regard complice.

À la typographie, debout devant sa casse, Olivier s'émerveillait de la rapidité avec laquelle Hullain et Jacquet alignaient les caractères dans le composteur. À croire qu'ils se jetaient un défi à la course.

— Je n'irai jamais aussi vite, avoua Olivier.

— C'est que nous avons été formés à l'imprimerie « de labeur », dit Hullain. Il fallait aligner un certain nombre de caractères à l'heure. Aujourd'hui, il y a la linotype et la monotype.

— Apprends bien le métier, mon gars, dit Jacquet. Ce travail, c'est le meilleur. Des typos, on en aura toujours besoin.

La Centurette et la Gordon émettaient le bruit régulier du tirage. Les pinces d'une Express tournaient. Lucien travaillait sur une autre plus lente. Chaque fois que tombait un feuillet imprimé, il devait en glisser un autre, celui qui recevrait la copie au papier carbone. Cela nécessitait de l'attention.

À l'atelier, on se sentait loin de tout. Olivier s'était spécialisé dans un travail minutieux et difficile : des fiches commerciales sur bristol appelées « Kardex ». Pas facile, la « compo », avec tous ces filets, ces grises et ces espaces de dimensions diverses à combler avec des cadrats. Et ces titres en petit corps, ces parangonnages entre caractères différents ! Un geste maladroit et tout était à refaire.

Le plus admirable : les typos, tout en composant un texte, parvenaient à converser.

— Certes, dit Jacquet, ces terroristes y vont fort...

— On les appelle des résistants, précisa Hullain et Olivier approuva de la tête.

— Si vous voulez. Mais à quoi ça sert de descendre un Fritz ? D'autant qu'ils exagèrent encore plus, les Frisés. Si on en zigouille un, ils en fusillent dix et même plus. Et des gens qui n'y sont pour rien, des otages, et otages, nous le sommes tous. Les ordures !

— Ils ont libéré des prisonniers, les anciens de la guerre de 14.

— Ça prouve quoi ? En attendant, ils embauchent à tour de bras. Il y a le choix, parmi tant de chômeurs. Ceux qui en ont marre de la misère partent pour les usines allemandes. Il paraît qu'ils sont bien payés...

— Et qu'ils vont recevoir les bombes anglaises sur le coin de la gueule, oui !

— J'en ai marre, marre, j'en ai marre de tout ça, jeta Guy qui travaillait au marbre. Vous ne pouvez pas parler d'autre chose, non ?

— De quoi veux-tu qu'on parle, connard ? Des fleurs et des petits oiseaux ?

Olivier s'appliquait à son travail. Ce que les autres ignoraient : son secret. Le soir, après le dîner, sous le prétexte d'aller prendre l'air, il se rendait à l'imprimerie en passant par la cour. Là, il prenait une énorme lettre en bois, de celles qui servent pour les affiches. Un speaker de la radio belge à Londres avait lancé cette idée du V de la Victoire. C'était donc la lettre « V » qu'Olivier imprimait sur la

Minerve. Le papier était gommé. Il suffisait de le lécher et de coller le V sur un mur, de préférence sur une affiche de propagande. Au retour, le faubourg étant quasi désert, il ne s'en privait pas.

Il en fit même un paquet. Il l'offrit en cachette à M. Thil qui le remercia pour ces papillons et pour son geste.

— Attention ! Ne te fais pas prendre. Ils deviennent de plus en plus hargneux. Ils n'ont pas que des victoires. Comme leurs alliés italiens qui se font flanquer la pile partout où ils veulent se battre. Je suppose qu'ils n'en ont pas vraiment envie. Ils préfèrent sans doute le bel canto.

Ces V devaient exaspérer les occupants. Ils trouvèrent la riposte : les utiliser eux-mêmes. Et l'on vit jaillir un peu partout, sur des panneaux, sur des affiches, le V allemand.

Olivier finit par se dire que tout cela avait quelque chose d'enfantin, mais sa mince initiative lui apportait une certitude. Par ce geste, il s'était prouvé quelque chose à lui-même. Dans le vague de son esprit, il avait décelé sa pensée. Il savait de quel côté il se plaçait.

Il devint silencieux. Il ne participa plus aux conversations ou aux discussions. Il jugeait les commentaires vains, les paroles avancées dans l'ignorance sans intérêt. Que personne ne pénètre dans ses idées, personne, pas même... *Elle*.

Dans ses idées, pas dans sa pensée puisqu'elle s'y trouvait sans cesse. Elle devait l'aimer. Il le fallait. Il ferait tout pour la conquérir.

Cela avait commencé par des baisers et continua durant un certain temps par des conversations interminables au téléphone. Il suffisait de bien convenir de l'heure, de composer sur le cadran ce numéro à trois lettres et quatre chiffres pour que le charme s'opérât. Ils parlaient longtemps. Parfois, après un silence, il disait : « Il ne faut pas que je vous ennuie... » et elle répondait : « Vous ne m'ennuyez jamais. »

Ils convinrent de rendez-vous le soir, trouvèrent des prétextes. Olivier annonça qu'il voulait prendre des cours d'allemand. Il mit quelque réticence à choisir cette langue mais, à cause des circonstances, cela paraissait plausible. Et qu'importe puisqu'il s'agissait de cours fictifs ! Zaza parla d'une amie qui lui apprenait la sténographie.

Ils ne s'embrassaient guère, ne faisaient aucune allusion à ce qui s'était passé derrière le rideau. Ils allaient au cinéma, commentaient le film. Dans l'obscurité des salles, ils voyaient des amoureux qui se serraient. Eux restaient sages, se tenant seulement la main. Au moment où on projetait les actualités, c'est-à-dire la propagande, des spectateurs ouvraient leur journal ou bien on entendait des rires, des exclamations. Pas trop car on se méfiait du voisin.

Ces sorties tant attendues se produisaient deux ou trois fois par semaine. Cela posait quelques problèmes à Olivier. Il payait les places. Zaza devait avoir plus d'argent que lui mais elle ne voulait peut-être pas le vexer. On était habitué à ce que ce fût l'homme qui invitât. Olivier connaissait des soucis d'argent. Maintenant il se portait volontaire pour les courses, les livraisons, dans l'espoir du pourboire. Il recevait bien un peu d'argent de poche, très peu, et n'osait taper son oncle ou sa tante.

Comme si le sort avait décidé de lui être favorable, il découvrit malgré lui un accès à l'argent, non pas une histoire de marché noir, mais pire, son excuse étant qu'il ne se douta de rien.

La papeterie comptait un nouveau client, M. Louis, un grand escogriffe, toujours mal rasé, que la tante Victoria appelait « le rufian ». Il passait d'importantes commandes de dossiers, de classeurs, de fiches, d'objets de papeterie. Un bon client qui payait toujours comptant, en espèces. L'ennui : une impossibilité à répondre à de si grosses demandes. Les fournisseurs contingentaient leurs marchandises.

Olivier lui fit plusieurs livraisons : boulevard Magenta, près de la gare du Nord. M. Louis le remercia, lui fit des amabilités et lui tendit un gros billet. Olivier dit qu'il n'avait pas de monnaie. Mais non ! c'était pour lui. Et M. Louis annonça en se pavanant : « Mon cher, vous avez devant vous un grand seigneur ! »

Olivier pensa que cette manne se tarirait vite. Il n'en fut rien. M. Louis l'invita à venir prendre au bistrot cette boisson noire qui recevait un jet de saccharine et prétendait au nom de café.

— Je crois que nous nous entendons bien, commença-t-il. J'ai des questions à te poser : quand la papeterie passe une commande, ce sont les fournisseurs qui livrent ?

— Pas toujours. En général, c'est moi qui vais chez eux avec un bon de commande.

— Bien, bien cela. Et tu paies comptant ?

— Non, ils font des traites à dix jours fin de mois.

— Si tu payais comptant, ils préféreraient sans doute. Voilà ce que je te propose. Je te donne de l'argent. Tu paies comptant et tu leur demandes de facturer quand même. Ainsi, ils sont doublement payés, tu comprends ?

— Non.

— Je vais t'expliquer. En ce moment, j'ai besoin de cinq cents classeurs à levier...

— Impossible, ils n'en fournissent que douze à la fois, à cause du métal...

— Rien n'est impossible. Je connais le monde. Le fabricant n'a rien à perdre. Au contraire. Il est payé double. Ni vu ni connu, je t'embrouille. Mais il doit fournir les quantités que je demande. Tu ne risques rien d'essayer. Je fais d'autres affaires du même genre. Avec des fournisseurs de toutes sortes. Ça marche bien et tout le monde y trouve son compte. Je ne te donnerai plus un pourboire mais une commission.

— Et que dira ma tante ?

— Elle ne dira rien car elle n'en saura rien. Elle commande, elle reçoit, elle prend son bénéfice et en plus elle te félicite d'avoir pu obtenir autant de marchandise.

Olivier comprit le système. Il en ignora les causes. Cela commença par les classeurs. Il se souvint de l'affaire des bons de charbon. Non, cette fois, il se ferait remettre en place. Alors il prendrait un air idiot et le fabricant hausserait les épaules.

Il demanda à parler au directeur. Là, il proposa le marché tel que M. Louis le lui avait exposé. Il sortit la liasse de billets de banque, la posa sur le bureau et expliqua qu'il payait comptant mais qu'on facturait quand même et que « cela reste entre nous ». Le directeur hésita et lui dit :

— Tout cela me paraît bizarroïde. Mais enfin... aujourd'hui on aura tout vu. Pourquoi autant d'argent ?

— Parce qu'il me faut cinq cents classeurs à levier.

— Cinq cents ! mais je ne les ai pas. Ou tout mon stock y passerait. Il faut que je voie avec l'usine. Je demanderai un délai, deux semaines par exemple.

— Je verrai. Oh ! et puis d'accord : deux semaines, pas plus. Vous livrez avec la facture aux papeteries Desrousseaux. Vous ne parlez pas de l'argent remis de la main à la main. Moi-même je n'y comprends rien mais comme on m'a dit : tout le monde y trouve son compte.

Ni l'un ni l'autre ne comprit. Mais l'affaire se fit. Et comme prévu, la tante Victoria félicita Olivier. Il dit qu'il savait s'y prendre. On reçut les classeurs, on les livra à M. Louis avec la facture qui fut payée comptant. On aurait cru que l'argent lui tombait du ciel. Il avait un coffre bourré de billets.

Chose curieuse, son appartement n'était pas meublé. On ne voyait que des cartons partout. Parfois aussi ils disparaissaient. Où les expédiait-il ? Il devait avoir une énorme affaire. Tous ces classeurs...

Et Olivier toucha une belle somme. Il se posa des questions et conclut qu'après tout, puisqu'il ne s'agissait pas de nourriture, ce n'était pas du marché noir.

La seconde fois, il s'agit de gommes, de taille-crayons et d'instruments d'écriture. Toujours en grande quantité. Le grossiste lui demanda s'il n'était pas tombé sur la tête et il n'alla pas plus loin.

Olivier se montra généreux. Il invita Zaza dans l'arrière-salle d'un restaurant où on ne vous réclamait pas de tickets d'alimentation mais dont les tarifs étaient élevés. Il lui offrit un flacon de parfum.

Puis M. Louis lui demanda les adresses des fournisseurs. Il les verrait lui-même. Sans doute fit-il affaire directement car on ne le revit plus à la papeterie Desrousseaux.

Comment comprendre ? À qui en parler ? Un instinct lui recommandait le silence, mais sa curiosité était la plus forte. Il se confia à M. Thil.

— Et alors, tu n'as pas compris ?

— J'ai compris qu'il n'y avait rien à comprendre.

— Et à aucun moment tu n'as pensé que tu faisais quelque chose de mal ?

— C'est-à-dire, euh... Parfois oui, parfois non.

M. Thil semblait partagé entre la colère et l'envie de rire. Il dit sans méchanceté :

— Imbécile, petit imbécile... On a abusé de ta naïveté. Ne t'y laisse plus prendre. Tu mériterais quand même un coup de pied au derrière. Ton M. Louis, il y en a des dizaines comme lui. Sais-tu ce qu'ils font ? Ils achètent pour l'Allemagne, à n'importe quel prix, et tout part outre-Rhin. Tu as rencontré la pire race des collaborateurs, un filou...

— Je ne sais pas quoi faire..., dit Olivier, la tête entre les mains.

Il balbutia ses regrets, ses excuses, s'accusa...

— Mais non, tu n'es pas un misérable... allons ! Tu t'es fait avoir. Tu ne vas pas te jeter par la fenêtre pour quelques classeurs. Ce M. Louis – qui doit avoir un autre nom – a disparu. Tant mieux. N'y pense plus.

Ainsi se termina cette humiliante aventure.

Cette année-là, les événements se précipitèrent. Fin juin, l'armée allemande attaqua l'U.R.S.S. selon le système de la guerre-éclair. Cette phase guerrière, les historiens, durant des années, la relateraient, l'analyseraient. Les Français, l'homme de la rue, ceux qui subissent sans comprendre, ceux qui ignorent les grands courants politiques, furent abasourdis. Rien n'était donc impossible aux nazis !

— Hitler est fou, complètement fou, dit l'oncle Henri.

— Quelle nouvelle ! dit la tante Victoria. Comme si on ne le savait pas.

— Sais-tu ce qui va lui arriver ? Si les Russes tiennent jusqu'à l'hiver, les Boches seront foutus. Ce sera la retraite de Russie. Comme pour Napoléon. Et Napoléon, c'était quand même autre chose !

Olivier trouva cette opinion bien hasardeuse. Elle n'était pas si fausse. Hitler proclamait qu'il allait sauver le monde. Staline aussi, grâce à sa politique de la « terre brûlée », aux guérillas, surtout à l'Armée rouge. Les divisions allemandes firent des centaines de milliers de prisonniers, ravagèrent des provinces, semèrent le feu, le sang, la torture et la mort. Leur avance fut ralentie par la ligne Staline mais se poursuivit au nord et au sud, avec un temps d'arrêt pour préparer la victoire avant l'arrivée de l'hiver.

L'oncle Henri acheta une carte planisphère, la fixa sur le mur de l'antichambre et commença à piquer de petites épingles à tête ronde de différentes couleurs sur les noms de lieux dont il n'avait jamais entendu parler auparavant : Vitebsk, Moghilev, Gomel, Leeb, Bock, Ouman... Et il en fut de même pour la Cyrénaïque, les villes éthiopiennes, la Crète, en attendant Pearl Harbor, Mindanao, Bornéo. Loupe en main, il passait des heures à déplacer ses épingles. Car bientôt le monde entier s'embrasa, les Alliés et la France libre déclarant la guerre au Japon, l'Italie et l'Allemagne aux États-Unis.

Une société d'assurances ayant passé une importante commande d'imprimés, il fut décidé qu'on ne séjournerait que quinze jours en vacances à Montrichard. Seul Jami protesta. Il lui fut promis qu'il resterait plus longtemps chez sa chère nounou.

Olivier et Zaza, qu'il considérait comme sa fiancée secrète, visitèrent les musées, et même, malgré trop de présences en vert-de-gris, le tombeau de Napoléon flanqué de celui du roi de Rome selon le vœu de Benoist-Méchin exaucé par les occupants montrant ainsi leur grandeur d'âme, geste qu'on commenta par cette boutade célèbre : « Ils nous prennent notre charbon et nous renvoient des cendres... », le genre de plaisanteries qu'Olivier trouvait idiotes.

Dans les musées beaucoup d'œuvres d'art avaient été cachées ou remplacées par des copies. Les Frisés n'en admiraient pas moins une *Vénus de Milo* en plâtre. Ils s'attardaient devant l'*Hermaphrodite Bor-*

ghèse qui les fascinait et faisait fuser leurs gros rires. Olivier et Zaza se tenaient à distance.

Marguerite revint. Après une aussi longue absence, pouvait-elle reprendre sa place ? Elle donna des excuses : problèmes familiaux, maladie. Olivier pensa qu'il s'agissait d'autre chose, peut-être quelque amour inconnu. Plus question du « presque fiancé ». Mystère. Que faire de Louise ? On ne pouvait avoir deux bonnes en temps de restrictions. Il fut décidé qu'elle aiderait la tante Victoria à la papeterie et partagerait la chambre de service de Marguerite.

Avec cette dernière, Olivier gardait désormais ses distances. Plus question de la lutiner. Elle lui dit : « Ben alors, tu ne m'aimes plus, c'est fini entre nous ? » Il répondit que cela n'avait jamais commencé et qu'il était occupé ailleurs.

L'invitation à déjeuner des Bernard se confirma en octobre. Le plus tôt serait le mieux. Les raisons en seraient données de vive voix.

Si Olivier et Samuel avaient toujours beaucoup à se confier, les parents ne savaient trop que dire. Ils appartenaient à des mondes différents. Ainsi, M. Bernard recevait en manches de chemise.

Il annonça avec un triste sourire :

— C'est en quelque sorte un déjeuner d'adieu ou, j'espère, d'au revoir. Samuel voulait parler à son ami. Vous allez tout de suite comprendre.

Il sortit et revint portant sa veste sur le bras. Il

l'enfila et on put voir sur le côté gauche l'étoile jaune avec le mot « juif ». Il dit :

— Nous sommes marqués comme du bétail mais ce qu'ils ignorent : cette étoile, je suis fier de la porter.

— Mais vous avez fait 14. Vous êtes un ancien combattant, un Français...

— Mais un juif. Cela, *ils* ne le pardonnent pas.

Ils : les nazis, mais aussi les Français antisémites. Sans se plaindre, M. Bernard établit la liste de tous les interdits.

— Mes pauvres, pauvres amis..., soupira la tante Victoria.

— Si nous pouvons faire quelque chose..., proposa l'oncle Henri.

Olivier et Samuel se regardaient avec gravité. Puis la maîtresse de maison émit un petit rire. Il ne fallait pas s'attrister. D'ailleurs le déjeuner attendait. L'oncle Henri, comme il le faisait toujours avant de passer à table, se frotta les mains.

Le repas pouvait être qualifié de frugal : une fine tranche de pâté, des boulettes de viande et des rutabagas, le légume le plus cultivé durant les années de guerre.

— Des rutabagas, dit Olivier, j'adore !

La tante Victoria fit une moue. Mme Bernard donna une explication :

— Oh ! ce n'est pas un grand repas mais l'essentiel est de se revoir, n'est-ce pas ? Nous avons pour morale de ne pas acheter au marché noir et de nous contenter de nos rations.

— Je comprends, dit l'oncle Henri.

— J'ai voulu vous faire part de nos projets, dit

M. Bernard. C'est simple : il y a eu des rafles de juifs en juin, d'autres en août, et là plus de quatre mille malheureux qui doivent moisir dans des camps on ne sait où. Nous ne voulons pas cela pour Samuel. Alors, nous partons en zone dite libre. Peut-être à Clermont, peut-être au Puy, là où des amis nous ont précédés.

— Et la ligne de démarcation ? demanda l'oncle Henri.

— Je vais vous amuser. Nous passerons non loin de Montrichard. On revient toujours à ses premières amours... Nous sommes assurés d'un passage clandestin. Aucun risque. Il y a des spécialistes pour cela, des passeurs. Ils ne sont pas gratuits : cinq cents francs par personne, un peu plus pour nous, à cause de... vous devinez quoi.

— C'est donc si terrible ? demanda la tante Victoria.

— Si je vous disais toutes les menaces... Mais je ne veux pas me plaindre. Parlez-moi de vous, de votre famille, de vos affaires.

On changea de sujet de conversation. Tout le monde était gêné. L'oncle Henri parla d'abondance. Tout y passa, des grands événements aux petites misères. Il parlait, parlait pour masquer ses regrets, son ennui, pour faire s'écouler le temps avant de trouver un prétexte pour ne pas s'attarder.

Après de longs serrements de main, un baiser entre les dames, des vœux pour le passage de la ligne et la vie dans la zone « nono », des paroles d'espérance, les Desrousseaux et les Bernard se quittèrent. Samuel enfila un blouson et proposa d'accompagner les invités jusqu'à la station de métro. Là, Olivier annonça qu'il aimerait finir l'après-midi avec son ami. « Mais bien sûr ! » dit l'oncle.

Un vélo-taxi ralentit mais, voyant la corpulence de l'oncle Henri, ne proposa pas ses services. Il était intéressant de regarder les véhicules : petites voitures à pédales où l'énergie humaine tenait lieu de combustible, autos à gazogène, autobus surmontés d'une poche à gaz leur donnant l'aspect de baleines, bicyclettes flanquées d'une remorque.

Olivier et Samuel marchèrent en direction de la rue de la Convention. Il était trop tard pour le cinéma.

— Pas terrible, le déjeuner..., dit Samuel.

— Moi, je me suis régalé, répondit Olivier. Et puis... ne pas dépasser les rations de tickets, c'est bien, c'est... civique.

— Chez vous, les repas doivent être plus copieux.

— Heu... pas toujours.

Olivier réfléchit. En lui, une idée venait de naître. Aurait-il la force de la mettre en application ?

— La ligne de démarcation, es-tu sûr qu'il n'y a pas de danger ?

— Aucun. Il faut se cacher. Quand la patrouille allemande est passée, on est tranquille pour deux heures. Tout le temps de s'évader.

Olivier regarda l'étoile jaune sur le blouson de son ami. Il dit :

— Et si tout le monde se mettait à porter l'étoile ?

— Tout le monde n'est pas juif.

— Ben, on écrirait *Catholique* ou *Protestant* ou *Rien*.

— Personne n'en a le désir. Les gens s'en fichent. Et le meilleur est que, pour obtenir l'étoile, il faut remettre des points textile. En zone « nono », nous ne la porterons plus. Nous serons comme tout le monde.

— Là où tu iras, il y aura peut-être des cinés.

Samuel sourit. Il confia :

— J'ai des tas de copains, mais tu es mon seul ami.

— C'est comme moi, mais il faut que je te dise : je crois que je vais me fiancer. Elle est belle que tu ne peux pas savoir. Ses cheveux blonds, c'est comme s'ils moussaient au-dessus de sa tête. J'aime bien l'embrasser mais je me retiens. Elle croirait que ce n'est pas sérieux. Tu sais comment sont les filles...

— Non, dit Samuel, je ne sais pas. Mais je crois qu'elles sont comme nous.

— Elles ne réagissent pas de la même façon. C'est toujours inattendu.

— C'est ce qui fait leur charme. Moi, je ne pense pas à ça. On verra plus tard.

— Les filles juives, c'est comme... comme les autres.

Il avait failli dire « comme les Françaises ». Il rougit. Non, c'était une manière de parler. Pas autre chose.

Le soleil brillait. Il faisait un peu froid. Sur le sol, on entendait le bruit des chaussures à semelles de bois. Les passants se pressaient, déjà emmitouflés.

Ils se séparèrent en se donnant des tapes sur les épaules, en se serrant longuement la main. On ne s'embrassait pas entre garçons. Olivier jeta une dernière idée : « Et si on échangeait nos vestes ? »

Samuel rit et dit qu'il y gagnerait : la veste d'Olivier, ou plutôt de Marceau, était plus belle que le blouson.

— On s'écrira...

Ils se séparèrent sur cette promesse.

Le lendemain, au déjeuner, Olivier annonça sa grande décision. Passe pour aujourd'hui mais, dès demain, il la mettrait en pratique. La tante dit :

— Au moins, on ne mangera pas de rutabagas. Pauvres gens !

Olivier se demanda si elle disait « pauvres gens » à cause de leur situation difficile ou parce qu'ils mangeaient des rutabagas. Jami finissait son repas à la cuisine avec Marguerite qui le conduirait à l'école.

Au moment du café, Olivier toussota, se redressa sur sa chaise, prit son air le plus grave et annonça :

— Mon oncle, ma tante, j'ai à vous faire part d'une décision... irrévocable.

— Ah ! tiens ? dit l'oncle Henri. Et laquelle ?

— À partir de demain, je ne mangerai que les rations auxquelles j'ai droit. Mon oncle, vous pourrez me prêter votre pèse-lettre ?

L'oncle Henri lui demanda s'il parlait sérieusement. La tante Victoria fit tourner le bout de son index contre sa tempe.

— C'est très sérieux, dit Olivier. Si arrivent de mauvais jours, je serai entraîné.

— Sais-tu seulement ce que sont les rations ? demanda la tante.

— Il suffit de savoir lire et de regarder les tickets.

Je pèserai mon pain tous les jours et, pour les autres aliments, je verrai à peu près.

— Très bien, dit la tante, il y en aura plus pour les autres.

— Oui, dit l'oncle, moqueur, entraîne-toi bien !

Dès le lendemain, Olivier se livra à son manège de la pesée. Ils se moquaient tous de lui, même Marguerite, même Jami. Tandis qu'il se contentait de son mince repas, l'oncle et la tante vantaient la qualité de ce qu'ils mangeaient.

— Félicitations, Marguerite, ce ragoût de mouton est un régal... La tarte aux poires est parfaite... Ce soir, que mangeons-nous ? Vous avez raison, rien ne vaut une blanquette de veau...

Olivier prenait des airs lointains. Personne ne lui faisait de reproches. On le regardait de côté. On passait les assiettes sous son nez.

Quelques jours plus tard, il s'aperçut qu'il connaissait la faim. Alors il but de l'eau au robinet, s'efforça d'oublier les appels de son estomac. La récompense : héroïque, il partageait le sort commun. À l'atelier, il raconta la chose à Jacquet, le vieux prote. La réaction fut inattendue :

— Tu veux que je te dise : tu es le roi des cons. Je n'ai rien d'autre à te dire : le roi des cons.

Ainsi, tout le monde se liguait contre lui. Il devait lutter seul.

Marguerite l'appelait à la cuisine pour le soumettre à la tentation :

— Prends de ce fromage blanc à la crème avec du sucre...

— Non, non et non !

Le pire, c'étaient les regards ironiques, les moqueries, les allusions aux originaux, aux plus malins que les autres, à ceux qui veulent se distinguer.

Olivier tint deux semaines. Un dimanche, Marguerite servit du gigot. L'oncle découpait. Cela sentait bon, mettait l'eau à la bouche. Comme si de rien n'était, l'oncle Henri demanda :

— Olivier, ton assiette...

Et lui la tendit. Il reçut non seulement une belle tranche mais aussi la souris, près du manche. Chacun fit comme s'il n'avait rien remarqué. Olivier mangea, puis on le resservit.

Le pèse-lettre disparut. Personne ne fit allusion au changement. Il recommença à participer aux repas comme les autres. Gourmand, sans volonté... Il s'en voulait.

Une des premières défaites de sa vie.

Sur la carte, les épingles à tête noire qui figuraient l'armée allemande se déplaçaient. Le papier était piqué de trous. Pour l'oncle Henri, cela devenait un jeu, ce qu'on appelle « l'échiquier international ». Les Russes s'affirmaient aussi bons stratèges que leurs envahisseurs. L'armée allemande s'arrêtait, reculait. Hitler limogeait des généraux, annonçait la fin de la guerre de mouvement. En France, la L.V.F. – des Français sous l'uniforme allemand – s'apprêtait à la bataille, donnait l'idée d'une Europe à laquelle personne ne croyait.

Pour la guerre du Pacifique, les Japonais profitaient de l'effet de surprise, allaient de conquête en conquête en attendant les premiers succès américains.

En Afrique du Nord, Rommel, venu au secours des Italiens, après des victoires, reculait. Le général Leclerc et son armée française redonnaient du courage et de la fierté, jetaient le trouble chez les collaborationnistes.

Grâce à l'oncle Henri, les épingles continuaient leur ballet incertain. Les luttes qu'elles ne pouvaient marquer : celles des groupes de résistance intérieure. Là, il aurait fallu aligner les lugubres listes de martyrs que les Allemands collaient sur les murs des villes, combattants et otages. On exécutait au Mont-Valérien des membres du Mouvement du musée de l'Homme, on déportait des femmes. On comptait les fusillés par centaines, à Paris, à Châteaubriant... la plupart étaient des communistes qui se réclameraient plus tard d'appartenir au « parti des fusillés ».

Des noms étaient prononcés : Darnand, Doriot, Degrelle, Déat, graines de dictateurs, et aussi ce chroniqueur de Radio-Paris qu'on finissait par écouter pour la curiosité, ce Jean-Hérold Paquis à la voix grinçante, antipathique, qui terminait ses discours enflammés par : « Et l'Angleterre comme Carthage sera détruite. »

Il se trompait. Les Anglais, héroïques, civils comme soldats, avaient résisté aux bombardements, tenu bon pendant cette période qu'on appelait le Blitz. Ils pilonnaient à leur tour l'Allemagne avec leurs engins incendiaires.

Olivier ne voyait guère M. Thil. Sans doute participait-il à ces mouvements de résistance qui s'étendaient jusque chez les prisonniers de guerre, renseignaient les Alliés, préparaient la riposte au sein de la France.

À l'atelier, dans les conversations, l'incertitude régnait. Aussi parlait-on de moins en moins de la guerre. L'oncle Henri trouva sur son bureau le portrait du maréchal Pétain déchiré. Il ne chercha pas à connaître l'auteur du méfait, haussa les épaules et mit les papiers à la corbeille.

Chaque jour annonçait ses horreurs. En Alsace, les jeunes étaient enrôlés dans l'armée allemande. On les appellerait les « Malgré-nous ». L'annonce fut faite que, pour un soldat allemand tué, il y aurait cinq cents déportations. Laval succéda à Darlan. Il déclara souhaiter la victoire de l'Allemagne, donna son accord pour la déportation des juifs apatrides, y compris leurs enfants âgés de moins de six ans. Darquier de Pellepoix, dont Olivier avait entendu parler avant même la guerre par un massicotier antisémite dont on ne prenait pas les propos au sérieux, fut nommé commissaire aux Questions juives.

Ce vélodrome dont on parla, Olivier le connaissait bien. Il s'y était souvent rendu en compagnie de Lucien, qui rêvait de gagner un jour le Tour de France, le Vélodrome d'hiver qu'on appelait le Vel' d'hiv', nom qui en juillet prendrait une signification nouvelle. Loin, les courses, les acclamations, les casse-croûte sur les gradins, la liesse populaire. Des milliers de juifs y seraient enfermés durant des jours avant d'être dirigés sur Drancy, puis déportés à Auschwitz.

Cette rafle effectuée dans tous les quartiers de Paris, les ouvriers de l'imprimerie en eurent un aperçu. Un artisan-fourreur fut recueilli par l'oncle

Henri qui le cacha en attendant de lui faire passer la ligne de démarcation. Dans la rue Louis-Blanc, Olivier et les autres imprimeurs assistèrent au départ dans un autobus. Les agents de police accompagnaient des familles entières chargées de valises de mauvaise qualité. Les flics les poussaient devant eux en leur demandant de se dépêcher. Parfois l'un d'eux aidait à porter un bagage. Les malheureux avançaient dans le silence, sans pleurer, sans gémir. Certains devaient prier.

— Si c'est pas malheureux..., dit Jacquet.

— Voilà le résultat, ajouta Hullain.

Le résultat de quoi ? on l'ignorait. Le grand David serrait les poings. Olivier demanda :

— On les emmène où ? Que va-t-on leur faire ?

— Oh, dit Jacquet, dans des camps, comme on en a fait dans le sud de la France après la guerre d'Espagne. Et puis, après la guerre, ils reviendront.

Le grand David jeta :

— Fermez vos gueules ! Ce qu'on en fera, vous n'en savez rien.

Et l'autobus quitta la rue Louis-Blanc, pour compléter ailleurs, selon les ordres, son triste chargement.

Un soir, l'oncle Henri invita Olivier à le suivre à l'atelier pour un travail que les ouvriers devaient ignorer. Il avait réuni des fonds de rames de papier coloré, ces feuilles qu'on appelait « la passe ». Un modèle en main, il invita son neveu à massicoter au même format. Durant ce temps, il travaillait à la typo. Olivier comprit : l'oncle Henri allait imprimer de faux tickets d'alimentation.

— Mon oncle, pour quoi faire ? demanda-t-il. On ne manque de rien.

— Je peux rendre service à des amis. Si je passe de la viande et du pain aux ouvriers, ils n'en seront pas mécontents. La couleur n'est pas tout à fait la bonne mais le boucher colle les tickets dans un cahier et, avec la colle de farine qui tachera, on ne s'apercevra pas de la différence.

Ils travaillèrent ainsi une partie de la nuit. L'oncle Henri paraissait résolu. Il chantonnait en travaillant. Un ennui : le boucher complice résidait à Gennevilliers. C'était un ami de Baptiste, ce cousin chauffeur de taxi qu'Olivier avait souvent vu rue Labat à la boutique de sa mère. Olivier eut charge de remettre les faux tickets d'alimentation et de revenir avec des paquets de viande fixés sur le porte-bagages du vélo porteur. Une promenade mais aussi un danger, le passage à l'octroi, à une des portes de Paris, Saint-Ouen ou Clignancourt. Il choisit pour passer un moment où les employés inspectaient des automobiles. Un jeune à vélo, on n'y prenait pas trop garde.

Pour le pain, ce fut plus facile. Un boulanger du faubourg Saint-Martin fit la transaction. On pouvait désormais acheter autant de pain qu'on voulait. Chaque ouvrier imprimeur fut surpris de recevoir un pain de quatre livres et de la viande.

— Tu vois, dit l'oncle, ce n'est qu'un petit méfait mais pour de grands bienfaits.

— Oui, mon oncle.

Olivier et Zaza étaient assis sur un banc dans les jardins du Luxembourg. Zaza faisait tourner ses bagues. Olivier la regardait de côté avec adoration. Il se penchait pour respirer son parfum, toujours le même, pas celui qu'il lui avait offert. Il réfléchissait, se murmurait des paroles, répétait un rôle. Il se redressa, solennel, et jaillirent les mots :

— Zaza, voulez-vous vous marier avec moi ?

— Quoi ?

— C'est une demande en mariage.

Là où Olivier s'attendait à un moment d'émotion, il reçut comme une blessure les éclats d'un rire prolongé. Puis :

— Vous êtes fou, complètement fou, tombé sur la tête !

— Mais... pourquoi ? Je vous aime.

— Nous marier ! Vous n'allez pas bien. Et le train de vie ?

— Quel train de vie ?

— Quand on se marie, mon cher, il faut avoir les moyens d'entretenir un ménage. Vous êtes d'une bonne famille mais vous n'êtes que le neveu, pas l'héritier...

— Je ne comprends pas. Vous m'aimez...

— Oh ! je vous aime... comme ça.

— Comme ça quoi ?

— Comme rien. Et puis vous êtes trop jeune. Qui vous a mis une idée aussi absurde dans la tête ?

Olivier baissa la tête. Il balbutia : « Je croyais que,

je croyais que... » Il se sentit redevenir un enfant près des larmes.

— Ne parlons plus de cela, dit Zaza, je n'ai rien entendu.

— Vous en aimez un autre ?

Cela tenait du mauvais roman sentimental, il en avait conscience.

— Il se trouve que..., dit Zaza.

— Il se trouve que quoi ? Dites-le. Enfoncez le poignard !

Le mélodrame, maintenant. Une situation ridicule. Zaza la dénoua :

— Il se trouve que j'ai deux ans de plus que vous, que mes parents ont des projets pour moi. J'épouserai un chef d'entreprise. Il ne me déplaît pas. C'est tout. Cela posé, rien ne nous empêche de continuer à nous voir.

— Il a quel âge ?

— Trente-deux ans.

— Un vieux, en plus !

— Oh ! la barbe. Vous devenez rasoir. Lui c'est un homme. Il connaît les femmes.

— Moi aussi !

— Et il embrasse mieux que vous...

« Elle est vulgaire », pensa Olivier. Il ne la voyait plus de la même façon. Il allait souffrir mais il le dissimulerait. Il prit un air désinvolte et jeta :

— C'est bon. J'ai compris. Je me tire. Je n'ai plus envie de vous revoir. C'est fini.

Il eut le mauvais goût de porter deux doigts à sa tempe et de jeter, avant de s'éloigner :

— Salut, Coquillette !

Il cacha son chagrin d'amour, le traduisit en poèmes désabusés et spleenétiques. Il en déchira la plupart.

Marceau donnait de ses nouvelles sans parler de sa maladie. Les lettres étaient courtes. Les chers prisonniers attendaient. Ce qu'ils écrivaient, sans doute à cause de la censure, se limitait à des banalités, des phrases toutes faites sur la bonne santé et le climat. Olivier reçut aussi une carte de Samuel signée de ses initiales. Ils résidaient à Chamalières, près de Clermont-Ferrand. Samuel avait retrouvé l'université.

Olivier se réfugiait dans sa chambre avec ses livres. Marceau, avant de quitter Paris, avait posé un écriteau sur la porte de sa chambre : *Privé. Défense d'entrer*. Il avait fermé à clé. Un matin, la tante Victoria dit :

— Marguerite, vous nettoierez cette chambre. Depuis le temps, elle doit sentir le renfermé. Oui, je sais, elle est close mais essayez toutes les clés. Il doit bien y en avoir une qui ouvre.

Ce fut le cas. Olivier, sous le prétexte de l'aider, entra avec Marguerite dans le lieu interdit. Il en profita pour la prendre par la taille et pour l'embrasser sur la bouche mais elle tint les lèvres fermées, les dents serrées.

— Voilà que ça te reprend !

— J'ai rompu mes fiançailles, dit-il.

— Toi, pour l'imagination, tu es fort.

Déjà Olivier pensait à autre chose. Sur une étagère, au-dessus du cosy-corner, il vit des livres.

Pourquoi n'y avait-il pas pensé plus tôt ? Il demanda à sa tante la permission de les emprunter. Il trouva entre autres les livres de Georges Duhamel, la *Chronique des Pasquier* et les *Salavin* en plusieurs volumes. Il se souvint que Duhamel était un auteur interdit et se demanda pourquoi. Il commencerait par lui. Ensuite ce seraient Paul Morand et Jean Giraudoux.

Il connut des heures délicieuses de lecture. Ce fut comme si le reste du monde n'existait pas. Un dimanche, il dit à sa tante :

— J'ai envie de faire une balade à Montmartre. Rassurez-vous, je ne reviendrai pas en parlant argot et vous n'aurez pas à dire que le naturel revient au galop.

— Voilà que tu deviens insolent, dit la tante en souriant.

Montmartre, ce n'était pas si loin. Il lui sembla pourtant qu'il partait pour une expédition, proche dans l'espace, lointaine dans le temps.

Depuis que Jean était prisonnier et Élodie à Saint-Chély, il n'avait plus de raisons de s'y rendre. Il savait qu'on l'avait oublié. Il prit par le boulevard Barbès, Château-Rouge et resta un instant devant l'école de la rue de Clignancourt, regardant le mur devant lequel, avec ses copains, ils jouaient aux billes. Il vit des affiches lacérées.

Rien n'avait changé : le coiffeur, sa boule de cuivre et ses mèches, la pharmacie et ses bocaux colorés au coin de la rue Ramey et, en face, le café L'Oriental. En bas de cette partie de la rue que coupait le carrefour, le marchand de couleurs était fermé. Il se souvint que c'était dimanche. Un coup d'œil vers La Bordelaise où, comme il se doit, on vendait du vin, vers le commissariat de police de la rue Lambert et, à gauche, les hôtels modestes.

Sa rue lui parut plus petite que dans son souvenir, les immeubles moins hauts. Peut-être parce qu'il avait grandi. Tout paraissait désert. Il désirait rencontrer quelqu'un, parler.

Bougras, L'Araignée disparus, il se souvint de cette concierge, une grosse dame maquillée qui lui offrait des tartines, Mme Albertine Haque. Il contempla un instant ce qui avait été la boutique de sa mère. Les volets de bois étaient toujours là ainsi que la barre de métal pour les tenir.

Il regarda les immeubles. Beaucoup de persiennes étaient fermées. Il se souvint de qui habitait là : la famille Schlack au 74, Mme Rosenthal au 78... Il voulait les rencontrer. Se souviendraient-ils de lui ? Sa rue lui apparut comme un décor de théâtre d'où les acteurs seraient absents.

La place du Tertre plaisait aux touristes bottés. Certains jouaient aux peintres du dimanche. Et aussi, le bas de Montmartre, les alentours de Pigalle. Des lieux à fuir.

Deux verts-de-gris montaient la rue. Des profanateurs. Olivier se plaça dans le coin d'une porte cochère, regardant ailleurs. Un des deux Fridolins lui demanda : « Sacré-Cœur ? Butte Montmartre ? » Ces idiots, ils n'avaient qu'à regarder leur guide du *Gross Paris*. Il répondit par un geste d'ignorance.

Il se décida à frapper à la croisée de Mme Haque comme il le faisait étant enfant. La fenêtre s'ouvrit. La femme et le jeune homme se regardèrent. Aucun des deux ne reconnaissait l'autre et, pourtant, ce visage rappelait quelqu'un. Mme Haque n'était plus ni obèse, ni maquillée, ni coiffée avec des anglaises. Elle avait maigri, son visage était pâle et ridé, ses cheveux gris et sales. Et lui, Olivier, n'était plus un petit garçon. Il dit :

— Madame Haque, vous ne vous souvenez plus de moi ? Olivier, le fils de Mme Chateauneuf, la mercière à côté.

— Si, si, répondit-elle, mais je n'ai pas mes yeux.

Ses yeux ? Des lunettes qu'elle sortit d'un étui. Elle regarda Olivier, sourit et lui dit :

— Qu'est-ce que tu attends pour entrer, chenapan ?

Il rit. Elle n'avait pas changé. Peut-être que lui non plus, au fond, tout au fond de lui-même. Le « chenapan » pénétra dans la loge. La femme écarta un chat d'un fauteuil de rotin, l'invita à s'asseoir. Il retrouva des odeurs de renfermé, d'eau de Javel, de savon de Marseille.

— Comme tu as grandi ! Un homme, maintenant. Et pas l'air d'un voyou. C'est bien. Je sommeillais quand tu as tapé au carreau. J'ai pas fait le ménage...

— Vous avez minci, dit Olivier, ça vous va bien.

— Tu parles que j'ai minci, comme tu dis. J'ai pas minci, j'ai maigri. Avec leurs restrictions, on sera bientôt tous comme des clous.

Elle fit chauffer de l'eau dans une casserole noircie pour préparer de la camomille. Sans doute n'avait-elle pas autre chose. Olivier répondit aux questions : oui, il allait bien. Il habitait toujours chez son oncle. Il avait un métier : imprimeur...

Tandis qu'ils buvaient la camomille, Olivier à son

tour demanda des nouvelles de tous. Des noms revenaient à sa mémoire :

— Mme Papa ?

— Toujours là avec tous ses chichis.

— Et Mme Chamignon ?

— Toujours au 77, mais elle n'est plus concierge. Elle a un logement.

— Et Mado ? Le beau Mac ?

— Disparus dans la nature. En temps de guerre, les gens déménagent. Tout comme la famille Schlack. Eux avaient de bonnes raisons... Je crois qu'ils sont dans les Basses-Pyrénées. Les Capdeverre vivent en grande banlieue. Tu ne reverras pas ton copain.

— Et Loulou ?

Mme Haque baissa la tête. Elle dit : « Celui-là... il vaut mieux ne pas en parler. » Elle ajouta à voix basse, comme si quelqu'un pouvait l'entendre :

— Il s'est engagé dans la L.V.F., tu te rends compte !

— C'est pas possible ! Il n'était pas comme ça. Et ses parents sont russes.

— Des Russes blancs. Il y a peut-être un rapport...

Ils restèrent silencieux. Parfois Mme Haque regardait Olivier comme s'il l'intimidait. Elle lui confia que, parmi tous ces mômes, il restait son préféré.

Tous ces mômes... Mais où étaient-ils ? On n'en voyait pas dans la rue. Mme Haque répondit à sa question :

— Tu n'as pas compris ? La rafle. Dans le quartier, il y avait beaucoup d'israélites.

— C'est donc ça... À la fin de la guerre, j'espère

qu'ils reviendront. Ce sera comme avant. Mais pourquoi dites-vous « israélites » ?

— C'est par politesse.

— Mais « juif » ce n'est pas impoli.

— Tu crois ?

Après tout, beaucoup de gens autour de lui disaient « israélites », sans doute pour les mêmes raisons.

— Ah ! dit Mme Haque, j'en ai une autre. Tu sais qui est revenu ? Le père Bougras. Ah ! le cochon. De plus en plus sale. Il m'a lancé quelques vacheries mais on a parlé quand même...

— Bougras, Bougras... Il habite où ? demanda Olivier avec impatience.

— Lui non plus, tu ne le reverras pas. Non, il est pas mort. Il est reparti comme il était venu. Il m'a dit qu'il faisait le trimard. Il n'a plus rien. Bientôt, il vivra dans un tonneau, comme ce Grec.

— Diogène, précisa Olivier.

— Ou un autre. Ah ! Bougras, c'était pas le mauvais type, mais quel sale caractère !

Olivier se souvint de l'élevage de lapins et de cochons d'Inde dans la petite pièce, de beaucoup d'autres choses. Il était pour lui comme une sorte de grand-père.

— Je l'aimais bien, dit-il.

Il ne pouvait imaginer que, moins de dix ans auparavant, il avait été ce gosse des rues. Il lui semblait que cela s'était passé dans un rêve.

D'autres noms jaillissaient de sa mémoire, même s'il ne se souvenait pas des visages. Mais à quoi bon demander de leurs nouvelles ? Tout était loin, flétri comme le visage de Mme Haque, effacé comme son maquillage outré, gris comme ses cheveux naguère si noirs.

— Je dois vous quitter, madame Haque. Je reviendrai de temps en temps si vous voulez bien.

— Et comment que je veux ! Tu crois que je m'amuse dans cette loge avec des gens qui ne parlent que de leurs misères ? Il est fini, le bon temps !

— Oui, madame Haque, mais il reviendra. Il faut espérer.

Espérer. Il quitta la rue Labat. Il pensa un instant à Zaza l'infidèle, aux abandonnés, aux déportés, aux fusillés, à la mort. Il serra les poings, il mordit ses lèvres et dit à voix haute :

— Le monde est dégueulasse !

Cinq

Le Purgatoire pour les uns, l'Enfer pour d'autres, le Paradis pour aucun.

— Il se passe trop de choses. Je ne peux pas suivre, dit l'oncle Henri.

Il se déroulait tant d'événements favorables ou défavorables, tant d'intrigues, de luttes d'ambitions dans un camp comme dans l'autre que les gens restaient désemparés. À Vichy, une lutte perpétuelle d'influences, de changements comme au temps de la République. À Londres, de Gaulle était lui aussi en proie à des dissensions mais sa hauteur, son orgueil ne fléchissaient pas.

Un tel embrouillamini que l'homme du commun s'y perdait, disait qu'il ne faut pas chercher à comprendre. Hors des soucis quotidiens, l'intérêt était moins tourné vers la politique que vers les soubresauts d'une guerre interminable.

— Faisons notre boulot, disait Jacquet, tout nous dépasse.

L'idée générale : les Allemands ne pouvaient plus gagner la guerre, mais, paradoxe, on ne pensait pas qu'ils pouvaient la perdre.

Le destin des Français ? Devenir la main-d'œuvre des Allemands ? Pierre Laval leur promettait cent mille ouvriers. Il arriva un jour où on fêta le départ du soixante-quinze millième. On recensait les hommes de dix-huit à cinquante et un ans, les femmes de vingt et un à trente-cinq ans.

Parfois Vichy semblait résister aux demandes des Allemands, parfois ce même gouvernement allait au-devant de leurs désirs. Les juifs continuaient à être les victimes. On trouvait toujours une idée nouvelle pour les humilier, les contraindre, les livrer. Qui n'aurait pu être désigné comme coupable de non-assistance à personne en danger ? Il régnait une indifférence comme si les malheureux constituaient un rempart.

Partout des affiches de propagande. Sur l'une d'elles, un homme blond (l'Allemand) et un homme brun (le Français) se serrent la main. L'Allemand apparaît plus grand et fort que l'autre. Et cette phrase : « Ouvriers français et allemands, unissez-vous ! » Non loin, les affiches de la mort.

Des rassemblements, des cérémonies absurdes se succédaient. À Vichy, on créait la francisque, cette double hache des Francs devenue un symbole. On passait en revue la Légion tricolore. La moindre libération de prisonniers au titre de la prétendue relève des travailleurs était exagérée. Herriot se trouvait en résidence surveillée, Weygand et de Lattre arrêtés. On dissolvait la modeste armée d'armistice.

Des faits frappants comme le sabordage de la flotte française à Toulon qui suivait le débarquement allié en Afrique du Nord, les premiers objets d'une fierté inédite quand les troupes de Leclerc obtinrent des succès en Afrique. L'Allemagne, l'Italie étaient copieusement bombardées, mais aussi la France.

La Résistance française s'activait. Il fallait désormais compter avec elle.

Difficile d'analyser des éléments contraires. L'opinion changeait à pas comptés. On admirait la lutte des Soviétiques tout en éprouvant des craintes informulées.

Et Paris dans tout cela ? La capitale s'habituait aux contraintes. Les Parisiens se lançaient dans des trafics ou se grisaient de distractions. Pour certains, s'amuser, rire et chanter devenait une forme de défi au sort.

Olivier durant un temps ne chercha qu'à sortir, connaître les films, les pièces de théâtre. Pour ce dernier, les places au poulailler n'étaient pas plus chères que des places de cinéma. Son oncle, décidant qu'il était désormais un jeune homme, se montra plus généreux avec lui. Le dimanche après-midi, en famille, on allait au music-hall applaudir les vedettes de la chanson : la môme Piaf d'hier devenue Édith Piaf et sa rivale Léo Marjane adorée par les Allemands, Tino Rossi et ses concurrents en roucoulades sirupeuses, Georges Guétary, André Claveau, Réda Caire.

À ceux-là, Olivier préférait Charles Trenet qu'on avait cru mort en 1940 et à qui le ciel avait permis qu'il *« chante encore de par le monde »*, un Trenet moins « fou chantant », moins « swing » mais plus poétique dans sa mélancolie souriante, et puis son ancien compagnon de duo, Johny Hess, lui toujours « swing » en un temps où les jeunes, bientôt les zazous, se posaient une question pour eux essentielle : « Êtes-vous swing ? » – ce qui voulait dire à la fois être dans le vent, opposé aux aînés, et traduisait une distance envers l'occupant. Enfin, on écoutait encore, entre deux attractions en vedettes américaines ou avec le nom en gros sur l'affiche, Lucienne Delisle, Eliane Cellys, Irène de Trébert, Rina Ketty...

Olivier préférait les spectacles plus sérieux, le théâtre. Il s'y rendait en matinée, ce qui veut dire l'après-midi, et, au sommet de la poulaille, tendait l'oreille, ouvrait grand les yeux. Il vit les pièces de Montherlant, d'Anouilh, d'Achard, de Guitry, de Cocteau, de Neveux, de Sarment, de Renaitour, de Frondaie, de Nivoix, d'autres aussi qui ne seraient connus que le temps d'une saison. Là, Olivier n'exerçait pas trop son esprit critique. Si la pièce ne lui plaisait guère, il en aimait le cérémonial et les acteurs.

Il aurait aimé écouter des concerts mais cela lui semblait impossible, le prix des places étant trop élevé, l'assistance trop nombreuse et trop teintée de vert-de-gris, ces officiers, ces soldats capables du pire et appréciant la musique réputée adoucir les mœurs. Les grandes œuvres musicales l'intimidaient. Il ne se sentait pas préparé à les accueillir.

C'est au cinéma que son enthousiasme musical s'éveilla. Un film de Christian-Jaque qui fut jugé grandiloquent lui parut grandiose. Et ce titre, celui d'une œuvre musicale, *La Symphonie fantastique* où Jean-Louis Barrault dans le rôle d'Hector Berlioz trouvait le génie en se délivrant d'un abcès à la gorge avec un rasoir. Et ces orchestres immenses dirigés par le compositeur enflammé ! Ce fut pour le jeune garçon comme une tempête qui le délivrait de tout. La France semblait se venger, affirmer sa présence par de grandes œuvres cinématographiques. Et ces titres inoubliables, *Les Visiteurs du soir, L'Éternel retour* ! Et d'autres comme *Les Anges du péché, La Duchesse de Langeais* où Giraudoux mettait Balzac en dialogues, *Le Corbeau,* et encore *L'assassin habite au 21, Monsieur la Souris, Goupi Mains-rouges...*

Les films allemands ne manquaient pas. Certains titres tentaient Olivier. Non, il n'irait pas les voir. M. Thil pensait qu'il fallait les refuser. Et même son oncle et sa tante les évitaient.

Il paraissait des livres. Là aussi, Olivier se méfiait. Et puis, il en était tant et tant qu'il n'avait pas lus, toutes ces œuvres du XIXe siècle et toutes celles des années d'avant 40. Sans doute ceux qui en valaient la peine subsisteraient. Il les découvrirait plus tard, ainsi ce Jean-Paul Sartre et cette Simone de Beauvoir qui faisaient tant parler d'eux, en bien comme en mal. Pour la poésie, son ami Samuel lui avait fait découvrir Henri Michaux, lui avait parlé du surréalisme, avait évoqué des poèmes de résistance mais on ne les trouvait guère sinon parfois dans des revues littéraires où se glissaient des pièces de vers mystérieuses, demandant l'attention et la réflexion permettant de découvrir des messages cachés. Olivier en restait à Baudelaire, Rimbaud, Verlaine, Mallarmé, parfois Victor Hugo dont la masse poétique l'attirait et le rebutait.

La tante Victoria possédait *Autant en emporte le vent*, un livre vendu à prix prohibitif et tant recherché. Elle ne lisait que cela. Elle devenait Scarlett O'Hara. Quant à Jami, il découvrait Jules Verne qui inventait l'avenir. Pour lui, il était le plus grand auteur français. Olivier s'abstenait de toute discussion. Il préférait lui donner des spectacles dont il était l'unique acteur.

Il installait l'enfant sur un canapé dans l'antichambre. Et là, il déclamait des vers, imitait les tics des comédiens et des chanteurs, singeait les amis de la famille, inventait les mots de langues imaginaires. Et Jami riait de tout. Un bon public. Ou bien ils jouaient aux dames et Olivier s'aperçut qu'il ne gagnait pas toujours, disant : « Mon petit, il faut bien que de temps en temps tu te croies vainqueur ! » Jami protestait. Il se vengeait à table par quelque propos comme : « Olivier est amoureux de Zaza. » Tout le monde souriait. Il était furieux. Zaza, malgré le pincement au cœur, représentait le passé. Il se moquait bien d'elle. Une grande bringue, une jeune fille, pas même une femme... Parfois survenaient des bagarres où Marguerite intervenait. Heureusement, Jami, s'il prenait une dérouillée, ne cafardait pas. Il trouvait Olivier merveilleux bien qu'un peu fou.

Survint un incident qui plongea Olivier dans l'embarras – pas seulement Olivier mais toute la famille. Cet occupant qu'on voulait ignorer se manifesta de manière inattendue.

Pour entrer dans l'appartement, il existait l'escalier de service dont seule Marguerite se servait pour aller vider les ordures, chercher du charbon ou du vin à la cave, rejoindre sa chambre sous le toit. Pour les parties nobles, deux autres portes, l'une donnant sur un couloir, l'autre s'ouvrant sur l'antichambre.

C'était le soir. Marguerite débarrassait la table. On entendit un coup de sonnette.

— Olivier, va ouvrir, dit la tante Victoria.

— Qui ça peut-il être ? demanda l'oncle Henri.

Olivier ouvrit la porte et resta stupéfait. En face de lui se tenait un homme en uniforme allemand, et même un officier : il en jugea d'après sa tenue et cette baïonnette ou cette courte épée qui battait contre sa cuisse et dont les étudiants se moquaient en attachant de la même manière leur pompe à bicyclette.

Olivier resta figé, muet, tandis que le visiteur, essuyant ses semelles sur le paillasson, disait en français sans accent :

— Est-ce bien ici qu'habite M. Olivier Chateauneuf ?

Il n'osa pas répondre que c'était lui. Sans faire entrer l'Allemand, il se précipita dans la salle à manger en criant une sorte d'appel au secours :

— Mon oncle, venez, venez, il y a... quelqu'un.

L'oncle s'approcha. Sa haute taille dominait celle de l'officier. Il semblait barrer l'accès à l'appartement.

— Vous désirez ? demanda-t-il.

— Je reviens de mon pays. J'ai rencontré un prisonnier français. Il m'a remis une lettre pour son cousin, M. Olivier Chateauneuf.

— Ah ? Ah bien !... Heu...

Ce fut la tante Victoria qui dénoua la situation. Sur son ton le plus mondain, elle dit :

— Entrez donc, monsieur. Débarrassez-vous...

L'oncle et son neveu se regardèrent. L'initiative était laissée à la maîtresse de maison. Elle ouvrit la porte du salon et dit : « Je vous en prie... » L'oncle Henri et Olivier suivirent.

L'officier allemand ne fut pas tout de suite invité à s'asseoir. Olivier vit un homme âgé qui, sans l'uniforme, aurait eu l'aspect d'un père tranquille. Il quitta son manteau de cuir mais garda son képi qu'il porta sous le bras comme une chose précieuse. Il émit un léger sourire et parla :

— Ma présence est sans doute inopportune. Je comprends... Voici l'objet : ma sœur, depuis que son mari est sur le front de l'Est, dirige une exploitation agricole. Des prisonniers y sont employés. Ils sont bien traités, ne manquent de rien. Et j'ai parlé à l'un d'eux, Jean, un gentil garçon, très... parisien. Il m'a demandé le service d'apporter une lettre à son cousin, M. Olivier Chateauneuf.

— C'est moi, dit Olivier sur un ton farouche.

L'officier sortit la lettre d'un de ces petits sacs qu'en France on appelle baise-en-ville. Olivier regarda l'enveloppe. Il reconnut l'écriture de son cousin.

— Tu pourrais remercier, dit la tante Victoria.

— Merci, dit Olivier.

La gêne se dissipa en partie. L'officier allait prendre congé quand l'oncle proposa un siège.

— C'est très aimable à vous...

— Vous prendrez bien un verre de schnaps, dit l'oncle Henri, enfin ce n'est pas du schnaps (il semblait se plaire à prononcer ce mot) mais du calvados.

— Avec plaisir. Je connais bien tous vos alcools.

On trinqua de loin en levant le verre. L'Allemand

émit un soupir d'aise. Il s'enfonça dans le fauteuil. Olivier lirait la lettre plus tard. Il observa que ce visiteur non souhaité avait à peu près le même âge que son oncle. L'officier fit un geste fataliste et dit :

— Très mauvais, la guerre.

— C'est ce qu'on dit toujours, observa l'oncle Henri, mais on la fait.

— J'ai aussi fait l'autre, la première.

— Moi aussi, dit l'oncle Henri.

Allaient-ils se reconnaître comme frères d'armes ? Olivier se sentit mis à l'écart. Il pensa sortir. La curiosité le retint.

— Ainsi, votre sœur dirige une firme agricole..., dit la tante.

— Elle est plus jeune que moi. La cadette. Nous étions quatre frères et une sœur. Deux sont morts. Ach !

Il s'aperçut qu'il oubliait de parler français et se reprit :

— J'ai fait des études en Belgique, puis aux États-Unis. Je suis... j'étais vétérinaire.

— Un beau métier, dit la tante Victoria. Un médecin ne soigne qu'une variété animale, si je puis dire, l'homme. Un vétérinaire les soigne toutes.

— Merci, dit l'Allemand.

— Et vous êtes en permission à Paris ?

— Pas tout à fait, mais c'est sans importance. Je ne vais pas prendre votre temps.

Il posa son verre. De manière inattendue, l'oncle le remplit de nouveau.

— Vous êtes très grand, dit l'Allemand. Certains de mes compatriotes diraient que vous avez le type germanique.

— Je n'y tiens pas trop. Je suis du Nord, dit l'oncle.

— Je vous comprends, la race, les Aryens, je n'aime pas tout ça. C'est une invention de ces... enfin d'Hitler.

— Je ne l'aime pas ! jeta l'oncle Henri.

— Croyez-vous que nous l'aimons tous ? La guerre, c'est très mauvais. Les bombardements, les combats, les prisonniers, les morts...

— Et les déportés, ajouta la tante Victoria devenue courageuse.

— La situation est mauvaise pour nous, avoua l'Allemand. La guerre devrait finir.

— La Russie est trop grande, trop peuplée. Et les Américains ont une telle puissance, dit l'oncle.

— Il y aura du malheur, du malheur partout, reprit l'officier. Et puis de petits moments comme ce soir. Merci, vraiment, merci.

— C'est nous qui vous remercions, dit la tante. N'est-ce pas, Olivier ? Notre hôte est fort aimable d'apporter ainsi des nouvelles.

— Votre cousin est un garçon charmant, lui dit l'officier. Et drôle. Il blague sur tout. Il n'a pas la mauvaise place. Il y a beaucoup de dames à la ferme...

« Pauvre Élodie... », pensa Olivier. Mais non ! elle n'en saurait rien.

On raccompagna le visiteur. La tante appela l'ascenseur. Après une hésitation, l'oncle lui serra la main. Olivier pensa à Montoire. Il se contenta de saluer de la tête.

Lorsqu'ils se retrouvèrent seuls, ils se sentirent gênés.

— Eh bien, eh bien..., dit l'oncle Henri.

Marguerite fut appelée pour ranger les verres. Elle répéta : « On aura tout vu, oui, tout vu... » La tante lui parla de la lettre et elle dit : « Quand même, quand même... »

Olivier lut le message. Il ne lui apprenait pas grand-chose. L'Allemand avait tout dit en quelques mots. Il passa la lettre qu'on lut d'un œil distrait.

— Je lui ai quand même balancé quelques vérités, dit l'oncle Henri. Nous avons peut-être été trop aimables ?

— Il n'avait pas l'air d'un mauvais type, dit la tante. Je l'ai trouvé même distingué. Tu as entendu ce qu'il a dit d'Hitler ? Il ne pouvait pas trop parler mais il n'a pas l'air de l'aimer beaucoup.

— En attendant, dit l'oncle Henri, nous avons reçu un Allemand. Et un officier, en plus. J'espère que la concierge ne l'a pas vu. Ou alors elle n'a peut-être pas pensé qu'il venait chez nous.

— Celle-là, dit la tante Victoria, elle voit tout, elle sait tout.

Ils regardèrent Olivier avec peut-être cette arrière-pensée que tout cela était de sa faute. L'oncle Henri le rassura.

— Il n'est pas mauvais de voir les gens de près, dit-il. Cela posé, j'espère que de telles visites ne se reproduiront pas. Disons que nous avons reçu un homme et oublions l'uniforme.

Certes, des Allemands on en voyait à la papeterie. Ils continuaient à acheter tout ce qu'ils trouvaient. Le plus souvent, de jolies boîtes de papier à lettres et d'enveloppes dans des tons bleu azur, vert pâle ou roses qui venaient de chez Lalo. Quand Lucien était chargé de préparer un paquet, il entourait la pile de boîtes à lettres, nouait cette ficelle de papier peu solide qu'il coupait à moitié par endroits pour que tout se détache à un moment donné et mette le Doryphore dans l'embarras. Cela faisait partie des petites vengeances.

— Excellente clientèle ! disait la tante Victoria avec cynisme. Je double les prix. Et je leur refile tous nos vieux rossignols. Ces vieux porte-plume réservoir invendables ont disparu. J'annonce pour la réclame que le maréchal Pétain a le même. Et dire que ces gobe-mouches nous ont vaincus !

Ces intrusions étaient rares. Les occupants préféraient les beaux quartiers, par exemple l'Opéra où ils donnaient des concerts sur le parvis.

Ce fut le temps où les entreprises durent tenir un livret de salaires. On vendit des registres reliés en toile noire. Comme ils étaient assez épais, un client observa :

— Je n'ai que trois ouvriers. Que faire de toutes ces pages ? Il y en aurait pour des années.

Cela donna une idée à Olivier. Il prépara une mince brochure et montra ce modèle à son oncle. Dès lors, on fabriqua ces cahiers qui se vendirent bien. L'oncle rendit visite aux grands magasins et reçut d'importantes commandes. Olivier fut félicité. Il reçut même un pourcentage sur les ventes.

Il ne s'en tint pas là. Avec du papier fort et du

transparent, il confectionna un porte-cartes d'alimentation peu coûteux. Là aussi, ce fut un succès.

— Vous voyez, mon oncle, je ne suis pas si cloche qu'on le croit.

— Ce serait mieux si tu oubliais de te vanter.

— Pour une fois que tu n'es pas dans la lune..., ajouta la tante Victoria.

L'état civil ne fournissait pas les cartes d'identité. On les achetait chez les papetiers pour les donner à remplir. Il en était ainsi de toutes sortes. Seul le format était respecté. La plupart étaient laides. Olivier en conçut une plus élégante, mieux composée. Là, ce fut un échec. Il la modifia, ajouta une rainure pour le pli. Il n'y eut pas d'amateurs à l'exception de M. Thil qui en acheta plusieurs. Il confia à Olivier qu'elles se passeraient des services officiels.

En possession d'argent, Olivier fit le grand seigneur. Il invita Marguerite et Jami aux cinémas du quartier. Il offrit des fleurs à sa tante. Il rapporta du tabac belge à son oncle en disant que c'était un cadeau.

Curieusement, lorsqu'il eut dépensé son pécule, il se sentit tout heureux. Comme s'il venait de se débarrasser de quelque chose d'encombrant.

Il aurait bientôt vingt ans. Il se mit à la mode, se fit coiffer les cheveux à la Tarzan, demanda à Marguerite de lui raccourcir un pantalon dans le bas. Avec une veste de Marceau trop grande pour lui, il se donnait des allures de « swing », pas tout à fait de zazou.

Jami se moquait de la nouvelle tenue d'Olivier. Il se plaçait devant lui, se dandinait et agitant son index au-dessus de sa tête, il chantait : *Da dou da dou da...*

L'affaire des faux tickets d'alimentation ne se renouvela pas. Olivier se dit que cela avait amusé l'oncle Henri et que ce n'était plus le cas.

À l'imprimerie, on embaucha pour la brochure une femme d'une quarantaine d'années. Mal attifée, les cheveux en bataille, dépoitraillée, le verbe haut, elle s'exprimait comme un charretier, houspillait les ouvriers, s'esclaffait pour un rien en frappant ses fortes cuisses. Les autres l'appelaient « la mère Tapedur ». Elle adorait s'en prendre aux plus jeunes. Elle s'approchait et leur claquait les fesses comme on faisait autrefois aux servantes. Olivier était sa cible préférée. Il devait se tenir hors de portée. Un jour, elle empoigna ce qu'il avait de plus secret, entre les jambes, et lui dit : « Tu aimerais bien, hein ? petit salaud ! » Oui, il aimerait bien mais pas avec elle. Il la détestait et, en même temps, restait ébahi, presque admiratif devant la force qui émanait d'elle. Les tricoteuses de la Révolution devaient être ainsi.

Il y eut une dispute entre l'oncle Henri et le grand David qui détestait les patrons. À propos de rien, d'une manière de toiser avec mépris, de jeter des mots gras. Hullain et Jacquet s'interposèrent : « Allons, allons... » Et l'oncle Henri maugréa : « Je vais le mettre à la porte. » Il n'en était pas question : la main-d'œuvre manquait. Jacquet dit au grand David : « Tu ne devrais pas. C'est un bon patron ! » et il répondit qu'il n'y avait pas de bons patrons.

Auprès des épisodes sanglants, de la grande valse de mort, des soubresauts, ces incidents ne revêtaient pas d'importance, mais il s'agissait de la vie quotidienne, des jours vécus par les gens sans histoire et ces petits faits laisseraient des souvenirs ignorés des historiens.

Le mythe de l'invincibilité allemande s'effritait. Ce qui frappait le plus les Français : cette armée de libération en Afrique du Nord comme surgie du néant et qui vengeait celle de 1940. Loin les Gamelin, dans un autre âge. Le nom de ce général hier inconnu, Leclerc, était prononcé avec respect. Et l'on parlait de cette escadrille au double nom : Normandie-Niémen. Les Russes jetaient leurs troupes sur Stalingrad dont la bataille pourrait bien être décisive. Les Japonais prenaient la pile en Nouvelle-Guinée.

— Au fond, dit l'oncle Henri, ce de Gaulle... il voyait loin.

— Qui sait s'il n'est pas de mèche avec le maréchal Pétain ? suggéra la tante. Un qui sauve les Français, un autre qui les libère.

— Qui peut savoir ?

En attendant, la zone Sud était envahie. Il n'existait plus de ligne de démarcation. Rien pour contenir les exactions allemandes. À l'exception des zones interdites, de l'Alsace-Lorraine, la France reconstituée. Sous la botte.

Les juifs du ghetto de Varsovie se battaient. Durant ce temps, en France des dizaines de milliers d'autres étaient déportés. On en arrêtait partout, surtout à Marseille, cette ville où l'on détruisait le Vieux-Port. Même ceux qui ne le connaissaient pas s'émouvaient. Pour eux, c'était comme si on effaçait Vincent Scotto, Alibert, Pagnol.

Les journaux ne pouvaient parler de la guerre de Russie que sur deux colonnes. Un signe. Et cette histoire de relève qui continuait. Laval proposait que les prisonniers deviennent des travailleurs civils. À défaut de volontaires pour le S.T.O., des jeunes seraient mobilisés pour deux ans. À une année près, Olivier y échappait.

Les Alliés libérateurs bombardaient la France des usines. Comme ce serait toujours le cas, des erreurs de tirs décimaient les civils. Rennes fut bombardé par deux fois, puis les usines Renault à Billancourt, Saint-Nazaire, Lyon, plus tard Le Creusot. Sur la Côte d'Azur occupée par les Italiens jugés trop coulants, les Allemands prirent les choses en main.

— Ces Anglais ne nous aiment pas, disait la tante Victoria, ils nous font des centaines de morts.

— La guerre, la guerre... Ils en font des milliers en Allemagne. En attendant, nous manquons de beurre.

Ce type de conversations en coq-à-l'âne amusait Olivier. On avait touché des rations d'eau-de-vie rhumée, de sucre de raisin, de bananes séchées. Grâce à un client, les cafés Henri Large, on avait un succédané de café buvable. Certes, les colis se faisaient rares. Les correspondants avaient dû se lasser. La tante Victoria annonça :

— Nous aussi, nous devrons nous restreindre.

Olivier pensa qu'elle n'irait pas jusqu'à utiliser le pèse-lettre.

L'indemnité journalière d'entretien des troupes

d'occupation avait augmenté de cent millions. Cela se ressentait.

L'oncle Henri annonça qu'il s'était entretenu avec le marchand de journaux. D'origine normande, il avait, pour le beurre, une combine. Ce mot de « combine » revenait souvent dans la conversation. Olivier ignorait qu'une stratégie se préparait et qu'il serait un de ses acteurs.

En compagnie de cet homme à l'allure de truand et qu'il n'aimait guère, Olivier, avec quatre valises vides, dut prendre le train. Ils se rendaient dans un village appelé Lignères. Là, ils dormirent dans le même lit, ce qui dégoûta Olivier car l'homme sentait mauvais, ronflait et grinçait des dents. Il se réfugia à l'extrême bord et finit par se lever pour dormir par terre sur une descente de lit mitée.

Le lendemain, ils louèrent des bicyclettes pour se rendre dans les fermes. Du beurre, aucun fermier n'en avait, mais, après la goutte, des transactions s'engageaient, et on entendait :

— À ce compte-là, on peut essayer d'en trouver. Je me demande si j'en ai pas un peu de côté. Du salé.

Toute la journée, il en fut ainsi. Les valises s'emplissaient de paquets et de mottes qu'il fallait tasser avec les instruments du bord, briques ou morceaux de bois. Cela pesait lourd. Les bécanes étaient trop chargées, ils durent faire du chemin à pied pour revenir à l'hôtel. Olivier eut beau dire qu'on en avait assez, le manège recommença le lendemain.

Une partie irait chez les Desrousseaux, payée à bon prix mais sans exagération puisqu'il fallait tenir compte de l'aide d'Olivier, le reste sans doute serait pour le marché noir.

Ils reprirent le train chargés comme des mulets. Le bonhomme ricanait et se frottait les mains. Olivier demanda :

— Et à la gare ? L'octroi... On nous fouillera et...

— N'aie pas les jetons, mon pote, je suis marle, j'ai prévu le coup. Ce n'est pas la première fois et ça marche toujours. Je vais te rencarder...

L'explication n'était pas des plus rassurantes. Simple : Olivier n'avait qu'à faire comme lui.

Les soldats allemands étaient nombreux dans le train. Il suffisait de repérer des gradés et de les suivre comme si on portait leurs bagages. Malgré sa honte, Olivier suivit un Chleuh, comme s'il était son domestique. Personne ne l'arrêta et il retrouva son complice à la sortie.

Le lendemain, après avoir mangé des tartines bien enduites, toute la famille se mit au travail pour saler le beurre qui ne l'était pas déjà, le tasser dans de grandes jattes en grès bien closes et sur lesquelles on poserait des planches tenues par des poids. Pour les descendre à la cave, on attendit la nuit.

Quinze jours plus tard, Olivier et Marguerite se rendirent dans cette cave pour renouveler la provision. Une mauvaise surprise les attendait : les planches déplacées, les jattes vides. L'oncle et la tante descendirent pour constater les dégâts. Qui avait volé le beurre ? Des voisins, la concierge ? Aucune trace d'effraction, la porte était solide, avec une bonne serrure et un gros cadenas. Un mystère en chambre close comme dans les romans policiers.

Les deux femmes quittèrent la cave, Marguerite

indifférente, la tante furieuse. L'oncle Henri et Olivier, en bons détectives, cherchèrent des indices, des empreintes de pas. Lampe électrique en main, ils scrutèrent le sol. Olivier dirigea la lumière sur le fond d'une des jattes où restait un fond de beurre. Là, ils découvrirent les traces des coupables.

— Des rats ! dit l'oncle Henri.

— Mais ils ne peuvent pas avoir mangé tout ce beurre !

— Il devait y en avoir des bataillons, un régiment. Tu ne connais pas les rats. Pires que les Boches ! Salauds de rats ! Je vais mettre du poison.

— Trop tard ! Qu'est-ce que c'est malin, un rat !

Olivier haussa les épaules. Cela finissait par l'amuser. Tout ce voyage, tous ces désagréments, toute cette fatigue pour rien. Si ! Pour les rats. Ils prirent l'ascenseur. L'oncle Henri gardait la tête basse. Olivier se permit de faire un mot :

— Et on a fait tout ça pour... du beurre !

Les employés de chaque entreprise recensés, les garçons des classes 40, 41 et 42 étaient soumis au S.T.O. Ainsi Guy et Lucien furent-ils appelés pour l'Allemagne. Le premier disparut. Celui qui restait ne savait que faire, que penser. Il était habité par un mélange d'appréhension et de colère à quoi se mêlait de la curiosité. Pour la colère, il s'en prit à Olivier :

— Toi, tu ne pars pas. Le neveu du patron, tu penses !

— Ne déconne pas ! C'est parce que je suis de la classe 43.

— Que tu dis !

— Je sais quand même quand je suis né.

— Et puis, je m'en branle... Je serai peut-être mieux payé qu'ici... Et je ne serai pas le seul... Je vais voir du pays...

« De la merde, oui ! » pensa Olivier. Il se dit que les Fridolins n'en resteraient pas là. Lui aussi serait appelé. Il refusa d'y penser trop.

En attendant, avec ces départs, chacun aurait davantage de travail.

— Ce petit con de Lucien ne se doute pas qu'il est devenu un collabo, dit le grand David.

— Facile de juger, répondit Jacquet. Tu n'es pas à sa place. Tu ne sais pas ce que tu ferais...

— Justement, je le sais.

Jacquet dit : « Bon, bon... » Avec le grand David, on n'avait jamais le dernier mot. Lorsque l'on commentait la guerre, il ne parlait que des Soviétiques, comme si les autres Alliés et la nouvelle armée française n'existaient pas.

Jacquet gardait sa confiance au Maréchal. Hullain disait : « Oui mais, oui mais... » et n'allait pas au bout de sa phrase. Des noms étaient jetés : de Gaulle et Giraud qui s'opposaient, Catroux qui tentait de les réunir. On parlait de Churchill qui soutenait l'un avec des réserves, de Roosevelt allié de l'autre. Les émissions de la France libre, un peu plus audibles, se terminaient par des « messages personnels », des phrases qui paraissaient absurdes, parfois poétiques. L'oncle précisait :

— Cela s'adresse à la Résistance en France.

— À moins que cela ne veuille rien dire ? suggérait la tante.

La Résistance, on n'en savait pas grand-chose sinon qu'elle existait. M. Thil qu'on voyait moins se taisait. Ou bien il évoquait des tortures, des assassinats. Elle existait bien, cette Résistance, puisqu'elle avait ses martyrs. C'est avec Olivier qu'il se livrait le plus et ce dernier se demandait pourquoi. Il parlait du sommeil de la bourgeoisie, de l'héroïsme de quelques-uns qui luttaient pour tous. Vichy avait aveuglé ou endormi tant de gens ! Ils ne voyaient rien et tardaient à se réveiller. Ils attendaient tout de l'extérieur. S'ils ne faisaient rien, ils seraient roulés dans la farine par ceux qui les délivreraient. Il demanda :

— Si tu es appelé pour le S.T.O., que feras-tu ?

— Je ne sais pas. Ce que je sais c'est que je ne veux pas y aller. Peut-être qu'ils ne m'appelleront pas.

— Et ainsi tu n'auras pas à prendre de responsabilités. Il faut savoir en prendre et voir plus loin que le présent. Si cela arrive, n'oublie pas de m'en parler.

— Je ne connais pas votre adresse.

— Je vais te donner un numéro de téléphone. Tu appelles. Tu ne dis pas ton nom. Tu dis simplement : « Dax », comme la ville. Et je serai prévenu. Garde bien ça pour toi. Je te fais une grande confiance.

M. Thil parlait de son mépris pour les ennemis. Il disait plus volontiers « les nazis » que « les Allemands ».

— Ils volent le bronze des statues. Nos grands hommes tombent comme des fusillés. Et même notre

Ballon des Ternes... Et ces salauds du P.P.F. ! Ils s'en prennent aux passants qui ne les saluent pas ou refusent de crier « Vive Doriot ! ». Eux-mêmes font le salut fasciste aux officiers allemands. Les Français posent des bouquets sur la tombe du Soldat inconnu. C'est leur réponse. Ou bien ils font brûler des cierges dans les églises.

La tante Victoria, qui ne sortait guère, se déplaça pour rendre visite à Marthe, une amie originaire de Saugues. Elle en profita pour s'offrir une promenade rue du Faubourg-Saint-Honoré et visiter une couturière qui la fournissait autrefois quand elle jouait à la femme élégante.

— C'est curieux, dit-elle, ces Allemands qui étaient si beaux sont devenus d'un coup vieux et moches.

Cela amusa l'oncle Henri.

— Tu t'en rends compte seulement maintenant ? Les beaux, les grands, les forts, ils sont au casse-pipe. Ils n'en ont plus assez pour nous épater. Ils envoient leurs réservistes. Ils en sont au point que, chez eux, ils mobilisent tout le monde, les femmes, les enfants...

— Des femmes, il y en avait déjà pas mal dans leur armée, observa Olivier.

— Les souris grises ? Ce sont surtout des secrétaires, des fonctionnaires en uniforme. Et les autres, celles qu'on appelle « les bonniches », des infirmières.

— Dans le métro, ils ont leur rame réservée.

— Oui et il paraît qu'on y colle des papillons avec « À désinfecter à l'arrivée ». Les gens prennent des risques.

— C'est marrant ! dit Olivier.

— Et on a fermé beaucoup de stations de métro, dit la tante. Enfin, tant qu'on ne les fermera pas toutes... J'ai remarqué autre chose : les passants qui ne regardaient jamais les Allemands prennent maintenant des airs goguenards.

— Et la mémé ? demanda Olivier.

— Mon amie Marthe Flandin est allée la voir. Elle ne change pas. Elle va toujours au pèlerinage de Notre-Dame-d'Estours. Et à pied. Elle se partage entre le cimetière et l'église. Parfois elle va aux champignons. Ah ! et puis un petit drame, j'oubliais. La promise de Victor s'est mariée avec celui qu'on appelle « le Rouquin ». Elle n'a pas pu attendre. Pauvre Victor ! Et il s'en passe : un prisonnier a été libéré. Il est revenu au pays et a trouvé sa femme au lit avec un autre. Il a pardonné. Que voulais-tu qu'il fasse !

— Et Mondillon, et Anglade, et Chadès, et...

— Si tu crois que j'ai demandé des nouvelles de tout le monde.

— Je voudrais bien faire un saut à Saugues.

— Je ne crois pas que ce soit le moment de voyager. Surtout pour un jeune.

— Bon, j'attendrai...

Et Olivier chantonna en prenant la voix d'un chanteur de charme : *« J'attendrai, le jour et la nuit, j'attendrai toujours ton retour. »* Il ajouta plus sérieux :

— *« Attendre et espérer sont les derniers mots de la sagesse humaine »*, signé Alexandre Dumas dans *Le Comte de Monte-Cristo.*

L'oncle Henri, moqueur, fit entendre un petit sifflement.

Olivier s'abîmait dans la contemplation du planisphère de l'oncle Henri. Ce n'étaient pas les épingles à tête noire et celles à tête rouge qui se déplaçaient sur le front de Russie qui l'intéressaient. Mais les pays, les villes, et de préférence les plus lointains. Il rêvait de voyages, d'aventures comme celles qu'il avait lues étant enfant dans *L'As des boy-scouts* de Jean de La Hire ou dans *Le Tour du monde d'un boy-scout* d'Arnould Galopin.

Et dire qu'il ne pouvait pas même faire quelques centaines de kilomètres pour se rendre en Auvergne ! « Plus tard, peut-être... », pensait-il. Ces guerres n'allaient pas détruire toute la planète, quand même ! Il est vrai que les avions déversaient de plus en plus leur colère du ciel. Les Allemands en faisaient les frais. Hier, on comptait les victimes par centaines. Aujourd'hui c'était par milliers. Nul ne se scandalisait plus que les civils soient des cibles.

— Alors, Olivier, dit l'oncle, tu regardes mes épingles ? Ça se déplace pas mal, même si ça piétine encore du côté de Rostov. Sais-tu ce qu'on disait du Français ? Qu'il était un monsieur décoré ignorant l'histoire et la géographie. La géographie, maintenant, on la connaît...

— Et pas l'histoire ?

— Un peu plus peut-être. Pour celle des jours que nous vivons, il faudra du temps et dans quelques années nous en saurons un peu plus, mais peut-être que nous n'en aurons plus envie.

— Justement je lis en ce moment un livre sur la guerre de 1870 par un nommé Margueritte, Margueritte avec deux *t*.

— Je suis toujours surpris par ce que tu lis.

— Moi aussi. Ça dépend de ce que je trouve.

— Je me demande d'où te vient ce goût ?

— Je n'en sais rien. J'y prends plaisir. C'est tout.

— Au moins, tu ne lis pas d'âneries...

— Si, j'en lis aussi.

— Bon ! bon ! dit l'oncle Henri qui changea de conversation : Hullain et Jacquet seront un jour trop âgés pour travailler. Il nous faudra un bon prote, et même un jeune directeur. Il y a quelqu'un que je vois bien dans ce rôle...

— Marceau ?

— Je ne crois pas que cela l'intéresse. D'ailleurs, je ne sais pas trop ce qu'il fera quand il sera guéri. L'imprimerie, le commerce ne le passionnent pas.

— Alors, Jami.

— Il est encore trop jeune. Je veux qu'il fasse de bonnes études. Non, c'est à toi que je pense. Je te promets un bel avenir.

L'avenir ? Olivier n'y pensait pas. Comme si la guerre, l'occupation allaient durer toujours, comme si rien ne changerait jamais.

— As-tu besoin d'argent, *min garchon* ?

Parfois l'oncle Henri aimait parler comme à Lille.

— Ben, un peu...

Il reçut un billet de vingt francs, dit que c'était trop, puis le glissa dans son portefeuille. Celui-là, il ne le dépenserait pas, il le garderait pour le cas où... où... Il ne savait trop lequel.

Une phrase surgit : « Que feras-tu quand tu seras grand ? » Elle venait du lointain de son enfance. Grand, il l'était maintenant. Il savait son avenir assuré. Et cela ne lui plaisait, pas, l'effrayait secrètement, détruisait toutes les possibilités – il ignorait lesquelles. Voyager ? Il n'était plus maître de son itinéraire comme aux jours de l'exode, de la fuite devant l'inconnu, l'ogre. Il écarta les images d'horreur, celles de la place de Montrichard. Il ne resta que le souvenir de la route – la route enchantée. Il allait d'un point à un autre en s'écartant volontiers de la ligne droite, le plus court chemin étant celui du bonheur, de l'imprévu.

Le père Bougras. Son ami Bougras. Le trimardeur. Comme il le comprenait ! Il pensa aux poètes qu'il aimait. Tous rêvaient de départs, d'exotisme, d'une vie antérieure à un bateau ivre, de capitaines espérant des lendemains épiques à celui qui parlait de l'écume inconnue. Hélas ! Bougras courant les routes ne pourrait aller au-delà des frontières. Même la Côte d'Azur était devenue zone interdite.

Il regarda la bague fabriquée avec une pièce de quarante sous, s'efforça de la faire briller, de la passer à son petit doigt. En vain. Il la glissa dans l'anneau de ses deux clés, une de l'appartement, une de l'atelier.

Et si Bougras, comme certain pélican lassé de ses longs voyages, revenait rue Labat ? Cela lui suggéra une nouvelle balade montmartroise. Comme on ne manquait pas de pâtes alimentaires, grâce aux parents de l'infidèle « Coquillette », il obtint de sa tante un gros paquet de nouilles. Il précisa qu'il l'offrirait à une vieille femme qu'il connaissait à Montmartre.

— Encore la rue Labat !... dit la tante.

Ce mardi, la rue était aussi déserte que le dimanche de sa première visite. Il crut reconnaître quelques personnes dont il avait oublié le nom. Les gros pavés ronds avaient été remplacés par d'autres plats et rectangulaires. Plus d'herbe et de mousse entre eux. Rue Bachelet, des planches de bois en croix étaient clouées sur des devantures, des fenêtres. En haut de la rue Labat, les baraques qui s'étageaient sur la montée vers la Butte n'existaient plus. Partout, les bruits, les odeurs n'étaient plus les mêmes. En dépit du soleil, des fenêtres restaient closes.

Le boulanger n'était plus celui qu'il avait connu. Rue Lambert, deux clochards assis sur le bord du trottoir triaient des mégots. Au comptoir du café, il reconnut un vitrier, père d'un de ses anciens copains. Sans doute cet homme l'avait-il oublié.

— Madame Haque, je vous ai apporté un cadeau. C'est un peu ridicule...

— Un cadeau ? Il y a belle lurette qu'on ne m'en a pas fait. Pourtant, quand j'étais jeune... Un cadeau, c'est pas ridicule, un cadeau ! Et des nouilles en plus ! Tu fais du marché noir ?

— Non, ce sont des amis de mon oncle qui en fabriquent.

— Ça doit être pour les Frisés. Des nouilles, on n'en voit plus guère. J'aurai de quoi croûter pendant un mois. Je sais pas comment te remercier. Tiens ! j'ai envie de chialer. J'aimais bien ta mère.

Olivier ferma les yeux. Sa mère, il ne voulait pas qu'on lui en parle. Elle était enfouie sous la terre mais aussi en lui, profondément. Il ne fallait pas la déranger.

Au retour, il fit un détour par la gare de l'Est, s'arrêta au coin de la rue du Terrage, fouilla dans les boîtes du brocanteur parmi quelques bouquins sales. Il ne trouva rien à son goût.

Le soir, à table, la tante Victoria lui demanda :

— Tu as revu ta chère rue Labat, tes anciens complices...

— Non, personne. C'est désert. On croirait qu'ils sont tous morts.

— C'est ton enfance qui est morte, dit l'oncle Henri.

— Et tu es devenu grand, ajouta la tante. Depuis trois ans, tu as bien changé. La guerre mûrit les êtres.

« Ou les pourrit ! » pensa Olivier, mais il acquiesça, fit un geste qui ne voulait rien exprimer. Et voilà que la tante devenait sentimentale :

— Je me souviens de ce petit morveux, mal embouché, parlant un horrible argot, que nous avons recueilli...

— Je n'ai jamais été morveux ni mal embouché, s'insurgea Olivier.

— Et révolté, avec un mauvais caractère comme maintenant, ajouta la tante.

— Et patati et patata, dit Olivier.

— Olivier, ordonna l'oncle Henri, sois poli avec ta tante.

Alors il fit une révérence ironique et dit sur un ton noble :

— Si tel est le cas, je présente mes plus plates excuses.

Cette phrase, Jami la reprit en l'imitant et cela fit rire toute la tablée.

Pour Olivier, le principal centre d'information, c'était l'atelier. Là, chacun apportait des nouvelles inédites ou plutôt faisait part du « bruit qui court ».

— Quand les Rouges ont repris Stalingrad, dit Jacquet, à Berlin, on a décrété trois jours de deuil et des cérémonies colossales comme ils en ont l'habitude. Il paraît que c'était comme pour fêter une victoire.

— Les Russes devraient se méfier, dit Hullain. Les Allemands les laisseront s'approcher et, quand ils seront aux frontières, ils frapperont un grand coup comme au début.

La brocheuse-massicoteuse qui se rendait aux toilettes s'arrêta et jeta :

— Alors, les bonshommes, on fait de la stratégie ? Moi je dis qu'ils l'auront dans le cul et bien profond !

Hullain et Jacquet prirent un air choqué. Le grand David rigola. Olivier dit : « Celle-là, c'est quelqu'un ! »

— Et Staline, continua Hullain, s'est nommé lui-même maréchal. Qu'est-ce qu'ils ont tous ? Tous les militaires veulent être maréchaux. Et maintenant même les civils.

— Moi, dit Olivier, dans ma famille, on est maréchal-ferrant.

— Et moi, j'ai été maréchal des logis, précisa Jacquet.

— *« Maréchal, nous voilà... »*, ironisa le grand David.

Les Allemands annonçaient à grand renfort de propagande qu'ils avaient découvert en Pologne, à Katyn, un charnier avec les corps de dix mille officiers polonais abattus par les Russes.

— Encore un bobard, dit le grand David, c'est eux qui ont fait le coup.

— En attendant, dit Olivier, ça barde pour leur matricule. Ils ont pris une de ces dégelées en Tunisie...

— Ils disent qu'ils se sont rendus pour épargner la vie des civils, assura Jacquet.

— Les civils, tout le monde s'en fout, jeta le grand David. Et dire qu'il y a mille ordures qui sont devenus des S.S. français. Les S.S., vous savez ce que c'est ? Non ? Mais moi, je le sais, les pires.

— Il paraît que la L.V.F. est un corps d'élite, annonça Jacquet. On dira ce qu'on voudra mais ceux-là risquent leur peau au combat. Il y a même Doriot.

— Qu'ils y aillent tous, les collabos, dit David, et que les Russes les coupent en tranches.

— Ce sont quand même des Français, observa Hullain.

— Pour moi, les Français sont avec de Gaulle, indiqua Olivier.

— Tiens, te voilà gaulliste, dit Hullain.

— On te presserait le nez qu'il en sortirait encore du lait. De quoi se mêle-t-on ? ajouta Jacquet.

Olivier haussa les épaules. La dame brocheuse lui tapa sur les fesses en passant, puis, les mains sur les hanches, elle toisa les hommes un par un en riant bruyamment.

Tout s'apaisa quand l'oncle Henri arriva, des dossiers sous le bras. Il s'agissait des travaux à faire. Chaque dossier contenait un modèle, l'indication du tirage, les délais et même le prix à facturer, les chiffres codés remplacés par des lettres dont tous connaissaient la signification. Et l'on disait : « Pour les prix, il n'y va pas de main morte... »

— Olivier, au massicot. Tu travailleras avec la dame.

La « grosse » ricana. Olivier pensa qu'elle lui taperait encore sur les fesses. Il chercha une riposte mais n'en trouva aucune. Ah si ! Il dirait : « Vous êtes vraiment une maniaque ! »

— Olivier, dit la tante, tu iras chez Mallat pour une commande de gommes. Et puis après, tu passeras chez Exacompta. Ne perds pas de temps.

Il était comme le Barbier de Séville. Il fredonna : *« Figaro-ci, Figaro-là... »* Il demanda à son oncle : « Alors, je fais quoi ? » et l'oncle répondit : « Travaille pour ta tante. Je m'occupe du massicot. » Olivier sourit. Et si la grosse lui tapait sur les fesses ?

Il prit le vélo-porteur. Il lui permettait de faire toutes sortes d'acrobaties. Les gommes Mallat, c'était rue du Château-d'Eau, en face de cette maison où, avant la guerre, Lucien l'avait emmené, et où, pour la première fois, il avait touché un corps de femme. Il pensa qu'il avait été précoce. Alors, il n'avait que seize ans. En tout cas, il ne s'était pas dégonflé.

Il roula parmi les automobiles à gazogène, alimentées par une chaudière où brûlait ce qu'on appelait « le carburant national », coke ou charbon de bois, les tris, les voitures à bras, les charrettes, les vélos-taxis où la boîte à viande était tirée par une bécane ou un tandem, les bus enceints de leur provision de gaz, les side-cars, les véhicules allemands, une circulation anarchique guidée tant bien que mal par les agents avec pèlerine et bâton blanc.

Pour la bécane, il fallait prendre garde car les vols se multipliaient. Olivier disposait d'une chaîne et d'un cadenas. Il évitait de laisser l'objet convoité sur le trottoir, parfois le portait dans les étages.

Dès qu'il était coursier, il reprenait ses habitudes de titi, jetait des « B'jour m'sieurs-dames ! » ou : « Papeteries Desrousseaux, une commande ! Magnez-vous l'train. J'ai du turf ! » Cette comédie l'amusait. « Elle vient c'te facture à la gomme ? Pas de queue aux zéros, hein ? » Il imitait un vieil ami : l'Olivier d'hier.

Et l'oncle avec ses épingles... Il écoutait Londres, prenait des notes, se précipitait vers la carte, laissait tomber les épingles et promenait un aimant sur la moquette. En piquant ce planisphère, il se donnait l'impression de diriger le monde.

Olivier s'avisa que ces épingles étaient les mêmes que celle qui retenait le ruban de la coiffe de sa grand-mère. Si un jour la guerre finissait, il pourrait lui en offrir.

La frontière suisse fermée, Marceau, débrouillard,

s'arrangeait pour faire passer ses lettres. Dans l'une d'entre elles, il glissa même, à l'intention d'Olivier, des poèmes imprimés, des poèmes de Résistance, d'un nommé François la Colère. Olivier les apprit par cœur.

Des feuilles clandestines, des tracts circulaient. L'un d'eux parlait d'une chose incroyable : des camps de la mort où l'on tuait les déportés par centaines. On n'y croyait pas. Dans un bord comme dans l'autre, utilisait-on les exagérations comme moyen de propagande ?

Ce qui apportait de l'espoir : à la radio de Londres, le général de Gaulle évoquait déjà ce que pourraient être les affaires de la France après la victoire. Une incompréhension : le maréchal Pétain affirmait qu'il ne bougerait pas de sa place.

Peu à peu, les Français apprenaient l'existence d'organisations de lutte dont on connaissait les sigles : C.N.R. ou C.L.N.F. Et, sans cesse, des arrestations, des déportations, des exécutions, des affiches funèbres, des victimes par centaines.

Un nouveau mot était prononcé de plus en plus souvent : le maquis. Cela évoquait la Corse, des hommes de vendetta, des malfaiteurs recherchés par la police qui se cachaient dans des lieux inaccessibles parmi les fouillis de végétaux d'une nature protectrice et exubérante. Des maquis, il s'en formait dans les montagnes et dans les plaines, au cœur des villes et des campagnes. Le bruit courait qu'ils se tenaient en rapport constant avec Londres et qu'ils recevaient des armes. On les appelait aussi des réfractaires, ceux qui refusaient le S.T.O. fournissant des combattants. Jean-Hérold Paquis lui-même attestait leur existence en répétant : « Je ne dis pas que tous les maquisards sont des bandits, mais tous les bandits sont au maquis. » Cela fit dire à Olivier : « Tant mieux ! les bandits, au moins, ils savent se battre. »

À l'imprimerie, il y eut une défection. Un matin, le grand David ne se présenta pas au travail. L'oncle Henri se rendit à son adresse à Asnières. Il n'avait pas de famille. Il habitait dans une soupente. Sa porte était close. Le meilleur agent de renseignements, comme toujours, fut la concierge. L'oncle Henri dut montrer patte blanche. Il était bien l'employeur du grand David. Il lui fut même demandé d'en apporter la preuve. Il montra sa carte d'identité, ses cartes de visite. Alors, seulement, elle répondit : « Il mijotait ça depuis pas mal de temps... » puis, à voix basse : « Je crois qu'il a pris le maquis. »

À l'imprimerie, un problème : personne ne savait bien faire fonctionner la grosse Centurette, la machine à imprimer les grands formats de papier. Jacquet et Hullain tournaient autour, se penchaient, burette à huile ou Tecalemit en main. Certes, elle tournait mais les feuilles se déchiraient, se froissaient. Comme par miracle, une dizaine de feuilles venaient bien, puis cela recommençait.

On était là quand la « grosse » s'approcha. Elle resta immobile, considérant chacun comme s'il était un enfant se livrant à quelque jeu.

— Qu'est-ce que vous fichez ici ? grogna Jacquet de mauvaise humeur. Retournez à votre brochage !

Elle haussa les épaules, écarta les hommes un à un, monta sur la planche devant la table à marger, descendit et regarda tous les rouages de la machine.

— Vous n'avez rien de mieux à faire ? demanda Hullain.

La réponse fusa :

— Vous avez de la merde dans les yeux ou quoi ? Ce rouleau est décroché, les margeurs sont desserrés, l'encre est sèche et il y a des grumeaux... Ah ! les gonzes...

— Comment vous connaissez tout ça ? demanda l'oncle Henri.

— Mon jules était imprimeur. À Brest.

— Et maintenant ?

— En Tunisie. Avec Leclerc. Il s'est tapé Dunkerque. Et puis qu'est-ce que ça peut vous foutre ?

Hullain maugréa. Il n'était pas imprimeur mais typo. L'oncle Henri reconnut que, en attendant, elle en avait mis plein la vue. Olivier s'approcha de la femme et dit avec politesse :

— Eh bien, je vous tire mon chapeau. Si vous cessiez de me taper sur les fesses, ce serait parfait !

— J'aime bien les culs tout ronds.

À peine s'était-il retourné que son derrière recevait une forte claque ponctuée d'un éclat de rire.

Après la disparition de Guy, réfractaire au S.T.O., deux gendarmes vinrent à l'imprimerie pour une enquête.

— Que voulez-vous que je vous dise ? jeta l'oncle Henri. Un matin, il n'est pas venu au boulot, c'est tout. Oui, il était convoqué pour le S.T.O. Ça n'a pas dû lui plaire. Il ne sera pas le seul...

— C'est tout ce que vous savez ? C'est bien sûr ?

L'un des deux gendarmes arborait un sourire. L'autre avait l'air plus sérieux. Il écrivit quelque chose sur un calepin et ordonna :

— Si vous le revoyez, qu'il se présente à la gendarmerie. C'est grave.

L'autre gendarme fit un clin d'œil qui voulait dire : « Pas tant que ça... »

Après leur départ, la tante Victoria dit qu'elle espérait qu'ils n'auraient pas d'ennuis. « Mais non ! répondit son mari, je suis son employeur, pas son père ! »

« Ni son oncle », pensa Olivier qui se plongea dans de sombres méditations.

Tout cela n'en finirait-il donc jamais ? Tous cinglés ! L'univers devenait une maison de fous. Hitler ? Il n'y en avait pas qu'un, on en trouvait partout.

Cette guerre, ces dix, ces cent guerres interminables !... À Hambourg, les bombardements auraient tué cinquante mille personnes. L'Angleterre seraitelle détruite par la V1 et les V2, ces nouvelles armes ? La R.A.F., informée par la Résistance française, en détruirait-elle les rampes de lancement ?

Les dialogues de Hullain et de Jacquet, duettistes du bon sens – et, selon Olivier, « des idées toutes faites » –, rythmaient l'actualité :

— Que Mussolini se soit fait virer par... comment s'appelle-t-il déjà ? Badoglio, oui c'est ça, j'en suis resté le cul par terre ! (Jacquet)

— Au fond, son pote Hitler ne lui a pas fait de cadeau. Qu'est-ce qu'il a gagné de cette guerre ? Il voulait la Corse, Nice, la Tunisie, et que dalle ! (Hullain)

— Et si les Boches viraient Hitler aussi ? (Jacquet)

— Faut pas les confondre avec les Macaronis. L'Allemand est discipliné. (Hullain)

— Et bon pour le repli élastique, oui ! (Jacquet)

— Ils ont plus d'un tour dans leur sac. Quand ils reculent, c'est pour mieux sauter. (Hullain)

— Vous ne vous prendriez pas pour Geneviève Tabouis ? (Jacquet)

— Vous devriez changer de lunettes ! (Hullain)

— Impossible ! Je n'en porte pas. (Jacquet)

— Vous voyez bien ce que je veux dire. (Hullain)

Et cela n'en finissait pas. Ou bien ils se jetaient des regards hargneux par-dessus les casses. Sans Guy, sans Lucien, et même sans le grand David avec son sale caractère, Olivier se sentait seul. Restait la « grosse » qu'il appelait en secret Maritorne parce qu'il avait lu Cervantès, mais la conversation avec elle était impossible. Ou elle se taisait, ou elle se moquait, ou elle jetait des bordées d'injures. Peut-être son seul mouvement amical consistait-il à vous taper sur les fesses ?

Olivier, devant le planisphère aux épingles de son oncle, imaginait tous ces gens, en tous les points du monde, fuyant devant les troupes, subissant leur cruauté, recevant les bombes. L'exode de 1940 n'était rien auprès de cela. La tragédie de la place de Montrichard était multipliée par cent, par mille. Et ce ghetto des résistants juifs de Varsovie qui était tombé. Ces gens qu'on n'imaginait pas autrement que comme des victimes passives pouvaient donc se battre jusqu'à l'extrême de leurs forces.

Il revit son ami, M. Gaston Thil. Que cachait-il

derrière son air bonhomme ? Ses yeux reflétaient des sentiments divers, contradictoires, l'accablement, la gravité, et soudain une sorte de flamme, d'enivrement. Il offrait toujours un bock à La Cigogne mais ne s'attardait plus. Il semblait toujours vouloir dire quelque chose qu'il retenait, comme s'il se ravisait, comme s'il jugeait ses propos inutiles. Pourtant, il arriva que, regardant Olivier les yeux dans les yeux, d'une manière presque gênante, il lui tint un long discours :

— Aujourd'hui, chacun de nous, même s'il a des amis, des compagnons, chacun de nous reste seul, seul en face de sa conscience. Toi aussi. Il faut réfléchir, se sonder, ne pas attendre. L'heure du choix est arrivée. N'oublie pas que tu es le seul maître de ton destin. Nul ne peut te diriger, t'influencer. L'autorité, la contrainte sont les armes des usurpateurs. La propagande est un viol. Ta seule défense, ta seule arme, c'est ta liberté...

Olivier tentait de se retrouver dans des flots d'abstractions. Il manquait des images. Il revenait à ses poètes préférés. Et si, parmi les lignes, il découvrait une réponse cachée, écrite pour lui, un message secret ? Plongerait-il lui aussi dans cette guerre qu'il voyait comme « un bain de connerie » ? Et ne pas le faire, ne serait-ce pas entrer dans le troupeau apeuré des opprimés, de ceux qui attendent que les choses passent, que d'autres décident pour eux ? Pourquoi Marceau se trouvait-il si loin dans cette Suisse préservée, dans cette oasis ?

Penser : cela s'apprenait-il ? Fallait-il être passé par l'université, avoir lu tous les philosophes ? S'il exceptait M. Thil qu'il ne comprenait pas très bien, il vivait dans un entourage où l'on parlait beaucoup, où l'on n'inventait rien sinon quelque bobard, où l'on se contentait de répéter avec quelques variantes.

Le grand David, s'il avait rejoint le maquis, c'est parce qu'« il y croyait ». Et ceux qui se plaçaient du côté du diable, ces soldats de L.V.F. étaient-ils attirés seulement par la solde, la parade en uniforme ? Et s'ils avaient un idéal, même guidé par l'erreur ? Non, il ne pouvait le croire. Ces gens-là se livraient à l'imitation des vainqueurs. Victimes des idées fausses, ils se croyaient des maîtres, des dictateurs en puissance, de la soldatesque. Ils étaient aussi prêts à donner leur sang, mais pourquoi ? pourquoi ? Peut-être parce qu'ils étaient des figurants en quête d'un grand rôle.

Penser, il fallait penser, et trouver en soi l'idée juste, l'affirmation forte. Il aimait son oncle et sa tante tout en sachant que le salut ne pouvait pas venir d'eux. L'oncle Henri avait fait la vieille guerre, la victorieuse. Ne se tenait-il pas quitte avec cela, comme un retraité ? La tante croyait que le seul combat était de subsister, de vivre le mieux possible en attendant, de courber le dos en laissant passer l'orage.

Il entendait parler de réseaux, d'agents secrets, d'organisations ignorées qui lui paraissaient aussi incompréhensibles que les messages personnels de la radio de Londres. Dès que pris, ils étaient fusillés. Ils se trouvaient à l'avant-garde de tous les dangers. Ceux qui survivraient seraient sans doute promis aux plus hautes fonctions. Mais les autres, les oublierait-on ? Ils diraient peut-être qu'ils avaient « fait le maquis », le mot résistance leur paraissant trop grand pour eux.

Olivier regarda sa vie. Elle lui apparut comme coupée en deux. Dans un premier temps, sa mère, la modeste boutique, la vie populaire. Dans un deuxième temps, l'oncle, la tante, la famille, le bel appartement, la vie bourgeoise. Non, il avait gardé assez du passé enfantin pour se protéger. Il vivait un paradoxe. Dans la journée, des tâches ouvrières. Le soir, les jours de repos, le presque « fils de famille » dans un milieu aisé. Au travail, la gouaille. Aux heures de loisir, la bonne éducation. Et, par bonheur, son temps secret, celui de la lecture, de la poésie, des inventions romanesques du rêve. Il pensa aussi : de la fuite.

Il ne retournerait pas à Montmartre. Ou plus tard si la guerre se terminait, quand ses copains d'enfance seraient revenus. La rue était devenue trop triste. Il préférait se promener le long du canal Saint-Martin, s'arrêtait pour lire dans le petit square en face de la rue Eugène-Varlin ou bien regarder les patients pêcheurs, les jeux des enfants. Il vit un soldat allemand assis sur une canne-siège, un chevalet devant lui, et qui peignait l'Hôtel du Nord. Il aurait aimé s'approcher, regarder par-dessus son épaule. De loin, il l'observa. Que se passait-il dans sa tête ? Peut-être rien. Il peignait, c'est tout.

Où finirait ce tableau ? On pouvait l'imaginer sur un mur dans un appartement ou une maison. Si les

Fritz pouvaient n'emporter que des images ! Voilà qu'un passant lui parlait, reculait, admirait la toile, faisait des signes d'approbation. Le soldat-peintre avait l'air content. Olivier s'éloigna.

Encore un été de courtes vacances. Tant mieux ! Il n'aimait pas quitter ses livres de plus en plus nombreux. La plupart, lorsqu'il les achetait à bas prix chez les bouquinistes, étaient souffreteux, parfois décollés ou même déchiquetés. Il les emportait à l'imprimerie, au brochage, et là, ayant sous la main de la colle chaude, du fil, il devenait le médecin du papier. S'il s'y prenait mal, chose inattendue, la « grosse » l'aidait. Elle maniait les livres avec délicatesse et les considérait avec presque du respect. C'était un des aspects de cette femme surprenante.

À Montrichard, le père Gondou s'était découvert des rhumatismes, des douleurs à la colonne vertébrale. Il ratissait, taillait mais ne pouvait se baisser. À Olivier d'arracher les mauvaises herbes. Il détestait le faire. Pourquoi s'en prenait-on à ces végétaux qui ne demandaient qu'à vivre ?

Son oncle s'était depuis longtemps confessé au voisin à qui, au moment de la débâcle, il avait « emprunté » de l'essence. Il le dédommagea, ce qui n'empêcha pas les réflexions désagréables et humiliantes, les regards entendus. Jami aimait bien Montrichard et surtout la dame qui l'avait gardé. Olivier concédait : « Oui, pas mal, pas mal... » et ajoutait, en pensant à Saugues : « Ça manque de montagnes ! »

Parlant des combats, l'oncle Henri avait dit : « Les Frizous, ils n'en ont pas pour longtemps. » Il se trompait. Si les Allemands reculaient sur le front de l'Est, en Italie ils tenaient le terrain. Certes, les

Alliés débarquaient des renforts mais, dans cette étroite bande, profitant des forteresses naturelles, riches aussi de leur expérience militaire, les ennemis tenaient bon. Une satisfaction : les Français avaient libéré la Corse, la Corse de Napoléon et de Tino Rossi, un symbole !

Et voilà que les Italiens demandaient un armistice militaire, puis que Badoglio déclarait la guerre à l'Allemagne.

— On aura vraiment tout vu ! s'exclama l'oncle Henri.

La libération de Mussolini prisonnier par une poignée de parachutistes allemands apparut comme un fait de guerre exceptionnel.

— On a beau dire, quels soldats ! Ce sont vraiment les premiers soldats du monde ! s'écria Jacquet dans un élan d'enthousiasme.

— Attendez voir, attendez voir..., dit Hullain.

La défaite de 1940 trouvait ses causes. Qui aurait pu contenir une armée capable de résister à de telles puissances adverses ? Quand même ! les Français obtenaient des victoires, ce qui voulait dire que bien équipés, bien encadrés, ils n'étaient pas si mauvais soldats. Les prisonniers, les défaits, dans leur camp, que pensaient-ils ? Ne se sentaient-ils pas éloignés, évincés par d'autres ? Comme si on leur donnait la leçon. L'oncle Victor qui ferrait les chevaux, le cousin Jean, ce citadin travaillant à la ferme, étaient-ils informés ?

La guerre du Pacifique semblait lointaine. Les épingles de l'oncle sur la carte se dispersaient, restaient incertaines. Pas de front continu. En Indochine, peut-être ? Là, que se passait-il ? On n'en savait trop rien. Les regards restaient fixés sur l'Europe. Toutes les épingles avaient été retirées de l'Afrique du Nord où tout était joué.

Les parties de bridge continuaient. Olivier restait dans sa chambre. Une exception : quand les invités étaient les Inguinbert. Il avait ses raisons.

Entre deux phases du jeu, après les commentaires, on en revenait à la stratégie qui se jouait sur d'autres cartes, d'un autre jeu, celui de la guerre, comme si chacun avait pu apporter ses conseils aux Alliés.

— Ce qu'ils n'ont pas compris, c'est que le plus urgent n'est pas ce front italien où ils sont englués au mont Cassin. Je me demande ce qu'ils attendent pour débarquer des troupes en France. J'imagine la chose en deux temps, en plusieurs endroits. Ainsi, ils pourraient...

Inguinbert, sûr de lui, pérorait.

— Un débarquement en France même, ah non ! ne parlez pas de malheur, dit la tante Victoria. On ne va pas remettre le pays à feu et à sang. Nous avons assez payé...

— Je verrais plutôt la Belgique ou la Hollande.

— Ce serait évidemment plus facile. Surtout avec le mur de l'Atlantique. Il paraît que ce Todt est le génie du génie, le Vauban des Temps modernes. Et vous connaissez : « Ville défendue par Vauban, ville imprenable... »

— Nous oublions le jeu, dit l'oncle Henri.

Olivier, à l'écart, enfoncé dans le fauteuil favori de son oncle, semblait lire, semblait seulement, car il était distrait, non par les paroles qu'il entendait, que ce soit les annonces aux cartes ou des termes de bridge, ce jeu qu'il ne connaissait pas, mais par une présence, une seule, celle de Vivy, la jeune femme d'Inguinbert, dit Bill, et qu'il admirait depuis des années.

« Une déesse, pensait-il, une déesse ! » – autrement dit, la beauté inaccessible. Son corps, ce soir-là, était moulé dans une robe blanche, de celles qu'on dit « toutes simples » et qui sont la création de grands couturiers. Comme ses cuisses étaient longues ! Les jambes croisées, tournée de côté, un soulier argenté dansait au bout de son pied. Olivier pensa à Cendrillon. Il était le Prince charmant et chaussait la pantoufle de vair avant que la Belle au bois dormant s'éveillât – car il mélangeait deux contes de Perrault. Mais il n'était que le Petit Poucet sans sa provision de cailloux.

Quel soleil pouvaient lui apporter ce teint bronzé, uni, cette peau qu'on devinait si douce ? Et ces gestes ! Chacun d'eux paraissait à la fois alangui et vif, élégant toujours. Ces traits fins, aristocratiques, cette manière de pencher la tête comme pour mieux écouter des propos qui, sans doute, ne l'intéressaient guère. Par transparence, en haut de la ligne de soie, le porte-jarretelles apparaissait. Car, sans que quiconque pût s'en douter – du moins le croyait-il –, Olivier levait les yeux de son livre, paraissait méditer alors que son regard parcourait un corps, son imagination lui suggérant ce que le vêtement cachait. Jamais il n'avait ressenti de telles sensations. Loin, Zaza. Son « train de vie » ne serait-il pas le moyen de séduction de cet Inguinbert, sûr de lui, portant beau malgré l'âge ?

Cet éclat sur le visage admirable venait-il du bonheur ? Ces lèvres bien dessinées, teintées de rouge orangé, ces yeux aux longs cils, ces cheveux noirs ramenés sur la nuque, ces fines oreilles bien ourlées, ce nez droit et pourtant mutin, spirituel, ces pommettes hautes... comment la nature pouvait-elle rassembler tant de beauté dans un seul être ?

La tante Victoria, installée dans son rôle de femme mûre, mère de famille, responsable, elle qui autrefois jalousait Vivy et formulait toujours quelque remarque acerbe, semblait avoir renoncé à une compétition secrète d'élégance. Elle se contentait de se tenir droit, d'arborer un sourire indulgent et amical.

— Vous avez une bien jolie robe, Vivy, dit-elle.

— Je vais vous étonner : elle est faite avec de la pâte de bois !

— En fait, de la fibranne ou de la rayonne, précisa Inguinbert.

— Nos couturiers sont merveilleux, dit Vivy. Lelong, Lanvin, Mme Bruyère... ils font du beau avec tout. Et les chapeaux ! Plus jolis qu'avant-guerre ! Je suis folle de ces bibis.

— Aux actualités, quand les gens voient des défilés de mode, ça les fait rigoler, osa Olivier.

— Le bon peuple n'a jamais rien compris à la mode, répondit Vivy.

L'oncle Henri, Olivier le savait, ne restait pas indifférent devant la beauté de Vivy. Il le manifestait par sa manière de jouer les bons hôtes, de surveiller le niveau des verres, de se précipiter pour répondre à quelque désir de la belle.

Inguinbert était le maître. Tout en lui montrait la puissance, la possession, les biens. Ses entreprises, son dépôt à Paris, sa chasse, son château, ses tableaux de maîtres, il semblait les porter sur lui.

Olivier décida de se taire. Quel agrément d'être enfoncé dans ce fauteuil, de pouvoir cacher son visage derrière un livre, de se faire oublier ! Certes, Olivier avait enfilé le costume de serge gris charbon de son cousin Marceau, soigné sa toilette, chipé de la brillantine à son oncle. À l'arrivée des hôtes, il avait serré les mains, s'était incliné devant Vivy d'une manière qu'après coup il jugeait ridicule. On avait envoyé Jami au lit, dit à Marguerite qu'elle pouvait disposer de sa soirée. Olivier avait aidé pour les verres et les bouteilles, puis il s'était évanoui dans l'air, nul ne lui prêtant attention. Enfoncé dans ce fauteuil, il était absent, ailleurs, insignifiant.

— Quoi qu'il arrive, je resterai sur mes positions, affirma Inguinbert sans qu'on sache s'il s'agissait du bridge ou des événements à venir.

— Il y a des moments dans la vie où..., commença la tante Victoria sans finir sa phrase.

— Les choses étant ce qu'elles sont..., dit l'oncle de la même manière.

— En des temps troublés, le seul devoir est un devoir de survie, ajouta Inguinbert.

Olivier ne voyait que Vivy. Que se passait-il dans sa jolie tête ? Soudain, il reçut un trait de lumière, comme un rayon de soleil qui, au réveil, se glisse par une fenêtre et vous frappe les yeux. Vivy le regardait. Elle l'observait tout comme lui-même le faisait. Avait-elle surpris cette admiration discrète ? Regardait-elle tout le monde de la même façon, à la fois trouble et troublante ? Cet air d'intérêt, d'attention soutenue...

Ce n'était pas lui, Olivier, qu'elle contemplait ainsi mais le tableau de Boucher qui se trouvait sur le mur au-dessus de sa tête. Il en eut la confirmation.

— Notre Boucher semble vous plaire, Vivy, dit la tante Victoria. Ce que j'apprécie, plus encore que le visage, ce sont les couleurs, la finesse de la dentelle. Il a été fort bien restauré.

— Il est... charmant ! dit Vivy. Il semble exprimer les temps lointains d'un siècle heureux.

Et sa voix ! Aussi belle que son visage ! Olivier se pencha sur ses pages. Il avait oublié ce qu'il lisait. Ah ! oui, *La Mousson*, un livre où il pleut tout le temps.

— Pourquoi ne viendriez-vous pas passer un week-end au château ?... proposa Vivy. Vous verrez : rien n'a changé.

— Et quelle saison de chasse ! ajouta Inguinbert. Le gibier pullule. Je vous promets des festins. Après tout, ce n'est pas si loin.

— Comment résister ? dit l'oncle Henri.

Olivier pensa : « Oui, comment résister ?... » mais il s'agissait d'autre chose.

Six

Après de Gaulle, Leclerc, des noms de généraux, nouveaux pour la plupart des gens, étaient cités dans les conversations : Juin, Monsabert, de Lattre qui, après son évasion, avait pris à Alger la conduite de l'armée française. Et des Anglais comme Montgomery, des Américains, Eisenhower, MacArthur... et l'on parlait du maquis, des F.T.P.F. de la Résistance. Côté des mauvais : les G.M.R., la Milice qui, auprès des Allemands, combattaient ceux qu'ils appelaient terroristes.

Les collaborationnistes recevaient par la poste de petits cercueils menaçants.

Une unité française combattait en Italie auprès des Américains. En Ukraine, déroute de la Wehrmacht. Les Soviétiques libéraient Novgorod, Leningrad, après plus de deux ans de siège. Ils prenaient l'Estonie, traversaient la Pologne. La Luftwaffe ne contenait plus les raids alliés. L'Allemagne subissait les bombardements répétés de centaines d'avions. Les bases de ces engins censés changer le cours de la guerre, les V1 et les V2, étaient attaquées.

Et toujours des condamnés à mort. Une affiche rouge placardée sur les murs de Paris : les résistants du groupe Manouchian exécutés. Dans des villes de province, des pendaisons.

— Que fait donc Pétain ? Qu'attend-il pour se rallier à la Résistance, en prendre la tête ? Deviendrait-il gaga ?

L'oncle Henri, jusqu'alors discret, en attente, commençait à porter sa sympathie vers ceux qui luttaient. L'opinion basculait. Et ce Mussolini qui faisait fusiller Ciano son gendre, et ses anciens compagnons sans doute pas assez fascistes à son gré !

Le nouveau symbole apparaissait sur les murs, posé comme une fleur dans un vase sur le V de la victoire, cette croix de Lorraine que l'on connaissait pour l'avoir vue sur les étiquettes des bouteilles d'eau minérale. Et sur les murs, parfois, la faucille et le marteau.

L'imprimerie tournait au ralenti. Comme si, dans l'attente de l'inconnu, les entreprises remettaient leurs commandes à plus tard. On en profitait pour réviser les machines, pour distribuer dans les cassetins les caractères de vieilles compositions, pour ranger les réserves de papier, les rames de tous formats dont Olivier connaissait les noms : jésus, raisin, carré, coquille...

Il fut détaché pour un stage chez les linotypistes de la Cité artisanale Clémentel. Il devait apprendre tous les aspects du métier. Plus tard, il verrait du côté de la monotype, de l'offset, de la lithographie. L'oncle Henri lui montra comment calculer un prix de revient selon de nouvelles normes, la tante Victoria, à la papeterie, l'art de recevoir la clientèle, de vanter un produit, d'inciter à l'achat.

Le danger venait du côté du S.T.O. Les jeunes des Chantiers de jeunesse en feraient bientôt partie. Et puis, cela arriva : tous les Français de seize à soixante ans devaient s'y soumettre. Son âge ne protégeait plus Olivier.

« Ils m'oublieront peut-être... », pensait-il. Un temps de répit. L'oncle affirma qu'on ne pouvait vider la France de ses travailleurs, arrêter son économie. Olivier espéra.

Comme il bénéficiait de plus de loisirs, il fut pris d'une fièvre, celle de promenades interminables dans Paris. Comme s'il voulait fixer sa ville, ses arrondissements, ses quartiers dans sa mémoire. Comme si la capitale devait disparaître et qu'il fût le gardien de son souvenir.

Il marchait, marchait. Il ne voyait ni les oriflammes, ni les croix gammées, ni les panneaux d'indication en allemand, ni les forces d'occupation.

Il portait la capote de collégien de Marceau, ce qui lui donnait l'allure d'un chauffeur de grande maison. Aux pieds les chaussures Manfield que la tante lui avait offertes avant la guerre tenaient bon. Il les avait ressemelées en découpant un vieux pneu. Cela lui assurait une démarche souple, rapide. Résolu, farouche, il avançait comme un conquérant.

Parfois, l'horreur le rejoignait. Aux Champs-Élysées, il entrevit une parade militaire allemande. En tête du défilé, des fifres aigrelets, le tonnerre des grosses caisses parées de ridicules queues de renard, le bruit des bottes comme les sons d'un instrument. Il détourna son regard mais ne put boucher ses oreilles. Pourquoi pensa-t-il à un 14 Juillet d'antan, au pas vif des chasseurs alpins, à la démarche lente de la Légion, aux élégants saint-cyriens, aux polytechniciens, aux cuirassiers, à l'infanterie, lui qui n'aimait guère les choses militaires ? Même là, le passé montrait de la grâce, de la légèreté. Et ces lourdauds...

Il fit taire ses pensées. Il ne vivait plus que par son corps et par ses yeux. Que cette ville, en dépit de ces intrus, de ses monuments et de ses immeubles sales, de ses lèpres, de ses vêtements de misère, restait belle !

Après ce Montmartre perché sur les hauteurs, d'un lieu à l'autre, il découvrit d'autres villages : Batignolles, Auteuil, Belleville, Ménilmontant... Il s'attardait près des gares pour découvrir des restes de la malheureuse Alsace aux alentours de la gare de l'Est, son Auvergne à la gare de Lyon, la Bretagne aux abords de la gare Montparnasse – comme si les provinciaux résidant à Paris ne voulaient pas s'éloigner du train permettant leur retour.

Il retrouvait aussi la campagne du côté des Buttes-Chaumont, du parc Monceau ou du parc Montsouris, aux abords des bois de Boulogne ou de Vincennes. Il se reposait dans les squares, contemplant les bancs verts, les pièces d'eau, les colonnades, les kiosques à musique, les tas de sable où s'amusaient les enfants, les joueurs de cartes.

Ainsi, Paris lui apparaissait comme les pièces d'un puzzle bien imbriquées. Chaque immeuble, chaque ruelle cachait des secrets. Il connaissait aussi l'existence d'une autre ville sous la ville, celle des égouts, des catacombes. Il visita les cimetières, longuement le Père-Lachaise pour y chercher des tombes célèbres comme celle de Musset à qui il récita un de ses poèmes : *« J'ai perdu ma force et ma vie... »*

La ville lui insufflait une énergie, il dialoguait avec elle, recevait un message, des directives. Oui, la ville parlait par son histoire, ses monuments, ses statues de pierre et lui communiquait une exaltation indéfinissable.

Il fit ainsi de grandes randonnées, ne rentrant que fort tard, se faisant houspiller car, en ces temps incertains, il avait provoqué des inquiétudes. Et lui riait, disait : « Que voulez-vous qu'il m'arrive ? »

Ce qui lui arriva était prévisible. Les fichiers étant bien tenus, il reçut une convocation pour une visite médicale. Son oncle assura :

— Tu peux t'y rendre. Ce n'est qu'une formalité. Il sera toujours temps de voir...

Il se retrouva dans une caserne, à la porte d'Italie. Ce qui l'inquiéta : les sentinelles allemandes figées dans leur garde. Ce qui le rassura : il fut conduit vers un corps de bâtiment où officiaient des Français. Il montra sa convocation à une secrétaire qui regarda sa carte d'identité. Son nom fut coché sur une liste. Il demanda ce qu'il devait faire. Attendre, comme les autres... dans la cour.

Se tenaient là une centaine de garçons, pour la plupart des jeunes, n'échangeant aucune parole, comme si chacun se méfiait des autres. Certains paraissaient calmes. D'autres affichaient leur inquiétude.

Un matin froid. Plutôt que de revêtir la capote, Olivier avait enfilé son blouson par-dessus le gros pull-over blanc à torsades tricoté en laine vierge par la mémé. Comme les autres, il battait des bras sur place pour se réchauffer.

Et le temps passa sans informations. Il demanda : « On est là pour la visite médicale ? » Quelqu'un lui répondit : « Il paraît mais ils n'ont pas l'air pressé. »

Un petit gars, maigrichon, s'assit auprès d'Olivier, le dos au mur. La conversation s'engagea. Le garçon dit qu'il travaillait dans la chaudronnerie. Il s'exprimait avec cet accent parigot, inimitable, appelé à disparaître. Par instinct, Olivier retrouvait les mêmes intonations, les mêmes mots du langage populaire. Ils parlèrent de leurs métiers respectifs.

— Pour eux, c'est comme si on était de la merde ! dit le jeune gars.

— Des fonctionnaires...

— Moi je trouve qu'ils ont des gueules de raie.

— La secrétaire est pas mal...

— Une pouffiasse, oui. Ils commencent tous par me faire chier.

— Moi aussi, dit Olivier.

— Et si on se taillait ?

— Sans doute qu'on nous surveille. Et si on les met, on recevra une autre convocation. Autant en finir.

— Trois plombes qu'on attend ! Tu veux que je te dise ce que je pense ? Visite médicale, des clopinettes. On est dans le piège. Ils ne nous laisseront pas repartir. En route, le bétail. Comme si on était déjà chez les Chleuhs ! Crois-moi. J'ai le pif...

Olivier pensa qu'il devait se tromper. Pour un

départ, on leur aurait demandé de préparer une valise, des vêtements. Et que faire ? Les toubibs étaient peut-être en retard.

Son compagnon lui chuchota :

— Si t'as pas les grelots, tu fais comme moi. Sinon, tu restes et tu la fermes. J'ai mon idée. Tu cours vite ? Moi aussi.

— Je te suis, dit Olivier.

Une stratégie fut mise au point. On s'éloignerait des autres. Mine de rien. Les mains dans les poches, en discutant comme des potes. On s'arrêterait. On reviendrait. On repartirait. On dirait à voix haute : « On se les caille ! » On allumerait une cibiche. Peu à peu, on se rapprocherait de la sortie. Surtout ne pas se faire remarquer. S'ils étaient repérés, ils reviendraient en arrière et recommenceraient.

— Pour l'instant, ça baigne...

Ils se tenaient contre le mur d'enceinte, derrière une casemate désaffectée. Olivier réprimait un tremblement. Il avait la frousse. L'autre épiait tous les mouvements comme un animal traqué, bien décidé à ne pas se laisser prendre. Il expliqua la manœuvre :

— À la première occasion, on se rapproche encore. Et quand on se trouve à la sortie, on court comme des dératés. Le métro n'est pas loin. On dégringole les marches. Si le portillon automatique est fermé, on saute par-dessus et hop !

— Et s'ils nous tirent dessus ?

— Penses-tu !

Leur attention fut détournée. Une escouade de soldats allemands traversait la cour, en tenue de cérémonie, au pas de l'oie.

— Voilà les clowns, dit le titi. C'est la relève de

la garde. Je connais. Pendant qu'ils feront leurs singeries, ils ne verront rien d'autre. Quand je dirai « À nous ! », on se barre. On est Ladoumègue. Et on ne se connaît plus.

Relève de la garde. Des badauds regardaient. Quand son compagnon dit « À nous ! », Olivier crut qu'il allait flancher. Mais il courut, il n'avait jamais couru si vite.

La chance était de leur côté. Le portillon ouvert se ferma derrière eux. Étaient-ils poursuivis ? Rien ne se passa. Olivier monta dans la rame. Il vit son compagnon qui courait vers une autre sortie. Sans doute avait-il son plan. Il pensa qu'il ne le reverrait jamais.

La ligne était directe. Après un long trajet, il sortit à la station Louis-Blanc et se dirigea vers l'imprimerie. Il raconta son aventure à son oncle.

— Bien, bien, dit l'oncle Henri. Je crois que tu t'es trompé. Ce n'était peut-être pas une visite médicale mais une simple inscription. Mais sait-on jamais avec ces gens-là ? Au moins, c'est net. Te voilà hors la loi, *min garchon* !

Il souriait en disant cela.

— Mais... mon oncle...

— Ton oncle a tout prévu. Pour l'instant, tu es tranquille un ou deux jours. Mais nous ne perdrons pas de temps. Viens à La Cigogne, on en discutera en mangeant un morceau. Tu as faim ?

— Surtout soif.

— Bien, bien. Ne fais pas cette tête. Tout va s'arranger. (Il tapota sur sa poche de portefeuille.) J'ai là tout ce qu'il faut.

Olivier pensa à de l'argent. Quand ils furent installés, la commande prise, puis servie, l'oncle vérifia qu'ils étaient bien seuls, puis il sortit de sa poche une carte pliée en deux qu'il glissa dans la main d'Olivier.

— Voilà, dit-il, je t'annonce le décès d'Olivier Chateauneuf. Tu t'appelles désormais Oscar Chemin. Ce que tu as, c'est ta carte d'identité, mon cher Oscar. L'ancienne, celle du défunt, nous allons la cacher. Cette nouvelle identité, tu la dois à M. Thil, mais ce n'est pas tout.

L'oncle se leva, passa la porte vitrée de séparation et l'appela :

— Olivier !

Il se précipita et l'oncle le ramena à la table. Il dit :

— Ta première erreur. Cela suffisait à te faire prendre. Tu ne réponds plus au nom d'Olivier. Il est mort, je te dis. Pourquoi Oscar et pourquoi Chemin ? Pour que tu gardes les mêmes initiales. Tu peux avoir du linge marqué. Nous avons pensé à Oscar, c'est mieux qu'Onésime. Quant à Chemin, ce nom est venu par hasard. Autre chose : tu es né à Brest. Tes parents sont morts dans un bombardement. Tu es apprenti tanneur. Il faut que tu études tout cela à tête reposée. Pas un mot à personne, ni à l'atelier ni à la maison. Ta tante elle-même ne connaît pas ton nouveau nom. Et Jami non plus...

— Merci, merci, mon oncle !

Olivier cacha son émotion. Il lui sembla que, pour la première fois, il n'était pas seul.

— Et je t'annonce la suite, dit l'oncle. Tu vas rester caché chez nos amis Inguinbert à la campagne. Plus tard, M. Thil reprendra contact. Il dirige des jeunes gens dans ton cas vers les Landes, une exploitation de résine de pin. Là, tu travailleras dur, tu feras aussi de la gymnastique, une préparation (là, il chuchota), une préparation militaire. Tu as bien deviné les activités de M. Thil. C'est une organisation franc-maçonne de résistance. Elle a un nom latin que j'ai oublié et que nous n'avons pas besoin de connaître. Chez les Inguinbert, en attendant, tu vas te la couler douce. Tu seras châtelain !

— Quelle histoire ! dit Olivier. Comme je vous embête !

— Et si cela m'amusait ? dit l'oncle Henri.

— Les gendarmes vont me chercher...

— Ils feront une enquête. À moins qu'ils ne soient occupés à autre chose. Et je répondrai comme nous l'avons fait pour Guy. Je vais joindre Inguinbert. Il a pu garder son auto, lui. Je pense que son intendant viendra te prendre demain au plus tard. J'oubliais...

L'oncle sortit de sa poche un autre papier plié en quatre.

— Voilà, tu es censé travailler aux tanneries que possède ton hôte. Je ne sais s'il a des combines et trafique avec les Fritz. En fait, tu vas mener la vie de château. Je vais demander à ta tante qu'on te prépare des frusques de Marceau. Il faut être chic !

Comme, après la mort de sa mère, après quelques semaines incertaines, le départ de la rue Labat... pour la première fois, la vie d'Olivier avait basculé. Cette fois encore, bien qu'adulte, il n'en était pas le maître. Le sort décidait pour lui telle la feuille d'automne des poètes romantiques détachée de l'arbre et qui allait au gré des vents. « Une histoire de fous... », se dit-il sans se convaincre. Son évasion de cette caserne, il la devait à un garçon inconnu, plus hardi que lui. Sa sauvegarde venait de son oncle. Des anges gardiens – gardiens de sa prison !

Qu'arriverait-il ? Toujours l'ignorance. Un enfant qu'on tenait par la main. Le château ? S'il pouvait être hanté, avec des murs mouvants, des escaliers secrets comme dans les romans gothiques qu'il avait lus ! *« Ô prisons, ô châteaux... »* que de défauts dans son âme ! Et, plus tard, les Landes. Que savait-il des Landes ? Presque rien. Une image de bergers marchant avec des échasses. La préparation militaire ? Tout ce qu'il détestait. Et des dettes de reconnaissance qui le lieraient à jamais. L'aventure ? Pas même l'aventure.

Il se tint dans sa chambre, assis près de la fenêtre donnant sur la cour. La petite fille d'enfance n'était plus là. Elle devait avoir grandi, déménagé. Il ne voyait que fenêtres fermées, vitres teintées de bleu, immeuble en deuil. Sur son lit, des vêtements étalés, propres, repassés, le vieux squarmouth à la peau ridée où il les rangerait, prenant soin qu'ils ne se froissent pas. Ces livres qu'il n'emporterait pas, à l'exception d'un seul, le favori, dont il pouvait réciter par cœur presque toutes les pages. Que ne possédait-il les « minuscules » de l'infidèle Zaza et de son « train de vie » ! Ces pensées éparses qui se bousculaient dans sa tête sans ordre, lancinantes, désespérées...

Dans ce nocturne en plein jour qui se poursuivait depuis des mois, des années, sa vue se brouillait. L'oncle Victor, le cousin Jean comme lui subissaient le sort. Mobilisés pour une guerre qu'ils ne voulaient pas, à peine combattants, prisonniers, passifs, ils restaient dans l'attente. Pour Marceau, les contraintes de la maladie. Pour Lucien, le S.T.O., le départ en Allemagne parce qu'il ne pouvait faire autrement. Guy avait opposé son refus mais là encore, sans cette convocation, son existence n'aurait pas changé.

Seul le grand David, le râleur, l'insoumis, s'était engagé dans la voie de son idéal. Pour lui, pas de sauveur suprême. Il n'avait même plus un patron pour le commander. Sa liberté : sa propre conquête. Et lui, Olivier...

Jami, qui rentrait de l'école, posa son cartable. Tout triste, il dit :

— Alors, tu t'en vas ? Je resterai seul...

— Tu crois que ça m'amuse ? Et tu ne seras pas seul. Tu as tes parents, Marguerite, tes copains de classe...

— C'est pas pareil. Et où tu vas ?

— Je n'ai pas le droit de le dire.

Comme il ne savait pas à qui se confier, Olivier parla quand même au petit garçon. Il tenta d'exprimer ce qu'il ressentait sans y parvenir. Jami écoutait sans comprendre. Puis l'enfant se souvint d'une phrase de son cousin :

verdure, des chaises cannées, une
ıle, un petit bureau, des lampes.
e, Mme Marthe ouvrit le squarmouth
disposer les costumes sur des cintres,
emises.
donnez pas la peine, dit Olivier.
pas une peine. Je fais mon travail.
cas, merci beaucoup.
de bains est par ici. On dîne à sept
entendrez un coup de gong. La salle à
uve en bas sur la droite.
ncore.
ut seul, Olivier se promena dans son
aine. Derrière un rideau de velours, il
deuxième pièce plus petite, une sorte
bien ordonné. Sur une grande ardoise
mots inscrits à la craie. Il lut *Tableau*
43. Et toute la liste du gibier décimé :
, des lièvres, des lapins de garenne, des
canards sauvages... toutes ces bêtes vic-
il et des chiens.
tit, procéda à une toilette minutieuse, se
ffa et enfila un peignoir de bain. Il se
nt une psyché, s'admira et finit par se
ue. Il ouvrit une armoire sans faire de
mmettait sans doute une indiscrétion.
contenait des livres, posés en désordre
les avait jetés les uns sur les autres. Il
s livres sur la chasse, sur la pêche, la
garderait les illustrations.
ne haute fenêtre. Elle donnait sur l'ar-
ent. Il vit là des instruments agricoles :
s, charrues, outils divers et des stères

— Toi, dit-il, avec tes raisonnements à la graisse d'oie.

Cela fit rire Olivier, l'arracha à ses pensées. Il comprit qu'il aimait ce gosse, qu'il était entouré de gens qu'il aimait et qui lui rendaient son affection, lui portaient secours. Il se sentit mieux. Il dit :

— Et puis merde ! trois fois merde ! Je ne vais pas en faire un drame.

Jami s'offrit à l'aider pour les bagages. Marguerite intervint :

— Laissez-moi faire. Les hommes, ça se croit malin, mais pour ranger des vêtements, ils ne savent pas s'y prendre.

— *Ô servante au grand cœur !* déclama Olivier.

Et quand Jami sortit de la chambre, il lui saisit les hanches, l'embrassa dans le cou tandis qu'elle se débattait.

— Servante au grand cœur et aux si jolies fesses...

— Malpoli, si tu continues, je le dis à ta tante.

Olivier répéta cette antienne qu'il y avait quand même « de bons moments dans la vie », en ajoutant : « et de foutus quarts d'heure ».

L'automobile, une de ces vieilles Peugeot qu'on appelait « pétrolettes », arriva en début d'après-midi. Olivier fit ses adieux dans l'antichambre. On ne l'accompagnerait pas jusqu'à la rue. Le départ devait être discret.

L'intendant était un homme d'âge, lent et taciturne, aux allures paysannes. Il faisait penser à la fois au père Gondou de Montrichard et à un vieil homme de Saugues toujours assis sur le même banc. Peut-être aussi à l'acteur Aimos. Quand il parla, ce fut avec difficulté, comme s'il arrachait sa parole du fond de lui-même ainsi qu'un arbuste de la terre.

— Mon nom est Fernand, dit-il.

— Moi, c'est... Oscar, Oscar Chemin.

— J'ai connu un Oscar, Dubois qu'il s'appelait. Oui, c'est ça : Oscar Dubois.

— Il est mort ?

— Non, pourquoi qu'il serait mort ? Il est prisonnier.

— C'est que vous en parlez au passé.

Tout à sa conduite laborieuse car il n'était pas habitué à la ville, l'homme ne répondit pas. « Ainsi, pensa Olivier, ce vieillard parle d'un prisonnier comme si on l'avait enterré dans le temps. »

« Oscar Chemin... Oscar Chemin... » se répétait Olivier. Il se demanda si Inguinbert le nommerait ainsi. Oui, sans doute, lorsque des étrangers seraient présents.

Plus tard, le nommé Fernand indiqua :

— Nous sommes dans les terres. Le château, on verra les toits en haut de la montée.

Le château. Il éveilla la curiosité d'Olivier-Oscar qui imaginait une demeure seigneuriale, comme il en était aux alentours de Montrichard, avec donjon et tours, mur d'enceinte et pont-levis, tel que dans les livres d'histoire ou les illustrations de contes de fées.

Rien de tout cela. Il distingua une énorme bâtisse rectangulaire, vaste, flanquée de bâtiments annexes, de dépendances, d'autres constructions disséminées. Une poule géante entourée de ses poussins.

— C'est
son chauffeu
— Sûr qu
« le château »
mais pour les
— Je com
château.
La grande c
pas d'une sim
double révoluti
une balustrade.
Peugeot au gar
main. Escalier d
puisqu'ils abouti
une dame petite e
dait. Sur une rob
de soubrette qui
difficultés à l'attac
et souriante. Une bo
— Vous avez fait t
être soif ? Je m'appel
nante. Et vous, vous
— Exact, dit Ol
— Je vais pren
n'est pas trop lour
vous montrer vot
sont à la rivière.
La chambre, v
l'encaustique et
nait. Des rideau
fenêtres. Le pa
blé sur fond b

recouverts de
armoire coloss
À sa surpri
et commença
à ranger les c
— Ne vou
— Ce n'es
— En tout
— La sall
heures. Vous
manger se tr
— Merci
Quand il
nouveau dor
découvrit un
de débarras
encadrée, de
de chasse 1
des sanglier
faisans, des
times du fu
Il se dév
rasa, se co
planta deva
tirer la lang
bruit. Il co
Miracle ! ell
comme si on
fut déçu : d
cuisine. Il re
Il ouvrit u
rière du bâtim
tracteur, herse

de bois. Un jeune garçon pliait des sacs de jute. Derrière des constructions de bois, le sol pentu était en friche. Un étroit chemin montait au centre comme une raie partageant une chevelure.

Il respira à plusieurs reprises comme si cet air pur et vif pénétrant dans sa poitrine le lavait.

Il se vêtit avec soin : chemise blanche, cravate club noir et rouge, costume de serge. Les chaussures marron, trop épaisses, juraient mais il n'en possédait pas d'autres. Sans doute, au château, s'habillait-on pour dîner. Il l'avait lu dans des romans anglais. Et si les Inguinbert étaient, lui en smoking, elle en robe du soir ? Par la suite, sans doute prendrait-il ses repas à l'office avec les serviteurs.

Il consulta son bracelet-montre. L'heure du gong était proche. Le gong, comme chez les Orientaux. « Du chiqué ! » pensa-t-il pour se le reprocher aussitôt. Il devait se conduire en garçon bien élevé. Il se souvint d'une phrase de sa tante : « Marceau, lui, sera un homme du monde. »

Dès que retentit l'appel, il descendit les marches de l'escalier intérieur. Il pénétra dans la longue salle à manger où ses hôtes l'attendaient. Il fut accueilli avec cordialité. M. Inguinbert lui tapa sur l'épaule. Pour Vivy, il se demanda s'il ne devait pas pratiquer le baise-main. Ne sachant comment s'y prendre, il s'inclina en serrant la fine main tendue.

Il se sentit ridicule. Il était le seul endimanché. M. Inguinbert portait une veste de tweed et pas de cravate, Vivy un gros pull-over d'homme dont elle avait retroussé les manches et qui descendait jusqu'à mi-cuisses. Elle n'était pas maquillée. Ses cheveux tirés en arrière lui donnaient une allure garçonnière.

— Un porto flip ? proposa M. Inguinbert, et il emplit les verres sans attendre la réponse.

— Olivier, vous êtes très chic ! dit Vivy.

— Ici, mon vieux, c'est sans façon, lui dit Inguinbert en lui tendant son verre, à la bonne franquette. Tu t'habilles comme tu veux. Pas de cérémonie.

Ainsi, il le tutoyait tandis que Vivy disait « vous ».

— Connais-tu le lièvre à la royale ?

— Heu... non.

— Ce sera une première. Tu vas te régaler.

Et Olivier se régala, s'en mit, comme il le pensa, « plein la lampe ». Arriva un plateau de fromages. Puis des œufs à la neige.

Ce n'était pas la dame âgée qui servait mais une très jeune fille inexpérimentée à qui Vivy indiquait la manière de présenter les plats. Le repas fut silencieux, ponctué par des regards approbateurs. Olivier se tapota le coin des lèvres avec sa serviette comme il l'avait vu faire à sa tante. Rassasié, M. Inguinbert prit la parole :

— Pour tout te dire, je suis content de te recevoir. Un peu de jeunesse, cela fait plaisir !

— Monsieur Inguinbert, vraiment, je ne sais comment...

— ... Me remercier ? En m'appelant Bill, comme tout le monde.

— Et moi Vivy, ajouta la belle dame.

L'oserait-il ? Durant le repas, aucune allusion à sa situation de fuyard. Il demanda :

— Je commence à travailler demain matin ?

— À travailler ! s'exclama Bill.

— Oui, aux tanneries. C'est ce qu'on m'a dit.

— Ciel ! s'écria Vivy en riant. Vous voulez sentir le fauve jusqu'à la fin de votre vie ? Les tanneries sont à dix kilomètres. Parfois, il me semble les sentir d'ici...

— Travailler, travailler, reprit Bill, comme effaré par une incongruité. Pas question, mon vieux ! Il y a des gens pour ça. Tu es en vacances, tu m'entends : en vacances ! Si tu veux te rendre utile, on te trouvera bien ici quelque chose à faire.

— Ce sera avec le plus grand plaisir, dit Olivier.

Il se sentait gauche, maladroit. Il ne savait qu'énoncer des paroles de politesse.

— Nous prendrons le café à la bibliothèque, annonça Vivy.

Bibliothèque ! Il existait donc une bibliothèque. Mais peut-être n'était-ce qu'une appellation.

Il fut rassuré. Sur des rayonnages, des livres reliés aux dos de toutes couleurs : du rouge, du bleu, du vert, du marron. Les mains derrière le dos, il s'approcha, cachant son intérêt derrière une fausse désinvolture. Il lut les titres dorés. Des *Œuvres complètes* : Voltaire, Rousseau, Chateaubriand, Hugo...

Tandis qu'ils prenaient le café que suivrait de l'alcool de poire, il regarda l'ameublement et pensa qu'il devait être anglais. Vivy dut deviner sa pensée parce qu'elle précisa :

— Ces meubles sont du pur Chippendale. Ma grand-mère était anglaise.

Olivier approuva de la tête, comme s'il s'y connaissait. Il regarda encore les livres et fit une proposition :

— Si j'osais... Si je pouvais me permettre...

— Que de précautions oratoires ! dit Vivy.

— Je voulais dire que je pourrais nettoyer ces livres. Ils sont sûrement propres, mais il reste souvent de la poussière sur les tranches et les reliures...

— Quelle bonne idée ! dit Vivy. On les bat de temps en temps en faisant le ménage.

— Oh non ! s'écria Olivier. Il ne faut jamais frapper les livres les uns contre les autres. On emploie un aspirateur ou, ce qui est préférable, un pinceau propre en brossant du dos vers la tranche du livre.

— Tu t'y connais, je vois, dit Bill.

— Pour les reliures, il faut les nourrir. Le mieux est d'appliquer du bout des doigts un peu d'huile de ricin. On laisse reposer, on recommence et, quand l'huile est absorbée, on polit avec une peau de chamois.

— De l'huile ! Je n'aurais pas cru...

— Il ne faut pas tacher les pages. C'est un travail minutieux.

— Et surtout ne pas avaler l'huile de ricin ! dit Bill. C'est ce que faisaient avaler les fascistes italiens à leurs ennemis. Tu imagines ce qui se passait...

Cela le fit s'esclaffer et il se tapa sur les cuisses. Vivy eut l'air agacé.

— Voilà un travail qui semble te convenir, dit Bill. Et ainsi, tu resteras à l'intérieur. Ici, tu ne risques rien. Le personnel est discret. Au village, c'est différent. Il y a de tout. Ah là là ! quel foutoir ! En Italie, les Amerloques avancent comme des escargots. Au contraire des Rouges. Bientôt, l'occupation soviétique. Sera-t-elle moins dure que l'occupation allemande ? Pas sûr !

— Ce sont des alliés, dit Olivier.

— Les Boches et les communistes aussi étaient alliés, et tu as vu... Que je vous raconte la dernière : Staline est à Calais, il téléphone à Churchill et lui dit : « Maintenant, vous pouvez débarquer ! » Elle n'est pas bonne ?

— Si, dit Olivier.

— Nous nous déplaçons beaucoup, dit Bill. Souvent, tu seras le maître de maison. Et quand nous sommes là, je vais à la chasse. Vivy préfère la pêche ou bien elle fait du cheval. Il y en a trois à l'écurie, un demi-sang et des bourrins sans intérêt. Ah ! et puis, pour tout le monde, tu es mon neveu, mais n'en dis pas trop...

Après l'oncle Henri, l'oncle Bill.

— Alors, vous êtes ma tante ? demanda-t-il à Vivy.

Elle sourit et haussa les épaules, tira son pull-over, puis le remonta sur son épaule nue.

— Ces livres, je pourrai les lire ?

— Quelle question ! dit l'« oncle » Bill. Ils n'en reviendront pas d'être lus.

Quand ils se séparèrent. Olivier s'aperçut qu'il était un peu pompette.

Le porto flip, les vins, l'alcool... Il monta l'escalier en se tenant à la rampe.

Jamais ces livres d'apparat n'avaient été aussi bien traités. Ceint d'un tablier prêté par la cuisinière, Olivier restait des heures à son travail, ne s'arrêtant que pour en lire des passages.

Le surlendemain, il se retrouva seul. On avait dressé un couvert dans la salle à manger. Olivier demanda à la dame âgée s'il ne pourrait pas prendre ses repas, en l'absence des patrons, à l'office. Elle ne demandait pas mieux.

À l'office, les repas étaient différents, moins élaborés, plus rustiques : de la bonne soupe, des tranches qu'on coupait soi-même sur un énorme jambon, du saucisson, de l'andouille, tout ce qu'il aimait.

Se tenaient là l'homme qui lui avait servi de chauffeur, la fillette qui servait à table, la cuisinière aux joues rouges, la vieille dame et un adolescent que les autres appelaient « la Bricole » et qui connaissait la mécanique automobile. Tous manifestaient envers Olivier d'une distance. Comment leur faire comprendre qu'il était des leurs, que lui aussi était un travailleur ? Le repas achevé, il se proposa pour la vaisselle, mais les femmes l'écartèrent. Alors, il monta dans sa chambre pour lire.

La belle vie ! La grande vie ! Ici, pas de restrictions, pas de conversations sur la guerre, pas de questions. Seulement, les repas terminés, il se sentait seul, souhaitait le retour des châtelains.

Un matin, il vit la pétrolette Peugeot dans l'arrière-cour. Le capot était relevé. Le surnommé « la Bricole », une clé en main, s'affairait. Olivier dévala les escaliers, deux marches par deux marches, et, passant par la cuisine, le rejoignit. Le jeune garçon leva la tête.

— Bonjour, monsieur. Vous allez bien. Fait frisquet, hein ?

— Je ne m'appelle pas « monsieur » et on ne me

dit pas « vous ». Fait frisquet, mais pas tant que ça. Mon prénom est... Oscar.

— Moi, c'est Jojo.

— Enchanté. On bouffe ensemble et on se parle pas. C'est un peu tartignole, tu trouves pas ?

— P't-être qu'on n'a rien à se dire. Ça te plaît, la vie de château ?

— Pas mal ! Tu es d'ici ?

— Non, s'insurgea l'autre et il ajouta avec une sorte de fierté : Moi, je suis de Romorantin.

— Je ne connais pas.

— Tu ne connais pas Romorantin ? C'est un peu fort...

— Plus fort que de jouer au bouchon, mais c'est comme ça. Dis, tu as l'air de t'y connaître dans le moteur...

— Mon père est garagiste. À Romorantin.

— Et pourquoi n'es-tu pas avec lui ?

Jojo haussa les épaules. Il tenait une bougie à la main, dit qu'elle était encrassée. Olivier tapota le toit du véhicule comme il l'aurait fait sur le dos d'un chien. Jojo dit :

— C'est pas du tout neuf. Ça fait du potin, mais ça marche.

Il ajouta :

— Si je ne suis pas avec mon père c'est que je fais comme toi. Je me planque.

— Je ne me planque pas. Je suis invité.

— Et puis quoi encore ? Tu crois que je n'ai pas pigé ? Le S.T.O. comme moi, pas vrai ?

— Peut-être qu'il y a de ça, concéda Olivier, de ça et peut-être d'autre chose. J'espère que tu ne vas pas l'ouvrir.

— J'ai une gueule de traître, peut-être ?

— Non, mais je ne sais pas comment c'est fait, une gueule de traître.

— Regarde les têtes des salauds dans le journal. On les reconnaît tout de suite.

— Comme quoi, toi et moi, on est dans la même mouscaille !

— Pas tout à fait. Toi, tu ne te salis pas les mains. Tu es un invité. Moi, je bosse.

— Si tu crois que, dans mon boulot, je ne me salis pas les pognes !

— C'est quoi ton boulot ?

— Je te le dirai plus tard...

— La confiance règne.

— Si tu as besoin d'un coup de main...

— Non, tu n'y connais que couic. Garde tes petites menottes bien propres.

— Tu serais pas une peau d'hareng, toi ? jeta Olivier.

— Et toi, une peau de toutou ?

— Tu baves et tu dis qu'il pleut !

— Ferme ta cocotte, ça sent le ragoût !

Cela les fit rire. Ces apostrophes les réunissaient. Jojo dit qu'il ne se plaignait pas, qu'il y avait pire, qu'ici la croûte était bonne, les patrons pas chiants.

— Oui mais..., ajouta-t-il en levant l'index, la Jeannine, pas touche !

— Qui est-ce ?

— Elle sert à table et tu ne connais même pas son nom.

— Ah si ! Ça me revient.

— Alors, tu prends note : Jeannine, pas touche ! Elle est à moi !

— T'inquiète pas, Don Juan, moi, les filles j'en ai rien à fiche. Et puis, ce n'est pas mon type.

— Bon, alors on peut être amis.

Jojo referma le capot et s'essuya les mains avec un chiffon huileux.

— Les autres, demanda Olivier, ils sont au courant pour nous ?

— J'en sais rien. Sans doute. Ils s'en fichent. Pourvu qu'ils fassent leur turbin et que la paie tombe à la fin du mois...

— Bon, dit Olivier, motus...

— ... Et bouche cousue ! acheva Jojo.

— On se serre la cuillère.

En remontant dans sa chambre, Olivier regarda sa main tachée de cambouis. Ces traces noires évoquaient la signature d'un pacte.

Si Olivier-Oscar et Jojo dit « la Bricole » ne devinrent pas inséparables, ils se rejoignirent de temps en temps. Peu à peu, ils se firent des confidences. Olivier voulut que son compagnon sache qu'il n'était pas « un fils à papa », qu'il avait, lui aussi, un métier, qu'il gagnait son pain à la sueur de son front. Cela sans entrer dans trop de détails. Tous les deux tenaient à garder leur part de mystère.

Ils prirent l'habitude de gravir l'étroit chemin, de descendre jusqu'à la rivière, de s'asseoir chacun sur sa pierre, de regarder l'eau courir. Ils parlaient des poissons, de la pêche. Jojo disait : « Moi, à Romorantin... » et ce nom de ville devenait pour Olivier comme un mythe. Il rétorquait : « Moi, à Saugues... »

— Je croyais que tu étais parigot, disait Jojo.

— À moitié seulement. C'est toute une histoire...

Il advint que Fernand, le vieil intendant, reçût à l'office un de ses amis. Il confia à Olivier :

— Lui et moi, on est de la classe. On est comme les doigts de la main.

— De la même main ? plaisanta Olivier, mais il ne fut pas compris.

Les deux hommes, avant d'engager la conversation, observèrent un temps de silence, le temps de vider deux verres de blanc.

— Alors, alors..., dit le visiteur.

— Alors, rien.

— La Résistance, ça fonctionne partout. Ils ont su se glisser où il fallait. Il y en a dans les administrations, peut-être même à la mairie, dans les ministères, les écoles, et même la police. Certains font des coups de main, comme les gangsters d'Amérique. Ils prennent de tout, des feuilles de tickets d'alimentation, du fric, et même, à Paris, les fichiers du S.T.O.

— C'est vrai ? s'écria Olivier.

Fernand et le visiteur le regardèrent comme si, auparavant, ils n'avaient pas remarqué sa présence. Ce fut le silence. Olivier quitta la pièce. Il entendit : « Qui c'est celui-là ? » mais ne connut pas la réponse.

Bon sang ! Ces deux vieux semblaient gaullistes. Pourtant, ils avaient l'âge d'être du côté de Pétain. Il aurait dû se taire. Peut-être aurait-il appris des choses. Il en parlerait à Jojo. Qui sait si, à Romorantin, on n'avait pas aussi dérobé les fichiers du S.T.O. ?

À la bibliothèque, Olivier recula pour admirer son œuvre : presque tous les livres des rayonnages avaient reçu ses soins, les reliures étincelaient. Le cuir était vivant puisqu'il absorbait la nourriture, puisque ses feux témoignaient de sa reconnaissance. Il pensa à tous ces personnages qui se trouvaient à l'intérieur des reliures, dans les pages. Et si eux aussi... Cependant, il restait insatisfait. Sur certains feuillets, des moisissures, des mouchetures et là, sa science n'y pouvait rien.

Les Inguinbert revinrent. Ils quittèrent leurs vêtements de ville pour leur tenue campagnarde. Olivier montra les effets de son travail sur les livres.

— C'est bien, c'est bien, dit Bill que cela n'intéressait guère.

Vivy mima un applaudissement et Olivier rougit de bonheur.

Le lendemain, ils reçurent des amis du voisinage, d'autres châtelains sans doute.

— Ne te montre pas trop, recommanda Bill à Olivier. Ce sont des compagnons de chasse et leurs épouses mais je ne suis pas assuré de leur discrétion.

« Ne te montre pas trop », cela voulait dire : « Ne te montre pas du tout. » Ce qu'il fit.

De sa chambre, il entendit les échos de la fête, la musique du pick-up, des chansons reprises en chœur. Sans doute s'étaient-ils tous habillés, parés. Vivy devait être en robe du soir. Il tenta de l'imaginer. La plus belle, la plus élégante, la plus parisienne.

Les invités partirent dans la nuit. Pour eux, il ne devait pas y avoir de couvre-feu. À moins qu'à la campagne ce ne soit pas comme à Paris.

À midi, quelle surprise ! tout le monde mangea sur le pouce à l'office. Bill avait la gueule de bois. Vivy paraissait lasse. Pour se revigorer, ils dégustèrent de la soupe à l'oignon, de la tête de veau ravigote. « Rien de tel pour se remettre ! » dit Bill.

Les domestiques empressés se tenaient debout. Jojo adressa un clin d'œil complice à Oscar-Olivier. L'intendant parla de fermages et d'espoirs de récoltes.

— Je vais quand même faire un tour aux tanneries ! dit Bill.

Vivy fronça le nez.

Le soir, Olivier réintégra sa place à la salle à manger.

À Paris, les Inguinbert avaient rendu visite aux Desrousseaux. Tout allait bien de ce côté-là. Même pas d'enquête des gendarmes. Le soir, ils étaient allés au spectacle écouter les chansonniers.

— Ils ont de plus en plus de culot, dit Bill. Avant, ils faisaient des allusions aux Fritz. Maintenant, ils y vont carrément. Et le plus fort : il y en avait dans la salle qui riaient comme tout le monde. Le chansonnier a posé une question : « Citez le nom d'un homme célèbre dont le nom commence par Goe... » Des gens ont répondu Goering, d'autres Goebbels. « Non, cherchez bien, a dit le chansonnier, un homme célèbre et intelligent, qui a du génie... » Comme personne ne trouvait, il a dit : « *Goethe !* » Je crois voir un signe...

Il ajouta que l'oncle Henri et lui avaient bien ri (« Mes deux oncles... », pensa Olivier) mais que les femmes s'étaient ennuyées.

— Autrement, les nouvelles ? Les Allemands

sont cuits mais ils ne le savent pas. Ou ils ne veulent pas l'admettre. Il leur faudrait un Pétain à eux, mais les Russes ne marcheront pas. À moins que les Anglais gardent en réserve Rudolf Hess, mais il paraît qu'il est cinglé. En attendant, les villes allemandes sont en ruine. Pauvres Français qui travaillent dans les usines... Le débarquement allié ? C'est comme l'Arlésienne : tout le monde en parle et on ne le voit jamais. Les Français viennent en renfort au mont Cassin. Qui l'aurait cru ?

Et Olivier, solennel :

— Ma dette de reconnaissance envers vous... Bill.

— Cessez donc de dire des bêtises ! dit Vivy. Votre oncle Henri en aurait fait autant pour nous. Allez, prenez un baba...

Elle lui parlait comme à un enfant. Il avait pourtant bien préparé sa phrase. Que faire ? Il dit :

— Je ne peux pas toujours rester à votre charge. Je peux travailler, je peux...

— Tu sais ce que tu dois faire ? dit Bill. Comme les ours ou comme les marmottes. Tu te caches en attendant que passe le froid. Ce serait étonnant qu'à l'été tout cela ne finisse pas.

— Un gros nounours ! dit Vivy.

Olivier la trouva agaçante. Son admiration descendit d'un cran. Il demanda :

— Mon oncle ne vous a pas donné de nouvelles d'un de ses amis qui s'appelle M. Thil ?

— Non, mais il m'a parlé d'un de ses neveux, capitaine en disponibilité dans le Centre. Si ici cela allait mal, il pourrait te recueillir. Il y a un arsenal où des jeunes travaillent sans être inquiétés.

Olivier baissa la tête. Il savait que le neveu du

côté de son oncle Henri, pas vraiment son cousin par conséquent, mais quand même de la famille, était gaulliste.

— Veux-tu un cigare ? Eh oui ! je me suis procuré des cigares. Et pas ceux de la Régie, des bons !

— J'aimerais bien, dit Olivier, mais j'ai peur d'avoir mal au cœur.

— Allons donc ! Un grand garçon comme toi... Je vais te montrer comment on prépare un cigare.

Olivier observa le cérémonial, puis il tira la première bouffée en imitant les gestes de Bill, une manière d'apprécier et de considérer le tube marron avec intérêt. Vivy qui avait allumé une cigarette à bout doré semblait attendre quelque chose.

Et qui arriva. Olivier posa le cigare dans le cendrier, dit : « Excusez-moi ! » et s'en fut en courant vers les toilettes. Quand il revint, il était pâle. Bravement, il mentit :

— Je crois que c'est le baba au rhum qui ne passe pas. Je n'aurais pas dû en manger deux. Tant pis pour moi. Le cigare, je le finirai demain...

Un double éclat de rire. L'humiliation. Sans doute ne devenait-on pas un homme, une grande personne, avant d'avoir passé l'épreuve du cigare, un peu comme l'adoubement d'un chevalier ou la robe virile.

Il demanda la permission de se retirer.

— Je vous souhaite une bonne nuit, dit-il.

— Pour vous aussi, dit Vivy, faites de beaux rêves.

« Et en plus, on se fiche de ma poire ! » pensa-t-il en montant l'escalier.

Ce furent quand même de beaux jours. Les domestiques l'avaient adopté. Jojo l'entraîna même, sans que personne le sache, dans une grande balade en forêt. *« Salut, bois couronnés d'un reste de verdure... »*, déclama Olivier. Son ami lui dit qu'il était un peu « braque ». Alors, il évoqua ses aventures en forêt dans la compagnie de son oncle Victor, la pose des collets, le ramassage des cèpes, la pêche à la truite... Non il n'était pas un Parisien tête-de-chien ni un Parigot tête-de-veau. Et les grenouilles, les écrevisses, et... « moi à Saugues... » et « moi à Romorantin... ». Et puis, il y eut la découverte d'un point commun :

— Un jour, à Montrichard...

— Je connais, je connais ! J'y suis été...

Olivier oublia la faute de français. Après tout, lui ne savait pas réparer un moteur. « J'étais encore tout gosse et un jour mon père prend la camionnette... » et puis : « C'est pas mal, mais c'est pas Romorantin ! » Ils parlèrent de cinéma, de vedettes, de chansons. Olivier imita son oncle Henri chantant *La Chanson des blés d'or* et *Le Credo du paysan.* « Parce que tu comprends, mon oncle quand il était jeune... »

Le bavardage ne cessa que pour le casse-croûte. Jojo avait emporté d'énormes sandwiches au pâté de campagne mais oublié la boisson. Olivier dit qu'il avait des sous et qu'on pourrait s'arrêter dans un bistrot de village.

— T'es fou ! dit Jojo. Tu oublies qu'il faut se cacher...

— Des hors-la-loi ! s'exclama Olivier. Il n'y a qu'une solution : le Château-la-Pompe. Qu'est-ce que c'est ? De la flotte.

— Je connais une source.

L'eau filtrait avec parcimonie entre deux rochers. Ils burent à même la pierre.

— À la tienne Étienne et casse pas le bol ! dit Olivier.

— Toujours des trucs bizarres, toi !

— Et dire qu'il y a la guerre. Partout. Et pas ici. Je suis Tarzan ! Tu es Robin des Bois. On est des Robinson...

— Tu déconnes à pleins tubes, dit Jojo.

— Faut bien se marrer ! Merde pour le S.T.O. ! Merde pour les Fridolins !

Jojo se rallia. Ils répétèrent les cinq lettres en les dédiant à tout ce qui leur passait par la tête. Ils se mirent à courir sans raison, à se rouler sur le sol, à faire les singes.

Olivier dit : « On joue comme des gosses. À notre âge... » Ils reprirent leur sérieux.

Fernand conduisit l'« oncle » Bill à la gare. Il se rendait à Lyon pour acheter « un lot ». Un lot de quoi ? Vivy restait invisible. Comme si elle se cachait. Ou bien, le matin, par la fenêtre, Olivier la voyait, vêtue en cavalière, monter à cheval et s'éloigner au trot. Où se rendait-elle ? Mystère. Souvent, elle ne rentrait pas pour dîner. Olivier préférait cela. En tête à tête avec elle, dans la salle à manger, il ne savait que lui dire. Et elle ne faisait rien pour engager la conversation. Depuis l'épisode du cigare, on aurait cru qu'elle le boudait.

— Je ne sais pas si la môme Jeannine est ta fiancée, dit Olivier à Jojo. On ne vous voit jamais ensemble.

— C'est pas tes oignons.

— Fort juste. Il ne s'agissait de ma part que de simple sympathie.

Jojo répéta la phrase en se moquant. En certaines occasions, Olivier parlait trop bien.

Un après-midi, on entendit des bruits de moteur. Fernand jeta un coup d'œil dans la cour d'entrée et dit aux jeunes gens :

— Montez vous planquer au grenier. Des collabos en uniforme. Pires que les Boches !

Non seulement les deux garçons montèrent au grenier mais ils grimpèrent tant bien que mal jusqu'à une grosse poutre où ils s'allongèrent.

— Ce doit être pour nous, dit Olivier, j'ai les jetons !

— Ça m'étonnerait. Ils doivent chercher des maquis ou ils veulent faire les malins. La ferme ! On bouge plus...

Le temps leur parut long. Pourtant les intrus ne restèrent pas longtemps puisqu'on entendit la pétarade de leurs engins qui repartaient. Les deux garçons préférèrent ne pas bouger. Ils pouvaient revenir. Ils attendirent.

— Hé ! les jeunes, vous pouvez descendre.

Un avion anglais avait été descendu à trente kilomètres de là et le pilote avait dû sauter en parachute. On le recherchait.

— Espérons qu'il trouvera quelqu'un du bon côté, dit Fernand.

— Il est peut-être blessé, dit Jojo.

— Ou mort, on n'en sait rien.

Ainsi, en tous lieux, la guerre vous rejoignait. Cet aviateur tombé du ciel, Olivier l'imagina courant contre le vent pliant son parachute, le cachant, rampant parmi les herbes, traqué comme un gibier. Parlait-il le français ? Et ces miliciens qui connaissaient mieux le territoire que les Allemands, ces G.M.R. redoutables, ces vendus de toutes espèces, ils étaient des molosses, des chiens de police, des assassins.

Olivier ferma les yeux. Il répéta : « Faites qu'on ne le prenne pas ! Faites qu'on ne le prenne pas ! »

À qui s'adressait-il ?

Encore un dîner maussade en la seule compagnie de Vivy. Pas un mot. Pas un regard. Que lui reprochait-elle ? Il n'existait plus, il était transparent. Et lui qui l'avait tant admirée durant son adolescence, qui l'admirait encore mais avec distance ! Il s'entendit demander :

— Bill rentre bientôt ?

— Pourquoi cette question ? Vous vous ennuyez de lui ?

— Un peu, je l'avoue.

— Dieu sait où il se trouve ! Il a dit Lyon. Il ment comme il respire. Ce peut être Montélimar, Pétaouchnock ou même Paris.

— Je suis très indiscret. Pardonnez-moi...

Elle ne répondit pas. Son agacement se traduisit par des gestes absurdes : déplacer son verre, inverser ses couverts, chipoter dans son assiette.

Comme les êtres sont imprévisibles ! Tantôt le charme, le sourire, les mots aimables, tantôt la grisaille, l'ennui, le silence. Il ferait comme elle, il se tairait en attendant la fin de l'orage. Elle posa sa serviette sur son assiette, se leva et, avant de sortir, jeta quelques mots :

— Je n'ai rien contre vous. Tout le monde m'ennuie !

Olivier dit à la petite Jeannine qu'il ne prendrait pas de café. Il cueillit un livre au hasard de la bibliothèque, parmi ceux qu'il n'avait pas encore traités. Pierre Loti. Pourquoi pas ? Au moins, avant le sommeil, il aurait dans le chaud du lit une bonne soirée de lecture.

Il n'avait lu que quelques pages à la lueur de la lampe de chevet dont l'abat-jour rose filtrait la lumière quand on frappa à sa porte. « Entrez ! »

C'était Vivy dont il ne vit que la tête. Après un silence, elle demanda :

— Vous n'avez besoin de rien ?

— Non, merci, merci beaucoup, Vivy. J'ai tout ce qu'il me faut...

Après avoir fait la tête, elle éprouvait donc un remords.

— Alors, bonne nuit.

— Bonne nuit.

Le lendemain, au petit déjeuner, il chercha les mots justes pour exprimer sa reconnaissance.

— Ce chocolat est délicieux. On voit qu'il n'est

pas fait avec des coques de cacao. Hier soir, j'ai vraiment été touché. Votre délicate attention...

— Mes devoirs de maîtresse de maison se rappellent à moi, c'est tout.

Il ne la revit pas de la journée. Elle partit sur son cheval. Il admira son allure. Olivier n'avait jamais pratiqué l'équitation. Mentalement, il fit la liste de ses imperfections : il ne savait pas conduire, ni jouer au bridge, ni chanter juste, ni faire la cuisine, ni tenir une partie d'échecs, il ne connaissait aucun instrument de musique, ignorait le dessin... puis, il énonça à voix basse qu'il s'en fichait.

Ah si ! il savait jouer aux dames. Il en proposa une partie à Fernand. Ce vieux renard s'y connaissait. Il réfléchissait avant de déplacer un pion. Olivier avait sa tactique : jouer les pions de côté, s'en laisser prendre et mener une attaque fulgurante qui le conduisait à dame. Plus lent, plus méthodique, Fernand, s'il perdit une partie, gagna les trois autres.

— Vous êtes fort, dit Olivier très « sport ».

— Pas tant que ça... C'est vous qui êtes dans les nuages !

Fernand dit que lorsque le patron s'absentait, la maison était comme morte, que M. Inguinbert avait de la présence, un sacré caractère ! Bien que riche comme Crésus, il ne s'en croyait pas. Si on avait besoin d'une aide, il était toujours là. « Tenez, je vais vous donner un exemple... » Olivier paraissait écouter l'histoire et pensait à autre chose. Et il entendait : « Qu'est-ce que vous en pensez, hein ? » Olivier répondit : « C'est bien ! » et l'autre : « Vrai de vrai, comme je vous le dis... »

Ils rangèrent les pions, chacun dans son casier. Un

jaune qui manquait avait été remplacé par une pièce de deux francs.

Il sommeillait, le livre ouvert posé sur son visage. Comme la veille, il fut surpris par des coups frappés à la porte. Encore Vivy ? Il entendit sa voix, les mêmes mots. Il ouvrit les yeux, repoussa Pierre Loti. Cette fois, Vivy entra. Elle répéta :

— Vous dormiez ? Vous n'avez besoin de rien ?

— Heu ! Tout est pour le mieux. Je suis comblé par votre hospitalité...

Elle était revêtue d'un peignoir de bain tout blanc. Elle ferma la porte. Elle prit le livre, le posa sur la table de chevet et répéta :

— Vous n'avez besoin de rien ? Moi je suis sûre que vous avez besoin de quelque chose. Par exemple, une bonne fessée ou bien...

Elle n'énonça pas l'alternative. Ce fut sans paroles. Le peignoir tomba à ses pieds et elle apparut nue. Olivier resta muet, ébloui par ces formes admirables.

Le corps. Ce corps, adolescent, il l'avait imaginé plus qu'entrevu. Elle se serra contre lui. Il sentit son parfum. Il entendit ce chuchotement : « Laisse-toi faire. Ne dis rien. » Elle s'offrit à lui, à ses sens, à sa peau. Il fut envahi, transporté, transfiguré. La pensée l'avait déserté. Il se trouvait dans un autre monde, un au-delà.

Chaque partie de son corps communiquait des sensations exquises à tout son être. Douceur, fermeté, chaleur, caresses humides des bouches se rejoignant, se quittant pour des jeux de langue le parcourant de son feu liquide. Et lui découvreur, inventeur d'un parcours dévoilant les parties secrètes, les bruneurs, les petits monts des seins aux pointes dures, les cavernes inconnues.

Aimé, caressé par mille mains, mille bouches, il retrouva son rôle masculin. À son tour, il offrit des caresses qu'il ne se serait pas cru capable d'oser. Pas de paroles. Des chuchotements, des halètements, des gémissements, les cris d'une bouche étouffée par une autre bouche. Et cette pénétration, cette rudesse soudaine, cette violence. Il devinait chaque désir comme une question à laquelle il apportait réponse.

Entre deux ébats, elle l'embrassa plus tendrement et lui dit à l'oreille : « Je n'aurais pas cru... » Ils s'envahirent la nuit durant. Vivy, experte, prenait de nouvelles positions, le dirigeait et il connaissait des plaisirs inédits. Le couple nageait dans le bonheur, dans une éternité inventée, dans un enivrement qui provoquait de nouvelles soifs.

La nuit s'estompa. Le petit jour parut. Ils s'aimèrent de nouveau. Puis Vivy quitta les draps chiffonnés de la couche. Olivier vit l'éclat blanc du peignoir qui volait autour des épaules. Il gémit, fit un geste de retenue. Alors, elle écarta ses mains, lui baisa la bouche et dit :

— Ce sont les choses de la nuit. On les oublie le jour. Comme les rêves. Il ne faut plus jamais en parler.

Les rêves de la nuit... La réalité. Le retour au temps. La guerre. Il éloigna tout. Il ne voulait penser qu'à cette nuit, à cette durée de quelques heures qui se prolongerait.

Il repoussa le sommeil, s'habilla, sortit dans l'arrière-cour, gravit le chemin et, quand il fut sur le haut, il se coucha sur le dos, dans la rosée, dans le froid. Il regarda un nuage rose qui se déchirait peu à peu, s'estompait. Et soudain, lui qui s'était trouvé au sommet du bonheur, retint des larmes.

Bill rentra en fin de soirée. Il serra la main d'Olivier, lui donna une claque affectueuse. Vivy parut, toute joyeuse. Ils s'embrassèrent. Jeannine apporta une bouteille de champagne dans un seau à glace. Le bouchon sauta jusqu'au plafond. Les petites bulles montant à la surface du verre semblaient s'amuser. On dit : « Tchin-tchin ! » Les coupes furent vidées, emplies de nouveau.

— Ce voyage ? demanda Vivy.

— Parfait. Parfait. Enfin presque. Les trains sont d'une lenteur exaspérante. J'ai connu des alertes. Rien de grave. Et des contrôles. Ils ont du temps à perdre.

— Et Lyon ?

— Lyon ? Ah oui, Lyon... Eh bien, c'est Lyon. Pas comme avant guerre, bien sûr, mais on trouve encore de petits bouchons pas mal du tout...

— Et ton lot. J'espère que c'est « un beau petit lot ».

— Je n'aime guère ces insinuations ! dit froidement Bill. Oui, un lot de pelleteries. De la chèvre.

Ce n'est pas si facile à trouver. Le problème, ce sont les délais de livraison. Et ici, rien de nouveau ?

Vivy parla de leurs relations. Les untel et les untel se battaient froid à cause d'une affaire de mitoyenneté. Chez d'autres, un enfant était né (« Pourvu qu'il ne ressemble pas à son père ! »), on recherchait un aviateur anglais, la cuisinière avait une phlébite...

Olivier s'éclipsa. À l'office, Jojo regardait Jeannine. Elle faisait des mines. Il pensa à deux pigeons ridicules. S'ils savaient ! Personne ne se douterait de rien. Comme Vivy jouait bien la comédie ! Lui aussi, d'ailleurs. Cet air de chien battu qu'il prenait, cette fausse modestie... Le roi des hypocrites ! Capable de tromper l'homme qui l'avait recueilli, secouru. Mais que pouvait-il faire ? Vivy toute nue... Elle avait dit : « Les choses de la nuit, on les oublie le jour. »

— Alors, la Bricole, bien travaillé aujourd'hui ?

— Je n'en ai pas foutu une rame... de haricots. Ah si ! J'ai nettoyé tous les outils, j'ai rangé l'atelier, j'ai fendu des bûches.

— Moi, j'ai pris des notes sur un livre que je lis.

— Drôle d'idée ! Tu n'es pas instituteur.

— Bon, il faut que j'y aille. Bientôt le repas.

Il redoutait de se retrouver seul avec ce couple étrange. Bill aussi jouait la comédie. Quel embarras quand on avait parlé de Lyon ! Et quand Vivy avait dit : « un beau petit lot », cela semblait vouloir dire autre chose. Non, sans doute le taquinait-elle. Mais comment pouvait-elle se montrer si naturelle après cette nuit ?...

— J'ai ressenti, dit Bill en coupant le gigot, une sorte d'accalmie. Comme s'il y avait dans la guerre une hésitation. Encore un hiver qui se termine et nous en sommes au même point.

— Fernand m'a dit que des maquis ont été attaqués, dit Olivier.

— Ils veulent aller plus vite que la musique, dit Bill, les Fritz ne sont pas manchots. Il ajouta à l'intention d'Olivier : Pour toi, le danger semble écarté. Toujours pas de visites de gendarmes.

— Comment sais-tu cela ? demanda Vivy.

— Je suis passé par Paris. Comment faire autrement avec ces lignes de chemin de fer ? Desrousseaux a demandé un laissez-passer pour aller voir son fils en Suisse. Son affaire marche au ralenti. Il n'a pas l'air de s'en soucier beaucoup. Il doit avoir de quoi. Il a toujours senti le bon vent de la Bourse.

— S'il n'y a pas de danger pour moi..., commença Olivier.

— Hé ! il n'y a pas le feu. Tu ne te plais pas ici ? Pas de danger, pas de danger... mais tu peux te faire prendre dans une rafle. On peut te dénoncer. Les lettres anonymes, ça pleut de partout.

— Je n'aurais jamais cru qu'il y aurait autant de délateurs, dit Vivy.

— C'est la guerre qui les engendre. La peste s'accompagne souvent d'autres maladies.

— J'ai presque fini avec les livres, dit Olivier. J'aurais besoin de travail.

— Tu connais quelque chose à la comptabilité ?

— J'ai parfois aidé ma tante.

— Alors c'est tout trouvé : je te nomme mon secrétaire particulier. N'est-ce pas une bonne idée, Vivy ? Mais qu'est-ce que tu as ? Tu n'entends même pas quand je te parle. Tu as les yeux cernés. Tu ne couverais pas une grippe ?

— C'est bien possible. D'ailleurs, je vais prendre un grog et dormir dans la chambre d'amis. Je ne veux pas te déranger, dit-elle.

Bill marmonna quelque chose d'inintelligible. Il annonça qu'il allait aussi se coucher. « Ouf ! » pensa Olivier.

Sept

L'idée de secrétariat tourna court. Nul n'en reparla. Olivier ne pouvait supporter de rester inactif. Il s'occupa des livres de chasse, de pêche et de cuisine qui se trouvaient dans l'armoire proche de sa chambre. Il y prit plaisir. Une impression de donner des soins, de réparer une injustice, d'éloigner un mépris.

Jojo, au cours d'une promenade en forêt, eut le pied foulé. Olivier l'aida à se déplacer. Le plus difficile fut de descendre la pente jusqu'à l'arrière-cour. À l'office, la cuisinière prépara une bassine d'eau chaude salée où Jojo trempa son pied. Plus tard, Fernand revint avec le rebouteux. Un vieux, très vieux, peut-être centenaire. Il posa un litre vide sur le carreau rouge de l'office et engagea Jojo à poser son pied bien à plat et à faire des mouvements de va-et-vient sur le récipient. « Aïe ! aïe ! – Ça ne fait rien, continue ! » Après cet exercice, le rebouteux leva la jambe de son patient et posa le pied sur ses cuisses. Il se frotta les mains, fit jouer ses doigts, posa ses pouces aux endroits choisis, caressa, appuya, puis fit bouger tout le pied. Jojo poussa un cri.

— Voilà. C'est guéri. Demain t'y penseras plus.

L'homme reçut pour honoraires un beau lapin que Fernand apporta en le tenant par les oreilles.

— Ce type est formidable, s'exclama Olivier. Il devrait être médecin !

Depuis quelques jours, quand il se trouvait avec ses hôtes, il ressentait une gêne. Entre le couple, le froid s'étendait. Ils se parlaient à peine. Ils évitaient de se regarder. Eux si unis, que se passait-il ? L'escapade de Bill en était-elle responsable ?

À l'office, chacun ressentait les effets de ce climat.

« Impossible de lui parler sans qu'il rouspète ! » disait Fernand. On entendait des phrases significatives : « Le torchon brûle » ou « Ils couchent à l'hôtel du cul tourné ». Tantôt les torts revenaient au mari, tantôt à la femme. Mais quels torts ?

Entre eux, ils oubliaient toute politesse. Comme si un vernis fragile avait craqué. « Le sel ! » réclamait Bill sur le ton du commandement. Ou : « On le remplit ce verre, oui ou non ? » La petite Jeannine, affolée, commettait des maladresses.

— Bill, disait Vivy, pas devant les domestiques !

Olivier comprit souvent qu'il était de trop. Il tenta d'animer la conversation ou tout au moins de l'engager :

— L'endroit où le maquis a été battu s'appelle Les Glières.

Pas de réponse. Il fallait trouver autre chose.

— J'ai admiré le travail du rebouteux. Il a remis le pied de Jojo en un rien de temps.

— Il ferait mieux de lui réparer la cervelle, dit Bill. Et je voudrais bien manger en silence...

« Et pan dans les dents ! » pensa Olivier. Et Vivy

qui haussait les épaules. Chaque repas devenait un supplice.

La mauvaise humeur s'amplifiait. Les mots grossiers n'étaient pas loin. Parler à Vivy ? Il ne le pouvait pas. Son regard le chassait.

De plus en plus, il se sentait embarrassé, maladroit, solitaire. Il fuyait même l'office pour ne pas entendre les ragots, la narration des disputes entendues, des mesquineries. Ces Inguinbert qu'il admirait, qui représentaient pour lui la quintessence du chic, le décevaient. Que dire ? Que faire ?

Et une fois de plus, on décida pour lui. Cela fut amené à petits coups, par des allusions à son long séjour, par l'affirmation que les meilleures choses ont une fin.

Bill renversa son verre de vin qui éclaboussa sa chemise. Olivier se précipita, une serviette à la main. Bill l'écarta en jetant :

— Toi, fous le camp !

— Bill, un minimum de politesse ! réclama Vivy. Tu vois bien qu'il veut t'aider... Toutes mes excuses, Olivier, même si d'autres en sont incapables...

Cela fit monter la colère. Les mots jaillirent, irrémédiables :

— Toi, l'ahuri, demain, tu prends tes cliques et tes claques et tu fous le camp ! Tu feras le pique-assiette ailleurs.

— Bill ! tu dépasses les bornes !

— Eh bien ! c'est fait. Demain, j'ai dit. Fernand

te conduit à la gare et bon vent ! Va retrouver ton oncle. Il aura bien des projets pour toi. Les poires ne manquent pas. Tu dis « Au revoir et merci ! ».

Olivier resta muet. Il se leva, posa sa serviette, s'inclina devant Vivy et, sans un regard pour son insulteur, il sortit.

Le lendemain, chargé de ses bagages, il monta dans la pétrolette de Fernand. Il partait comme un malfaiteur, un paria. Bill eut le toupet de venir jusqu'à la petite voiture comme pour s'assurer du départ. Au moment du démarrage, une phrase donna l'explication du désordre :

— Tu iras faire le gigolo, le gigolpince ailleurs, pas chez moi !

À Paris, Olivier quitta la gare pour se rendre à l'imprimerie. Il serra la main de son oncle, attendit que sa tante eût servi un client pour l'embrasser.

— Quel plaisir de te revoir, dit l'oncle Henri. Tu as l'air en pleine forme. L'air de la campagne... Mais ce n'est pas très prudent. Enfin, on va voir... On n'a pas vu de pandores. Pas de raisons qu'ils se pointent.

Olivier alla saluer ses compagnons de travail : Hullain, Jacquet et même la « grosse » qui parut contente de le voir. Il regarda les casses, les machines avec regret.

À midi, on déjeunerait au restaurant. Jami restait à la cantine de son école. Olivier s'assit sur un fauteuil dans le bureau. Louise, l'ancienne bonne, tapait à la machine avec deux doigts. « Ça rentre le métier ? » demanda-t-il et elle répondit : « Je m'y mets ! »

Puis l'oncle lui annonça que le soir, il coucherait chez Hullain. Inutile que les gens de l'immeuble s'aperçoivent de sa présence. Pour le reste, il avait des coups de fil à donner.

— Les Inguinbert vont bien ? demanda la tante Victoria.

— Comme ci comme ça, dit Olivier. Ils se disputent tout le temps. J'ai compris que je gênais. Sans moi, ils pourront crier plus fort.

— Je ne suis pas tellement étonnée, dit la tante.

— Pourtant, au début, ils s'entendaient bien.

— J'ai toujours pensé qu'ils jouaient la comédie.

Psychologue, la tante !

— Et Marceau ? Et le tonton Victor ? Et le cousin Jean ? Et la mémé ?

— Nos prisonniers ne donnent guère de leurs nouvelles. Pour ma mère, toujours la même. Et Marceau va mieux.

L'après-midi, après un déjeuner agréable dans une arrière-salle de restaurant, l'oncle Henri s'adressa à Olivier :

— J'ai eu Gaston Thil. Rien à faire de ce côté-là. Son camp dans les Landes a un trop-plein de jeunes. Cela pourrait se remarquer, d'autant que la région n'est pas sûre. Il faudrait attendre. N'oublie pas que tu es toujours Oscar Chemin.

— *Os* comme *L'Os à moelle. Car* comme « quart Vichy ».

— Très drôle ! dit l'oncle.

— Mais je pourrais travailler à l'imprimerie ?

— Non. J'ai une autre idée. Je vais téléphoner.

L'oncle Henri ne put joindre son correspondant. Il rappellerait le lendemain.

— Hullain va donc t'accueillir. Pour moi, c'est plus un ami qu'un employé. Nous nous connaissons depuis notre jeunesse à Lille. Son père imprimait un journal satirique, *L'Vaclette.* Il a eu des revers de fortune. Hullain méritait mieux. S'il m'avait quitté, il aurait eu une situation importante. Non, il est resté avec moi, par fidélité. Et ce soir, après le travail, je t'accompagne chez lui, je suis invité à dîner, je vais apporter du mercurey.

Il reçut un appel téléphonique. Olivier entendit les mots de son oncle : « Vraiment ?... Vous êtes assuré de ne pas vous tromper ?... Je ne peux pas croire une chose pareille... L'animal, il cache bien son jeu... Les choses surviennent parfois par accident... Je sais... mais cela peut arriver à tout le monde... »

L'oncle reposa le combiné. Quel événement étonnant venait-il d'apprendre ? Et ces paroles de consolation ? Cette inquiétude ?

— Rien de grave, mon oncle ?

— Oh ! non. Oh ! non. Un de plus, un de plus !

Et l'oncle Henri, d'ordinaire si calme, si discret, éclata d'un grand rire. Par mimétisme, Olivier rit aussi. Et leur rire se prolongea.

— On peut en profiter ? demanda la tante Victoria.

— Non, non, c'est confidentiel...

— Moi, je ne sais pas pourquoi je ris, dit Olivier.

— Après tout, il n'y a peut-être pas de quoi rire, dit l'oncle. Olivier, allons boire un verre à La Cigogne.

Ils s'installèrent de chaque côté d'une table.

L'oncle riait encore, par à-coups. Il s'efforçait au sérieux sans y parvenir. Il finit par dire :

— Tu en fais de belles, toi ! Tu es un fameux menteur ! Et un sacré gaillard !

— Heu..., fit Olivier.

— Sais-tu à qui j'ai parlé au téléphone ? Tu ne devines pas ? Ce vieux Bill...

— Oh ! fit Olivier.

— Inguinbert est cocu, cocu et furieux. Il fallait bien que ce soit son tour avec la noce qu'il fait.

— Ah ? fit Olivier.

— Et cocu par qui ? Tu ne le sais pas ?

Ainsi, Vivy avait parlé. Sans doute au cours d'une dispute lui avait-elle jeté ça à la figure.

— Je vais tout vous expliquer, mon oncle.

— Quoi ? que ce n'est pas très délicat de ta part ?

— Je l'avoue mais...

Comment s'y prendre ? Il ne pouvait dire que Vivy était venue dans sa chambre, qu'elle l'avait forcé, que... Il répondit :

— En fait, c'est un concours de circonstances...

L'oncle rit de nouveau.

— Mes compliments, mon cher. Tu n'as pas dû t'ennuyer. Qui aurait cru que le petit Olivier était un tombeur, un suborneur, un séducteur ? Je vais te faire un aveu. Tu le gardes pour toi : j'aurais bien voulu être à ta place.

L'oncle Henri toussota, annonça qu'il pardonnait car « la chair est faible ». Et il ajouta :

— C'est terrible à dire ! Mais les cocus, cela fait toujours rire !

Par ces mots, le drame se terminait en vaudeville.

Olivier médita. Ainsi, l'oncle le glorifiait. Il se

souvint d'une expression de son cher Baudelaire : *« la rate du vulgaire »*, cette rate qui se dilate sous le rire gras. En vouloir à l'oncle Henri, il ne le pouvait pas. Il le savait simple et sincère, il se montrait tel qu'il était au naturel, franc et lourd.

Et lui, Olivier, qu'éprouvait-il ? Non pas du remords car cette nuit folle prenait l'éclat du diamant. Une part de lui restait attachée à la « déesse » qu'il ne reverrait jamais, à la dame nocturne dispensatrice de bonheur, tandis que l'autre part distinguait l'être de jour, la femme de perversité, de trahison.

Dans sa cour d'amour intime, un débat s'opérait comme, chez les troubadours, entre le Cœur et le Corps. Pouvait-on séparer l'un de l'autre ? Il pouvait penser à Vivy sans que le sentiment intervînt, sans les battements de cœur qu'il avait connus pour des jeunes filles. Une sensation diffuse naissait et qui n'avait pas de nom.

Si peu de temps après, une nuit, les « choses de la nuit », celles déjà du souvenir atteignaient des sommets, une grandeur à ne pas profaner. La pensée du rire de son oncle, de ses plaisanteries lui fit mal. Il l'effaça : des lieux communs, pas son lieu propre ! Il restait cette nuit réelle et rêvée. À lui seul. Nul ne pouvait comprendre. L'éclat dispersait l'idée sale et le rire. Il le garderait en lui, le cacherait sous son silence.

Que ferait-il ? Ou que ferait-on de lui ? La question ne le tenaillait plus. Le souci de sa personne s'écartait. Qu'étaient auprès de son secret les convulsions de ce monde absurde ?

— Nous apportons du bon vin, dit l'oncle Henri, Hullain aime bien la bouteille. Le vin, c'est un geste naturel quand on est invité. Comme les fleurs. Je sais que, pour nous, les Hullain prépareront un repas de fête, quitte à se priver ensuite. C'est leur fierté. Il ne faut pas apporter denrées et nourriture...

Ainsi, épais pour certaines choses, l'oncle Henri montrait pour d'autres psychologie et délicatesse.

Mme Hullain était une personne réservée, une petite souris sans cesse en mouvement. Sa fille, longue et maigre, ressemblait au père. Sans charme, elle avait depuis des années coiffé Sainte-Catherine. Les femmes faisaient par l'habileté de leurs trouvailles culinaires échec aux restrictions, créaient du bon avec du peu, offraient un délicieux dîner en utilisant à propos les arômes et la façon.

Ce fut pour l'oncle Henri et Hullain qui se voyaient la journée entière comme une mutuelle découverte. Des retrouvailles, celles de leur jeunesse en allée. Les souvenirs embellis, les anecdotes ornées fusèrent dans l'emploi de cette langue chtimi, parfois incompréhensible, souvent cocasse. Les inconnus lillois, les garçons et les filles des fabriques, tous les amis de naguère devinrent des personnages originaux. Ces jours lointains formaient une longue chaîne de bonheur et de rire.

Et ils fredonnèrent des chansons de ducasse, l'inévitable *P'tit Quinquin* comme un hymne. Olivier chanta avec eux, tentant de prendre l'accent et de retenir les paroles.

Que ce temps eût été aussi beau, aussi insouciant,

Olivier ne le croyait pas. Afin que le souvenir ne se fane, il fallait l'embellir. Pour ces années noires, interminables, le pourrait-on un jour ?

Mme Hullain dormirait dans le lit de sa fille. Olivier avec Hullain dans les lits jumeaux de la grande chambre. L'oncle Henri prit congé aux limites du couvre-feu.

De bon matin, Hullain partit pour le travail. Olivier guetterait un signe de son oncle. La demoiselle, secrétaire, partit aussi, puis ce fut Mme Hullain pour « les commissions », ce qui voulait dire « les files d'attente ».

Et Olivier, une fois de plus, ne sachant que faire de lui-même, n'osant se déplacer dans ce logement étranger, attendant le moment où le coucou sortirait de sa boîte pour donner l'heure. Il n'y avait pas de téléphone. Hullain apporterait-il des nouvelles ?

Il entendit le bruit de la porte. Mme Hullain ? Non. C'était son mari. Essoufflé, sans prendre le temps de la respiration, il dit :

— J'apporte les instructions du patron. Tu rejoins tout le monde à l'appartement. C'est un risque. Évite de te montrer aux voisins. Prends l'escalier de service comme pour une livraison. Enfin... déguise-toi en courant d'air. Il y a du nouveau. (Il ajouta avec un clin d'œil :) Une surprise t'attend, elle est de taille.

— C'est quoi ?

— Tu verras bien. Allez, file !

Olivier courut. Une surprise ? Il en est de bonnes et il en est de mauvaises. En ce temps, les bonnes sont rares.

Il sonna. Marguerite ouvrit, lui tendit la joue. Trois baisers rapides. Toute la famille était réunie dans la salle à manger, même Jami : le jeudi, pas d'école. Serait-ce cela la surprise ?

— Tu veux savoir, dit l'oncle Henri. C'est simple. Va dans la salle de bains...

Il y entra. La grande glace était embuée. Il vit la baignoire, pleine d'eau sale. Et un visage comme posé sur l'eau. Un masque. Il entendit :

— Te voilà, toi !

La tête sortit de l'eau, puis les épaules. Olivier fut éclaboussé. Il répéta : « Ça alors, ça alors... »

— C'est plus fort que de jouer au bouchon, non ? Salut, p'tite tête !

Jean, le cousin Jean, le « cher prisonnier », là devant lui.

— C'est toi, dit Olivier, ou je rêve ?

— En chair et en os, avec beaucoup d'os.

— Ils t'ont libéré ? La relève...

— Mes fesses ! Je me suis carapaté vite fait. Enfin, pas si vite que ça. Passe-moi le machin de bain.

Il sortit du bain, enfila le peignoir, embrassa Olivier, dit : « J'suis-t'y pas beau ? »

L'oncle Henri passa la tête. Tout réjoui, il dit à Olivier : « Laisse Jean. Il nous rejoindra pour manger. »

— Je suis encore cradingue et mes frusques sont dégueulasses...

— Viens en peignoir.

À table, chacun regardait le cousin Jean. La fatigue pesait sur ses épaules. Il s'efforçait de ne pas s'endormir. Les traits tirés, amaigri, le regard vide, il tentait de sourire.

— Il faut manger, dit l'oncle Henri, boire un

coup. La seule chose qui n'a pas changé, le goût du vin.

La nourriture lui redonna des forces. Il se redressa.

— Pardon pour le dérangement, dit-il.

— Vous plaisantez, Jean, répondit la tante Victoria, c'est du bonheur que vous apportez.

— Merci. Vous savez tout maintenant.

— Pas moi ! protesta Olivier.

Son cousin le regarda comme s'il tentait de le reconnaître, de retrouver en ce jeune homme le petit garçon de naguère.

— Tu as changé, dit-il, tu as grandi. Mais toujours cet air foufou, et cet épi qui se dresse derrière la tête. Je veux bien recommencer mais ce n'est pas passionnant.

— Plus que tu ne le crois, dit l'oncle Henri.

— ... Alors, j'ai marché jusqu'à la gare. J'étais en cotte de travail. Je pouvais passer inaperçu. J'ai fait semblant de boiter. On ne sait jamais. Pourquoi la gare ? Pas d'idée arrêtée. Si ! je voulais voir un train. C'est idiot : gosse, j'aurais voulu avoir un train. Et j'en ai vu un, un seul. Un convoi de wagons de marchandises vide. Sans doute pour revenir chargé de ce qu'ils barbotent. Direction Paris. Comme si on l'avait mis là pour moi...

— Le destin, dit la tante Victoria.

— Comme un con, j'ai grimpé dans la locomotive. Pas une planque, rien. Et deux gars en bleus sont montés. L'un d'eux a dit en français : « Qu'est-ce qu'il fout là, celui-là ? » Ils ont parlé. Quelques mots en allemand qu'ils connaissaient. J'ai rigolé. Oui, je me suis marré. Je leur ai tout dit, que j'étais un prisonnier, un K.G., que j'en avais marre. Ce que je faisais là, je n'en savais rien. J'avais eu une... une...

— Impulsion, souffla Olivier.

— C'est le mot. On m'a dit : « Barre-toi ! » et puis ils ont discuté entre eux un bon moment. Je ne sais pas comment ils ont fait si vite. Ils ont dégagé du charbon dans le tender, fait un trou où ils m'ont poussé. J'étais dans le charbon. Un vrai bougnat. J'avais déjà mal partout. J'ai attendu, bon Dieu, j'ai attendu. Des heures. Puis le train est parti. Je recevais de la fumée plein la gueule. Le train roulait dans mon crâne. Mes yeux restaient fermés. J'ai pensé aux mineurs. Quand les gars tiraient du charbon, ça me soulageait un peu. En même temps, je me voyais dans la chaudière. À un moment, il a dû pleuvoir. Je ne sais pas si j'ai dormi ou si je suis tombé dans les pommes. Le jour ou la nuit, j'en savais que dalle... Et merde ! je ne veux pas me faire plaindre !

— Tu parles d'un voyage ! dit Olivier.

— Mon ami, dit la tante Victoria, vous allez avoir besoin d'un long sommeil.

Le cousin Jean se frappa le front du plat de la main comme lorsqu'on se souvient d'un oubli. Il se leva, sortit, revint la main fermée sur un objet. Il s'assit, écarta les doigts et murmura avec ravissement :

— Ma clé, la clé de notre chez-nous... Des années que je la regarde. Tous les jours. Ma clé. Quand j'avais le bourdon...

Il pleura. Olivier lui tapota les épaules comme on le ferait pour un enfant. La tante donna des ordres :

— Marguerite, le lit de Marceau est prêt, n'est-ce

pas ? Trouvez un pyjama pour notre invité... Il faut penser à dormir.

— Pas de refus, je vous jure.

Quand ils se retrouvèrent seuls, l'oncle annonça qu'il devait « mettre les choses en branle », puis il s'adressa à Olivier :

— Dis donc, toi, tu n'es plus la vedette...

— Cet appartement est devenu la maison du bon Dieu, dit la tante Victoria.

— Et je vais m'occuper de tout le diable et son train, ajouta l'oncle Henri.

— Et moi, je fais quoi ? demanda Olivier.

— Toi ? Pour l'instant, tu ne bouges pas. Chaque chose en son temps. Et en avant la musique !

Ce soir-là, Olivier retrouva sa chambrette. Il rangea ses livres et lut plus qu'il ne dormit.

Le cousin Jean, après un sommeil de dix-huit heures, rejoignit la famille au moment du petit déjeuner.

— Je suis sale, dit-il, le charbon s'incruste. Regardez ces ongles. Je me dégoûte.

— Vous aurez le temps de vous récurer, dit la tante Victoria. Le chauffe-eau marche. Le gaz n'est plus celui d'avant-guerre mais il arrive...

— Tu vas te requinquer, ajouta l'oncle Henri. Prends tout ton temps. Et dis-toi bien que tu n'es pas seul. Ne te fais pas de bile. J'ai commencé à m'occuper de toi. Tout va s'arranger. On en reparlera à midi. Vous restez là tous les deux. Vous devez avoir des choses à vous dire.

Quand ils se retrouvèrent seuls, le cousin Jean et Olivier s'installèrent dans la cuisine. Ils se regardèrent avec affection. Il existait entre eux une complicité, des souvenirs leur appartenant en propre.

— Moi aussi, il m'est arrivé des trucs. Il faudra que je te raconte. Et je dois me planquer. Le S.T.O., tu comprends. Comment tu as fait après le train ?

— J'en sais trop rien. J'étais dans le cirage. Les cheminots m'ont aidé à sortir. Une voie de garage. Personne. Ils m'ont foutu sur un chariot, caché sous une bâche, comme un macchabée. Je me suis retrouvé dans une espèce de vestiaire. Il y avait une douche. Ils se sont lavés mais pas moi. J'ai demandé où on était. « À la gare de l'Est ! » qu'ils m'ont répondu. J'ai pas compris tout de suite. Quel Est ? Plus tard, ils m'ont fait sortir par une porte à eux. Pas de billets, tu comprends. Le voyage à l'œil. Je rêvais ou quoi ? Je me suis retrouvé faubourg Saint-Martin, presque en face de la poste. J'ai suivi les grilles. En bas, je voyais les voies. C'est de là que j'étais parti en 39 pour faire le guignol. Et puis, et puis... c'est tout.

— Et c'était comment en Allemagne ?

— Pas à me plaindre. Du boulot à la ferme mais bien traité. Je te raconterai des trucs. Quand je ne pensais pas, tout allait bien, mais quand ça me sortait du ciboulot, quand je pensais à Élodie... Tiens, j'avais le mal du pays, non, le mal de la rue, du logement, de Montmartre. Les glaiseux, des gonzesses, des vieux, des mômes, ils étaient au poil, ils essayaient de m'apprendre à parler chleuh. Et moi je leur disais des vacheries en français. Ils ne comprenaient pas mais ça me soulageait. Tu sais, ils ne sont pas tous mauvais. Eux aussi en ont marre de la castagne.

— L'officier est venu.

— Je sais. Plus tard, il a donné de vos nouvelles. On a discuté. Drôlement calé, le gars. Les bouquins, la musique, tout ça, il connaît. Il est parti sur le front de l'Est. Il doit être mort.

Ils parlèrent longtemps. Olivier lui raconta la France : Pétain, de Gaulle, la Légion, la Milice, les maquisards, les profiteurs de guerre et ceux qui souffrent, le marché noir, le ravitaillement... Et à l'imprimerie, Jacquet et Hullain toujours là, David et Guy au maquis, la « grosse » qui vous tape sur les fesses... Marceau en Suisse.

— Jacquet est toujours Croix de Feu ?

— J'en sais rien. En tout cas, il n'est pas collabo.

— Et le P.M.U. ? Ça marche toujours ?

— Oui, et ça ferme avant midi, comme dit la chanson.

— Tu as une poule ?

— Euh..., fit Olivier, pas pour l'instant, dans ma situation, tu penses. Mais il m'est arrivé des trucs inimaginables. Enfin, ça ne peut pas se raconter.

Le cousin Jean reprenait des couleurs. Quand ils se taisaient, ils se donnaient des coups de poing affectueux, se tâtaient les biceps. Quand ils parlaient, Olivier éprouvait l'impression de mêler deux langages, celui d'hier, celui de la rue, retrouvant les expressions populaires, l'argot, celui d'aujourd'hui, de la tante et de ses relations.

— Tu es retourné rue Labat ?

— De temps en temps. Mais tu sais, c'est mortel. On a arrêté les juifs, les autres se sont éparpillés. Je n'ai vu que la mère Haque.

— Et ma pipelette ?

— Mme Chamignon. Elle n'est plus bignole. Son mari a dû se faire du blé. Elle vit dans l'immeuble.

— Élodie lui a laissé ses clés pour surveiller.

— Pas de problème. On peut compter sur elle.

— Et si on y faisait un saut ? proposa Jean.

— T'es louf ! Attends le patron. Il va arranger tes affaires. Tu iras après.

— Quand je pense que je suis libre. Libre ? Ouais, en principe...

Au repas de midi, l'oncle Henri montra qu'il n'avait pas perdu de temps.

— J'ai des papiers de démobilisation, dit-il, mais ils datent peut-être, des faux mais comme des vrais, avec le cachet et tout. En voilà un. Mais ce n'est pas suffisant. Un ami a pris tout en main. Oui, M. Thil. On va te trouver des papiers prouvant ta libération au titre de la relève. Tu pourras rentrer chez toi sans crainte.

— Élodie...

— On y vient. Je lui ai passé un télégramme. Elle a téléphoné. Je lui ai expliqué à demi-mot. Elle n'a pas la comprenette rapide. Il est vrai que c'est si inattendu. Je lui ai demandé si elle était seule. Elle a enfin compris. Elle a poussé des cris. Comme si elle avait mal. Sa voix s'est brisée. Je ne comprenais plus rien. Bref, elle arrivera par le train.

— Je ne sais pas quoi dire. Je suis fou de joie et j'ai un peu la frousse. Après tant de temps. Ah ! vous êtes drôlement chic !

— Drôlement chic ? ironisa l'oncle Henri. Et puis quoi encore ? J'ai besoin d'un bon ouvrier, c'est tout ! Tu sais comment sont les patrons...

— Des vampires qui sucent le sang des travailleurs ! dit Olivier.

Ils éclatèrent de rire.

— En attendant, dit la tante Victoria, vous, Jean, vous allez vous faire beau. Il ne faudrait pas qu'Élodie soit déçue. Nous allons trouver de quoi vous vêtir.

— Il est plutôt beau gosse, mon cousin, dit Olivier, presque autant que moi.

— Je vais me frictionner, dit Jean, je dois être nickel.

Olivier pensa à son oncle Victor, le « tonton ». S'il pouvait s'évader lui aussi !

— Mais Élodie, en arrivant à la gare...

— Elle viendra directement ici. Elle dormira chez nous. Olivier va coucher ce soir chez Hullain. Vous serez tranquilles. Après, elle pourra se rendre rue Labat. Tu la rejoindras plus tard.

Il ajouta :

— Maintenant, je dois m'occuper de l'autre zèbre. Il ne faut pas qu'il se fasse ramasser. Je tiens à vous garder tous les deux.

— Henri, tu es le bon Samaritain ! dit la tante Victoria.

— Alors, toi tu es la Samaritaine ! répondit l'oncle Henri.

— Ou les Galeries Lafarfouillette, ajouta Olivier.

— Un de sauvé ! À l'autre maintenant ! dit l'oncle Henri.

Si les troupes soviétiques étaient entrées en Roumanie, si elles avaient libéré Odessa, si elles se préparaient à l'assaut de Sébastopol, si les avions de Grande-Bretagne pilonnaient les Côtes-du-Nord sans doute pour préparer leur débarquement, si le maquis du Vercors résistait à la Milice, si çà et là des actions de résistance étaient signalées, chacun pensait que la guerre durerait encore des mois, peut-être même des années. En dépit de la lassitude, des espoirs déçus, verrait-on enfin une lueur au bout du tunnel ?

Depuis le retour de Jean, une semaine s'était écoulée. Un couple reformé, heureux, semblait-il, réintégrait un logement abandonné depuis des années. À l'imprimerie, personne ne fut informé de l'évasion. Il s'agissait d'une libération de prisonniers. Prudence ? Olivier se demanda si la « grosse » oserait taper sur les fesses de Jean.

Un matin, comme si des années ne s'étaient pas écoulées, il reprit son travail. Après les félicitations et les paroles d'accueil de ses anciens compagnons qu'il reçut avec un air ennuyé, il inspecta les machines comme l'aurait fait un médecin avec ses malades. Il apporta son diagnostic :

— Les rouleaux sont en fin de course. En trouve-t-on de neufs ? Une des trois Express fatigue. Des pièces à changer. Si on n'en trouve pas, il faudra que je traficote. La Centurette, la Phénix tiennent bon. La Gordon, la Minerve sont increvables...

Ne tenant pas compte des horaires, présent durant l'heure du repas, il se consacra à ses instruments de travail. Il oubliait tout autre souci, ne parlait guère ou s'exprimait par hochements de tête ou monosyllabes.

— On nous l'a changé, dit Jacquet, ce n'est plus le Jean que nous avons connu. Plus de chansons, de boutades, de rires. Parfois, il paraît vide dans sa tête.

— Comme un type qui sort de prison, avança Hullain, ou comme un amnésique qui retrouve la mémoire.

— J'espère que tout va bien dans son ménage. Ce n'est jamais bon que mari et femme se séparent aussi longtemps. Chacun prend ses habitudes. C'est comme un bol cassé qu'il faut recoller.

— Autre chose, dit Hullain, on lui parle de la guerre, de la Résistance, des Alliés, de tout ce qui se passe. Il ne répond pas. Rien ne l'intéresse. Il est sur une autre planète...

— Un mal qui se guérit de lui-même. Avec le temps...

— Espérons-le.

Ce qui les étonna : la « grosse », la « mère Tapedur », forte en gueule, jetant à tout propos jurons et grossièretés, ne s'émouvant de rien, dit : « Pauvre, pauvre garçon ! »

Olivier, en attendant les décisions de son oncle, avait regagné sa chambre. Si les gendarmes venaient, ce à quoi on ne croyait guère, il filerait par la cuisine, l'escalier de service et se réfugierait dans la chambre de bonne, derrière le lit-cage de Marguerite.

Dans l'armoire, plus un seul livre. Ceux qui s'empilaient sous sa couche avaient été relégués dans la chambre de Marceau. À leur emplacement se trouvaient des vivres : des conserves et de grands bocaux de verre contenant des légumes, haricots verts dans l'eau salée, petits poissons de friture dans du vinaigre blanc, saindoux, châtaignes, farine de maïs, une barre de sucre de raisin, du jambon séché...

Il lisait. Il se rendait au salon pour tenter de jouer des airs connus au piano. Il s'installait à la cuisine d'où Marguerite le chassait : « Toujours dans mes pattes, celui-là ! » Il arracha un bouton de sa veste et prétendit le recoudre lui-même. Marguerite s'empara du matériel de couture.

— Un homme, dit-elle, ça ne sait même pas enfiler une aiguille.

— Peut-être que ça sait enfiler autre chose...

— Madame, madame, Olivier est grossier avec moi !

— Moi ? J'ai dit quelque chose ?

— Ne faites pas attention, dit la tante Victoria. De temps en temps, c'est la rue Labat qui fait surface.

Cette période d'attente ne dura pas. L'oncle Henri n'était pas resté inactif. Un matin, à l'atelier, il annonça à ses ouvriers :

— Olivier est parti. Je l'ai accompagné à la gare. Il va travailler en province. Mon neveu, le capitaine Desloges, le reçoit à Roanne. Avec lui je suis tranquille...

Avant son départ, Olivier avait reçu des tickets d'alimentation, de l'argent, des recommandations et une confidence à voix basse :

— Fais tout ce qu'il te dira de faire. Même si tu trouves des choses bizarres. Je crois qu'il est proche de la Résistance. Tu vas te trouver dans une usine. Voici tes papiers d'engagement. Et à ton vrai nom...

Ainsi, il réintégrait son identité. Il reprenait possession de lui-même. La vie du dénommé Oscar Chemin avait été courte. Il en fut heureux : il détestait ce nom.

Olivier déplia le papier. Il lut un en-tête inattendu, le nom de la firme : Sagem-Reinmetall, et une adresse : L'Arsenal (Loire). Il s'étonna :

— Mais c'est un truc allemand !

— Oui, mais en France.

— Je ne marche pas. C'est quand même le S.T.O. Je ne veux pas bosser pour les Chleuhs !

— Tête de mule ! Fais au moins confiance...

Il ajouta à voix basse :

— Peut-être que tu ne travailleras pas pour eux, mais contre eux. Je ne peux t'en dire plus. Ton cousin t'expliquera. C'est un capitaine de l'armée française, non ? Il sait ce qu'il fait.

Ainsi, Olivier, désemparé, habité de craintes, prit le train qui le conduisait vers un nouveau destin. Une fois de plus, il n'était pas son maître. Il pensa à ce capitaine Desloges, presque son cousin. Il tenait son sort entre ses mains.

Le cousin Desloges l'attendait à la gare.

À Paris, avant la guerre, Olivier l'avait toujours vu en uniforme haut boutonné, de bonne coupe, galonné de doré. Un jour qu'il se promenait avec lui et Marceau, ils étaient passés place de la République devant la gendarmerie. La sentinelle devant sa guérite, au garde-à-vous, avait présenté arme et l'officier avait répondu par un salut militaire. Marceau avait ricané. Olivier avait été impressionné.

Là, en civil, il paraissait déguisé. Son visage offrait un sourire amical, railleur à peine, un regard malicieux. Il serra la main tendue avec une cordialité virile. Olivier admira sa haute taille, sa prestance, une élégance de gestes naturelle.

— Eh oui ! dit-il, je suis en pékin. Passe-moi ton barda. Mais si ! Tu gardes le colis ?

— C'est pour vous, dit Olivier.

— On dit : « Pour toi. » Serait-ce un cadeau ?

— J'ai dit « vous ». Je voulais dire « toute la famille ». Euh... alors, ce sont des nouilles.

— Des nouilles !

— Oui. Notre oncle a des relations dans les nouilles.

— Des « relations dans les nouilles » !

Le cousin Desloges éclata de rire et répéta en chantonnant : « Des nouilles, des nouilles... »

— Enfin... des fabricants de nouilles.

— Porte donc les nouilles. Nous prenons le tramway. Ce n'est pas loin. Rue du Maréchal-Pétain, comme il se doit. Je t'ai trouvé une turne près de chez nous. Chez une demoiselle prolongée. Et bigote. N'oublie pas de lui dire que tu es catholique et que tu vas à la messe tous les dimanches. Tu dînes à la maison. Le repas est prêt. Pour les nouilles, on verra plus tard.

Et il rit de nouveau. Le cousin Desloges avait dépassé la trentaine. Il paraissait plus jeune. Sa bonne humeur le préservait.

— Tu m'as l'air solide, dit-il. Il le faudra. La place que tu vois avec tous ces arbres, ce sont les promenades Populle. Nous arrivons au carrefour Helvétique. Voilà la place de la mairie. Au bout de la rue, c'est le pont sur la Loire. De l'autre côté, Le Coteau. L'Arsenal se trouve hors la ville, dans une autre direction. Il y a un tram...

L'Arsenal. On y venait. Olivier jugea bon de remettre ses questions à plus tard.

Évangéline, la femme du cousin, d'origine niçoise, fille d'un banquier, élancée, les cheveux blonds, le regard bleu, était d'un abord agréable. Gracieuse sans mièvrerie, sa voix aux accents graves étonnait. Se trouvait là sa mère. Les deux femmes paraissaient la même à des âges différents. Un jeune garçon se tenait très droit et semblait lointain.

L'appartement était petit. Dans l'entrée, s'empilaient des cantines en métal comme si on se préparait à partir, à rejoindre une garnison. Les rares meubles étaient disposés n'importe comment. Tout donnait une impression de provisoire.

Olivier pensa à l'officier allemand du retour d'exode dans le train. Desloges était plus beau que lui. Cela lui procura une satisfaction.

À la fin du repas, Olivier reçut enfin des explications.

— Regardons les choses en face. C'est une usine d'armement. On y répare des machines, de vieux tours qui datent d'avant la guerre de 14. Ils doivent être remis en service pour la fabrication d'obus. Ces obus, il ne faut pas qu'il en sorte un seul avant la fin des hostilités. Après, l'usine pourra en fabriquer autant qu'elle le pourra. Figure-toi que ces obus conviennent à certains canons américains. Tu me suis ?

— Oui, mais je ne connais rien à ce travail.

— Tant mieux ! Tu seras sans doute manœuvre. Tu gagneras ta vie. Ta turne n'est pas chère. À midi, il y a la cantine. Le soir, tu pourras dîner Au Bec fin, un restaurant tout près d'ici, rue du Commerce. Ou avec nous.

Le cousin compléta ses indications :

— C'est une firme, disons franco-allemande. Les ouvriers sont des spécialistes : ajusteurs, chauffeurs, fraiseurs, tourneurs... Des gens de métier, pour la plupart, qui ont toujours travaillé dans la métallurgie. Tu trouveras beaucoup de garçons de ton âge, dans le même cas que toi. Il y a des contremaîtres allemands et des français. Les Fritz sont des professionnels, éclopés ou trop vieux pour la guerre. Toi, tu fais ton boulot, quel qu'il soit. Tu trouves des copains, tu ne parles pas trop...

— Je comprends, dit Olivier.

— Je te passerai une salopette. Évangéline va la raccourcir aux jambes. J'ai encore quelque chose à te dire. Suis-moi dans la chambre.

Là, ils s'assirent côte à côte sur le lit. Le cousin Desloges parla sur le ton de la confidence :

— À l'usine, dans quelques jours, un garçon prendra contact avec toi. Un ouvrier, un vrai. Il se nomme Benoît. Facile à reconnaître. Il est roannais mais il a une tête de Chinois, un sourire en demi-lune qui semble aller jusqu'aux oreilles. Il a toujours travaillé là. Il dit « mon usine » comme si elle lui appartenait. Il s'occupera de toi, te trouvera un travail plus agréable, d'autres choses aussi qui t'étonneront. Écoute-le. Fais ce qu'il te dit même si tu ne comprends pas. Retournons prendre un cognac. Après, je t'accompagne chez la grenouille de bénitier. Demain matin, direction l'Arsenal. Pas difficile, tu prends le tramway au carrefour Helvétique. Il y va tout droit. Et il y met le temps.

— Et arrivé ?

— Tu présentes ton certificat d'embauche au secrétariat. Et là, au boulot !

— C'est un peu mystérieux, observa Olivier.

— Et peut-être exaltant ! Tu verras...

Exaltant, ce ne le fut guère. De cette première journée, Olivier garderait le souvenir le plus sinistre de sa vie. À la réception, on le fit attendre. De temps en temps, il toussait pour rappeler sa présence. Il finit par présenter son certificat, remplit un formulaire et reçut une carte cernée de métal, son laissez-passer. Un chef d'équipe vint le chercher. Il pénétra dans le cœur de cette usine, un lieu immense et bruyant, froid, inhospitalier.

Au centre se trouvait une grande cage de verre qui dominait les fours et les rangées de tours. On apercevait des messieurs en costume, les directeurs sans doute, d'autres en blouse blanche. Français ? Allemands ? Les pas des secrétaires martelaient un escalier de métal.

Le chef d'équipe, tel un guide conduisant un touriste, lui désigna les diverses parties de l'usine : les concasseurs, les fours, l'atelier central où travaillaient les ajusteurs de précision, les vestiaires où il déposa sa veste et son cache-nez dans un casier. Il apprit qu'il devait se procurer un cadenas. Et vint la question de son affectation :

— Qu'est-ce que tu sais faire ?

— Un peu de tout.

— C'est-à-dire : rien. Tu n'es pas le premier. Tu sais pousser une brouette quand même ? Oui. Alors, suis-moi.

Il fut confié à un autre homme, un petit gros, le genre rigolard. Tout paraissait gris, noir, sale. Les bruits des machines vous assourdissaient. Tout ce métal paraissait destiné à vous broyer les chairs.

Au bout de chaque rangée de tours, se trouvaient des amas de ferraille, de vieux moteurs, des barres. Olivier reçut une sorte d'épaisse brouette, longue et lourde. Son travail : ramasser « toute cette merde », comme dit le chef, et la porter vers une entrée béante assez loin.

Olivier se mit à la tâche. Il eut de la peine à soulever les moteurs, à pousser cette brouette rétive. Il transpirait. Bientôt des ampoules apparurent dans ses paumes, quelques égratignures. Il se sentait comme un insecte, une mouche prise dans une toile d'araignée. Au passage, il regardait les ouvriers. Ils paraissaient calmes, riaient, échangeaient des plaisanteries. Et lui se sentit faible, sans ressort, condamné à exécuter ce travail idiot.

Il pensa à la forge de son oncle Victor. Là aussi, on maniait le métal, on frappait le fer, le soufflet animait le feu, mais il régnait quelque chose de gai, de familier. Puis il revit l'atelier d'imprimerie, entendit le bruit régulier des machines, un monde rassurant, où il se sentait bien.

Jamais il n'aurait imaginé que l'univers d'une usine pût être à ce point inhumain, écrasant. Et tous ces travailleurs, ces gens de métier qui paraissaient à leur aise. Il se prit à admirer cette force qui émanait d'eux, cette énergie dont il était démuni. Serait-il condamné, sa vie durant, à pousser cette brouette dans l'enfer ? Des larmes sales coulèrent sur son visage, se mêlant à la sueur.

Il entendit un bref coup de sirène. Une alerte ? Il apprit qu'il s'agissait d'une pause d'un quart d'heure pour le casse-croûte. Quelle croûte ? Il n'avait rien. Il regarda ses mains. Il entendit :

— Tu viens faire la pause. Je connais le coin idéal...

C'était un garçon de son âge, petit et brun, l'air rusé, qui lui dit se prénommer Clément. Il l'entraîna derrière les fours, dans un espace où se tenaient des femmes autour d'un brasero. Certaines triaient le charbon, d'autres s'occupaient du balayage.

— Alors, les petits, dit une des femmes, on vient voir les mémères ?

Ils s'assirent sur des bancs. Clément sortit un sandwich de sa poche. Il y mordit, puis s'adressa à Olivier :

— Tu ne manges pas ?

— C'est que... je n'ai pas très faim. Et puis, je n'ai rien. Je viens d'arriver...

Clément rompit son sandwich et lui en tendit la moitié :

— Prends. De toute façon, j'en ai trop. Et j'ai aussi une pomme.

Olivier rougit, remercia, mordit dans le pain. C'était bon. Les femmes le regardaient avec sympathie. Il se sentit mieux. Ces présences lui infusaient de nouvelles forces.

— Je suis cordonnier, dit Clément. J'habite au Coteau.

— De l'autre côté de la Loire.

— C'est ça. On pourra se baigner.

— Moi je suis... j'étais dans l'imprimerie.

Et le coup de sirène retentit.

— Au boulot, dit Clément, et dans deux heures, la cantine. Tu verras. On y mange pas mal.

— Au boulot ! répéta Olivier.

Les heures qui suivirent furent moins pénibles. Olivier se dit alors que cette situation aurait bien une fin. Et ces ouvriers dont c'était le métier resteraient. En pensée, il les plaignit.

La cantine, immense, recevait des centaines de travailleurs. L'Arsenal se composait de plusieurs corps de bâtiments. Une bousculade, un brouhaha et chacun trouvait sa place. Des serveuses distribuaient des plateaux. Olivier se plaça près de son nouvel ami Clément.

— Chic ! on est servis par Cléopâtre ! dit ce dernier.

Il s'agissait de la seule serveuse qui fût jolie et coiffée comme la reine d'Égypte, d'où son surnom. Elle était admirée, chahutée, elle répondait : « Bas les pattes ou je remporte le plateau ! » Olivier pensa à la Madelon.

Tandis qu'ils retournaient sans trop se presser au labeur, Olivier dévisageait ses compagnons. Il tentait de découvrir ce Benoît au sourire en demi-lune qui devait prendre contact avec lui.

Le soir, il se retrouva, honteux de sa crasse, chez la vieille demoiselle. Elle lui dit qu'il pouvait se servir du cabinet de toilette. Il se récura du mieux qu'il put. Le lendemain, il porterait son pantalon à pont, se changerait au vestiaire. Il se rendit Au Bec fin où les portions étaient minces. Il tendit ses tickets, paya. Les boulangeries étaient-elles encore ouvertes ? Il en trouva une et acheta du pain. Il trouva plus loin de la margarine. Demain, au casse-croûte, il ferait meilleure figure. Pour le cadenas, cela attendrait. Que pouvait-on lui voler ?

Le lit l'accueillit. Il s'endormit tout de suite.

Au matin, il eut une heureuse surprise : le petit déjeuner serait compris dans le prix de la chambre. Son hôtesse le servit. Du thé. Il n'en avait pas bu depuis longtemps. Et deux petits pains faits à la maison. Il entendit l'éloge de son cousin, le capitaine, un homme si bien élevé... Olivier comprit que son cousinage lui assurait de la considération.

Et il reprit le tramway bringuebalant où des ouvriers fumaient ou sommeillaient.

Ces jours de l'Arsenal, il en garderait un souvenir étrange, presquc irréel, comme rêvé. Il fit connaissance d'un groupe de garçons de son âge et qui, comme lui, avaient trouvé cette planque pour éviter le S.T.O. en Allemagne. Ils portaient presque tous un collier de barbe. Certains poussaient la coquetterie jusqu'à se vêtir de blouses blanches. Ils semblaient cultivés ou au moins avoir fait des études. L'ami Clément lui donna l'explication :

— Ils appartiennent tous à des grandes familles. Celui-là s'appelle Déchelette. Le musée porte le nom de son ancêtre. Cet autre est le fils des bonneteries. Ils sont là, ils en font le moins possible et, le soir, ils se retrouvent en famille dans les beaux appartements ou les belles villas.

Olivier ne tarda pas à les rencontrer. Ils le reconnurent pour un des leurs. À quels signes ? Peut-être les cousins Desloges, qui ne dédaignaient pas de mener une vie mondaine à la mode provinciale. Il fut invité à les rejoindre le soir dans un bar où l'on servait des cocktails.

Une fois de plus, Olivier se trouvait partagé entre deux univers. La situation devint cocasse quand sa cousine Évangéline lui annonça qu'elle donnait une réception le samedi soir et qu'il était invité :

— Essaie d'être élégant. Je te prêterai une cravate. Tu baiseras la main des dames...

Olivier s'en ouvrit à Clément. Et voilà comment, durant le quart d'heure du casse-croûte, deux garçons sales, en tenue de travail, firent des essais de baise-main, ce qui fit rire les femmes. Un des contremaîtres allemands nommé Bartcheik les surprit, éclata de rire et se tapa le front. Ces Français étaient fous !

Dans l'Arsenal, il se produisait ce phénomène curieux. Les contremaîtres, les chefs d'équipe allemands, on finissait par oublier leur nationalité. Le travail créait un semblant d'union. Le nommé

Bartcheik, on ne se gênait pas pour le mettre en boîte et il répondait de son mieux.

Et vint ce jour où un garçon, plus âgé que lui, se planta devant Olivier et arbora son plus large sourire. Sans jamais l'avoir vu, Olivier le reconnut :

— Benoît ?

— Lui-même en personne. Et toi c'est Chateauneuf, prénom Olivier.

— Enchanté !

Olivier apprit que Benoît s'occupait de lui. Il allait laisser la brouette pour devenir son compagnon. Benoît était du métier. Il se dit ajusteur-mécanicien. Le travail d'Olivier : porter la caisse d'outils et lui tendre ceux dont il avait besoin. La tâche principale : démonter les poussoirs des fours pour changer les joints. Et, plus tard, fixer des trains de palans à chaîne sur des glissières, tout en haut, presque sous le toit.

Olivier, changeant d'état, reçut une augmentation de salaire, ce qui l'arrangeait bien. L'argent de l'oncle Henri avait servi à alimenter sa garde-robe.

Benoît riait toujours, se moquait de tout et de tous. Parfois, il soulignait les maladresses d'Olivier en l'engueulant gentiment.

— Et tu me dis que tu travailles dans un atelier. Ça doit être du joli...

— L'imprimerie, c'est autre chose !

À la réception des Desloges, Olivier s'était bien tenu. Il avait rencontré là un des jeunes gandins qui, à l'Arsenal, se déguisaient en ouvriers. Cela le conforta dans sa position. Il fit partie de la petite bande, rencontra même des jeunes filles, amorça des flirts. Il menait, lui aussi, une double vie. Un gros garçon, massif, les rejoignait. Il se disait « poète classique ». Ils parlèrent de Baudelaire, de Victor Hugo, de Malherbe, de poètes qu'Olivier ne connaissait pas.

À l'Arsenal, Benoît, comme s'il avait voulu marquer un temps d'observation, s'ouvrit de projets secrets, d'un sabotage discret, peu dangereux et efficace. Il en donna les premiers principes :

— Je vais te donner de la poudre d'émeri. C'est simple. Tu en glisses chaque fois que tu peux dans les burettes à huile des tours. Après, quand on graisse le tablier qui est plane, la partie mobile ripe et le tour est foutu pour un bon moment.

Ainsi, de temps en temps, on entendait des grincements de métal, des appels. Le travail cessait. Les chefs, les directeurs s'approchaient. Des invectives en français et en allemand. La colère. Les tourneurs écartant les bras en signe d'incompréhension et le mot qui courait : « Sabotage, sabotage ! » Et, la tempête apaisée, Benoît, riant toujours, jetant au nommé Bartcheik : « Zabotage, zabotage... toi fusillé ! » Et ensuite, il apportait des paroles de consolation. Un culot !

Un autre jeu tout simple : glisser des morceaux de métal dans les engrenages. Et crac ! le drame recommençait. Maintenant, des soldats allemands en armes se promenaient dans l'usine, jetant des regards soupçonneux.

— Regarde-les, ces bredins ! disait Benoît. Ils vont bientôt le sentir passer. Dans l'cul la balayette !

Un soir qu'il se promenait dans Roanne, Olivier vit de nombreux véhicules civils ou militaires s'arrêter. Des miliciens revenaient d'une expédition, coiffés d'un béret noir, portant des insignes, se saluant à l'hitlérienne. Ils entouraient deux hommes, le visage en sang, marqués de coups, qui avançaient les mains sur la tête. Des maquisards. Olivier sentit la colère monter en lui. Les passants détournaient le regard. Et les malheureux marchaient, étaient poussés dans le dos, tombaient, se relevaient. Vers quelle prison, vers quels nouveaux supplices les conduisait-on ? Et les bourreaux ? Des Français comme lui, Olivier. Comment une telle ignominie était-elle possible ? Que faire ? Rien. Il ne pouvait rien faire. Seul, impuissant, vaincu.

Quand il se retrouva au bar avec les jeunes gens de bonne famille, Olivier raconta ce qu'il avait vu. « Que veux-tu, dit le "poète classique", la guerre c'est la guerre ! » Les autres se récrièrent. Ils se disaient tous gaullistes, une jeune fille portait même bravement une croix de Lorraine au bout d'une chaîne en or. Olivier pensa que leur engagement n'allait guère plus loin que des mots. Lui, si peu qu'il fît à l'Arsenal, il agissait. Ce secret le réconfortait.

Le meilleur copain, c'était encore Clément. Cordonnier ? Il en avait rajouté. Il n'en était qu'au stade de l'apprentissage. Il faisait des projets : « Un jour, j'aurai ma cordonnerie ! Tu viendras me voir... »

Le cousin Desloges semblait inactif, « en disponibilité ». Il ajoutait : « Donc disponible ! » Il apprit à Olivier qu'il appartenait à l'A.S. – l'Armée secrète. Il recevait des ordres. Il était question qu'il se rendît du côté de Bourges. Il n'en dit pas plus.

— Ah ! dit Évangéline, la vie de femme d'officier

n'est pas rose. Toujours de garnison en garnison. Toujours des déménagements. Enfin, je l'ai voulu...

— Cette fois, tu ne me suivras pas, dit son mari.

« L'amour, toujours l'amour... » Olivier se demanda s'il n'était pas un peu amoureux de la jeune fille à la croix de Lorraine. Il repoussa cette idée. Il avait mieux à faire.

La vie à l'Arsenal continuait. Olivier s'habituait. Benoît lui dit qu'il fallait arrêter pour un temps les sabotages.

Olivier connut un autre danger : celui de grimper sur les hauteurs de l'usine avec un sac de lourds outils et de suivre ce chimpanzé de Benoît sur la longue échelle tremblante, atteindre cette barre de métal, ce double fer à U qui traversait toute la largeur de l'usine, ne pas regarder en bas, oublier le vertige. À ses débuts, il se tint à califourchon. Benoît, railleur, l'engagea à plus de hardiesse. S'il se déplaçait sans crainte, son compagnon pouvait le faire : se tenir debout tout d'abord, puis risquer des pas.

Le lendemain, Olivier marcha *« sur le fil »*, comme dans la chanson de Charles Trenet. Il ressentit une griserie, celle du triomphe. Il portait en lui des possibilités ignorées. Désormais, la peur ne le rejoignait qu'après l'exploit, quand il touchait le sol et regardait là-haut, vers le lieu où il avait évolué.

Le dimanche matin, il se promenait rue du Lycée, regardait la vitrine du libraire, marchait jusqu'à l'église Saint-Étienne, assistait à la sortie de la messe. Les fidèles, après l'hostie, allaient au Fidèle Berger pour acheter le gâteau du dimanche. Comme à Paris, il se rendait à la bibliothèque municipale pour échanger des livres. Il oubliait l'usine. L'après-midi, il passait chez les cousins Desloges, apportait un modeste bouquet de fleurs à sa cousine.

Un de ces dimanches, revenant dans sa chambrette, il sentit une odeur de tabac. Sa logeuse lui dit qu'un visiteur l'attendait. Il reconnut celui que, dans la bande, on appelait le « poète classique » parce qu'il débitait parfois de longues tirades en alexandrins. Ce gaillard épais, au visage asymétrique, au nez en trompette, aux yeux enfoncés, assez laid, lui apportait la plus désagréable des présences. Effaré, Olivier détailla son vêtement : un uniforme, celui de la Milice, avec le grand béret, les insignes.

— Tu vois, dit-il, c'est moi. Tu restes muet ? Épaté, non ? Eh oui ! Je me suis engagé. Plus de soucis. Une bonne solde. Des cigarettes à volonté. Pas mal, non ? Plutôt que de faire le Jacques dans cette usine, tu devrais me suivre...

— Fous le camp ! hoqueta Olivier. Sors d'ici !

— Voilà. Je suis un pestiféré. Tous les copains me fuient. Je m'en moque. J'en ai d'autres. Nous pouvons faire tout ce que nous voulons. Tu vois ce flingue ? Je pourrais te descendre sans avoir le moindre ennui. La puissance !

— Je te demande de t'en aller.

— Et si je veux rester ? Tu n'y peux rien. La tête que vous faites, tous, me fait rigoler. Peut-être que tu es du côté des terroristes. Même pas. Un petit-bourgeois qui se planque.

— Dehors !

— Imagine que je me tienne en face de toi un jour. Je te trouve plutôt sympathique. Tu es le seul à ne pas te foutre de moi parce que j'écris des poèmes. Ça ne m'empêcherait pas de te descendre comme un lapin.

— Moi, si je me trouvais en face de toi, je te ferais enfermer dans un asile d'aliénés. Écoute-moi parce qu'après, je ne dirai plus un mot. Si tu ne pars pas, c'est moi qui partirai. Un conseil : jette cet uniforme à la con ou tu y laisseras ta peau. N'attends pas de commettre des méfaits, des crimes !

— Ah ! Ah ! Qui te dit que ce n'est pas déjà fait...

Olivier serra les poings. Il allait commettre l'irréparable quand la vieille demoiselle entra :

— Le repas est prêt, monsieur Chateauneuf, je vous attends. Je suis désolée de vous déranger mais peut-être ce... soldat est-il sur le départ. Je ne veux pas vous retenir.

— On se reverra ! jeta le milicien.

— Je ne crois pas, dit Olivier.

L'importun fit le salut fasciste, bouscula la vieille dame et sortit.

— Merci, mademoiselle, vraiment merci ! dit Olivier.

— J'ai tout compris. Mais vous avez de bien mauvaises fréquentations. Pas de ça chez moi.

Olivier s'excusa, donna des explications.

Le lendemain, à l'usine, une tragédie se joua. Alors que l'équipe de jour se préparait à relayer l'équipe de nuit, les ouvriers, mal éveillés, entendirent le fracas d'une explosion. Ils apprirent qu'un des fours venait d'exploser. Pas de victimes mais des dégâts considérables. La stupeur. Il existait donc d'autres saboteurs que Benoît et qui travaillaient en plus spectaculaire.

Les ouvriers furent invités à rejoindre leur lieu de travail. Ils avancèrent en silence, échangeant des regards inquiets. Bientôt, les vastes portails s'ouvrirent sur deux camions bâchés chargés de soldats allemands. Ils descendirent, se mirent en rang dans l'allée centrale, préparèrent leurs armes.

L'ordre donné par les contremaîtres et les chefs d'équipe fut que chacun se tînt immobile sur son lieu de travail. Olivier rejoignit Benoît au bas de l'échelle. Un silence d'église, puis des bruits de bottes, des ordres jetés en allemand. Une heure s'écoula ainsi. Benoît adressa un clin d'œil à Olivier.

Les Chleuhs repartirent. Le travail reprit sans hâte. On apprit l'arrestation de trois hommes à l'atelier central. Les directeurs, les contremaîtres allemands semblaient aussi désemparés que les Français. Ils marchaient dans les allées en regardant chacun comme un suspect.

Qui avait été arrêté ? « Des communistes ! » confia le nommé Bartcheik, et il ajouta : « Grand malheur ! » Quc voulait-il dire ? Malheur pour le four détruit, malheur pour les gens arrêtés, malheur pour tous ?

Déjà les noms des prétendus coupables circulaient. Avait-on arrêté les saboteurs ou bien n'importe qui, sur un soupçon, une dénonciation, pour l'exemple ?

Les deux sentinelles muettes, celles qu'on connaissait, reprirent leur va-et-vient. Le bruit des machines retentit. Le vacarme étouffait le drame. Les ébauches d'obus étaient placées sur les tours. Les couteaux suédois faisaient jaillir de longs filaments d'acier. Après, on calibrait. Seules quelques opérations devaient suivre mais, là encore, l'outillage ne se trouvait pas disponible.

Au moment de la pause casse-croûte, Olivier et Benoît se rendirent au lieu habituel où Clément et les femmes se trouvaient déjà. Le brasero était éteint. Ils entendirent des lamentations, des cris, des paroles. Les ouvrières, le dos rond, se penchaient sur une des leurs couchée dans la poussière noire. Les jeunes furent informés : un des hommes arrêtés était le mari de la malheureuse.

Les soldats allemands s'approchèrent. Ils échangèrent quelques mots, puis ricanèrent, se moquèrent de ces femmes sales, étalèrent leur mépris. L'un dit : « Terroristes, pan ! pan ! » et fit le geste des fusilleurs.

Benoît, livide, posa son casse-croûte, quitta le banc, contourna le haut tas de charbon. Il se dirigeait vers le lieu où se trouvait sa caisse à outils. Olivier le suivit. Il le vit se saisir de la grosse clé anglaise. Il comprit. Benoît s'apprêtait au pire : attaquer ces deux soudards, éteindre leur rire en les assommant. Il tenait l'outil comme une arme. La colère, la haine rendaient ses traits méconnaissables.

Olivier fonça sur son ami, le renversa, le couvrit de son corps, lui saisit les poignets. Il reçut un coup de genou, un coup de tête. La raison combattait la fureur. Il cria contre l'oreille de l'autre :

— Arrête ! Arrête ! Fais pas le con. Tu y laisseras ta peau. Pour rien. Tu as mieux à faire. Ces Boches, c'est de la merde. Ils n'existent déjà plus.

— Ça va ! Lâche-moi !

Pour le libérer, Olivier attendit quelques instants. Puis il se releva. Benoît resta allongé sur le dos, agité de tremblements comme un épileptique. Olivier lui parla doucement, comme à un enfant :

— Là, là... Remets-toi. C'est une histoire de fous. Je me bats contre toi pour t'éviter le pire.

Le coup de sirène retentit : fin du casse-croûte. L'ouvrier et le compagnon porteur des outils s'éloignèrent en silence. Alors qu'ils travaillaient, Benoît retrouva un semblant de sourire.

— Je ne t'aurais pas cru aussi costaud, dit-il. Ils en ont pris trois. Ils vont les faire parler. Ils en prendront d'autres. Ça sent le roussi... Va falloir faire gaffe.

— J'en ai marre, dit Olivier. J'en ai marre.

— Je vais me tirer, dit Benoît. Demain, je ne serai plus là. Si on t'interroge, tu diras que je dois être malade.

— Ils ne m'interrogeront pas, dit Olivier. Pour une bonne raison : moi non plus je ne serai plus là. Où ? Nulle part, je serai nulle part.

Olivier venait de prendre une décision. Il serait son maître. Plus personne ne l'amènerait à faire ceci ou cela. Il terrasserait le sort. De nouvelles forces l'envahirent, celles du corps, celles de l'esprit.

Huit

Le soir, dans sa chambrette, il écrivit des lettres. À son cousin Desloges, à Clément qui le premier jour avait partagé son sandwich avec lui, à la demoiselle qui le logeait. Il les posterait à la gare, au moment du départ.

Il dormit peu. La veille, il avait fourré tout ce qu'il pouvait dans son sac tyrolien, préparé ses meilleurs vêtements, laissé certains dans l'armoire, gardé Baudelaire dans sa poche. Il connaissait l'heure du train. Il courait le risque d'être arrêté. Sa carte d'identité était prête. Et aussi le laissez-passer de l'usine. Il ferait semblant d'avoir un bras immobilisé : accident du travail, congé de maladie.

À la gare, il se mêla à la foule, prit un ticket aller pour Langeac. L'instinct le dirigeait, comme au temps de l'exode, vers le lieu des origines, la maison familiale. Il ne trouva pas de place. Il s'assit dans le couloir sur son sac. Puis il se leva pour regarder défiler le paysage.

Il changea de train à Saint-Germain-des-Fossés. Cette fois parce que des voyageurs voulurent bien se serrer, il trouva une place sur la banquette de bois troisième classe. Ses voisins s'occupaient de quatre marmots. Ils ne parlèrent pas. Olivier se contenta de distribuer quelques sourires.

Le train s'arrêtait à toutes les gares. Olivier tentait de se souvenir du nom de celle qui allait suivre. Comme la mémé serait surprise ! Il avait gardé un peu d'argent pour ne pas être trop à charge. Il écrirait à son oncle et à sa tante sans donner trop d'indications. Personne ne devait plus intervenir dans sa vie. Majeur et vacciné !

Le train s'arrêta à Brioude. Un fracas de ferraille, des grincements de freins, une secousse brutale. Le chef de gare, des cheminots coururent le long de la voie. Les voyageurs se pressaient aux fenêtres. L'arrêt serait prolongé. Une heure plus tard, on invita « Messieurs les voyageurs » à quitter les wagons. Une information fut divulguée : le train n'irait pas plus loin. On allait tenter d'organiser un service de cars pour les destinations les plus proches.

Les voyageurs rouspétaient, s'en prenaient aux cheminots qui n'y étaient pour rien. Les bagages s'entassaient. Les gens se groupaient pour échanger de vains commentaires. Olivier se rendit au buffet de la gare. Il commanda un café au lait qu'on lui servit dans un grand bol. Il s'adressa au garçon :

— Vous savez ce qui se passe ?

— Facile à deviner. Les maquis ont coupé la voie. Ils font la même chose sur les routes, les ponts. C'est pour arrêter les troupes allemandes qui remontent vers le nord.

— Alors, le train ?

— Il ne repartira pas. Vous allez où ?

— À Saugues, c'est après Langeac.

— Je connais. C'est pas tout près. Peut-être cinquante bornes.

— Merci, dit Olivier.

Il paya. Ah ! s'il avait la bicyclette de Marceau... Sa décision était prise. Il atteindrait Saugues à pied. Le Bol d'or de la marche...

Il acheta des vivres : pain, pâté, eau minérale. Il prit la route nationale et, bientôt, une départementale qui longeait l'Allier. Direction : Lavoûte-Chilhac, puis Langeac... Il fut dépassé par une automobile. Pas d'auto-stop. Il se voulait solitaire. Comme ce sac était lourd, ces courroies blessantes ! Il ramassa des journaux dont il fit un tampon pour protéger ses épaules. Il décida de ralentir le pas. Rien ne pressait.

Cette marche lui rappela ce qu'il avait ressenti sur les routes de l'exode des années auparavant : la découverte de la liberté comme au temps de la rue – la liberté des rues. La différence : il ne fuyait pas, il allait au-devant de l'inconnu. Il rêva d'une vie de gitan *« sur la route qui va, qui va et qui ne finit pas »*, comme dit une chanson. Bougras, le vieux Bougras, l'anar au grand cœur dont il gardait la bague, avait choisi le trimard. Connaissait-il de durs moments ? Sans doute. Le prix de la liberté.

La liberté. Ce qui semblait naturel à l'homme, des bourreaux voulaient le lui ôter. Il fallait se battre pour la conquérir. Se battre et même se salir. Avec Benoît, ils s'en étaient pris à des machines, à des outils de travail. Olivier rejeta des images douloureuses, la trieuse de charbon en larmes, les soudards en rire, Benoît en rage. Lui-même ne sachant plus ce qu'il faisait, agissant par instinct. Il fallait oublier, tout oublier, les morts de Montrichard, les médiocrités, tout ce qui salissait la mémoire.

Dès qu'il aperçut les rives de l'Allier, il descendit sur ses bords. Un fleuve sinueux, capricieux, pas du tout « impassible » comme les fleuves de Rimbaud. Les saumons, à leur saison, le remontaient, franchissaient les torrents raboteux, se propulsaient à des hauteurs étonnantes. Dans le ciel, des oiseaux migrateurs parcouraient les continents. Pour eux, pas de frontières.

De l'autre côté de la rive, sur la pente d'une prairie, un berger marchant d'un pas tranquille, des moutons, un chien. « Les bêtes, elles s'en foutent de la guerre ! » pensa Olivier. La nature évoquait le calme, la paix. Il contempla l'ondulation des monts de la Margeride, les plateaux rocheux, les bois de pins et de hêtres. Il vit les bruyères, les genêts, les genévriers, les herbes, les fleurs des champs.

Ce ciel bleu, cette clarté, ces couleurs, cette splendeur, il les reçut comme un éblouissement. Il murmura : « Le monde est beau ! Le monde est beau ! »

Durant l'exode, entre Montrichard et Saugues, il avait chanté, récité des poèmes. Là, il restait silencieux. Il ne voulait pas entendre sa propre voix. Même ses pas lui semblaient bruyants, profanateurs. Il évitait des tournants, coupait à travers champs pour le plaisir de fouler le sol naturel. Quand il descendait une pente, il rêvait qu'il écartait ses bras, qu'ils devenaient des ailes, qu'il s'envolait.

Le printemps offrait sa liesse. Le jour était long. Il déclinait avec lenteur, comme à regret. Olivier avait dépassé Lavoûte-Chilhac, Langeac bientôt. Il décida de ne pas y faire étape. Il dormirait parmi les genêts, les bruyères, à l'orée d'une forêt. Il chercha le bon endroit. Il trouva du bois de fayard empilé, tira quelques planches, coupa des herbes, se fit un lit, un nid. De son sac, il sortit les victuailles, mangea, but l'eau minérale qui venait des volcans. Il sortit les vêtements pour composer une couverture. Et là, comme un vagabond heureux, il contempla le ciel et s'endormit.

Au réveil, il ne songea pas même à se laver. Il fit couler dans sa paume un reste d'eau minérale et se frotta le visage. Il rangea ses affaires dans son sac, fit quelques mouvements de gymnastique qu'on lui avait appris à l'école, s'étira, respira longuement et arrima le tyrolien à ses épaules.

Sur le chemin, il croisa une charrette à foin tirée par des vaches. Un paysan, aiguillon sur l'épaule, le précédait, conduisant l'attelage. Dans la charrette, une femme coiffée d'un chapeau de paille et deux enfants. Comme il connaissait la politesse rurale, Olivier jeta un grand : « Bonjour ! Alors, vous allez aux champs... » et l'homme répondit : « Bonjour, faut bien... »

Ce fut Langeac. Il connaissait le bourg. Il se souvint de matches de football entre l'équipe sauguaine et celle des cheminots de Langeac, de son premier voyage quand le tonton Victor était venu le chercher à la gare, de ce marchand de fers à plat où se servait le maréchal-ferrant, ces fers qu'il fallait forger, percer de trous à chaud pour les clous. Il décida de lui rendre visite. Il tenta de se rappeler son nom.

Il trouva un magasin où l'on vendait outils, ustensiles, sacs de grains et d'engrais. Quand il entra, le patron, assis devant une table où s'étalait de la paperasse, dit :

— Hé ! je te connais, toi...

— Je suis le neveu de Victor, de Saugues.

— Salut bien. Tu es de passage ?

— Je suis venu par le train, mais il s'est arrêté à Brioude. Alors, je suis à pied.

— De Brioude ! Tu manques pas de courage. Et tu vas à Saugues, c'est sûr. J'ai rien pour te conduire.

— J'aime bien marcher.

— Tu as mangé ? Moi, oui. Mais c'est plus de dix heures. L'heure de mon deuxième casse-croûte. Viens à la cuisine !

Olivier ne se fit pas prier. L'hôte souleva un couvercle d'une main et sortit la charcuterie, le beurre, le fromage, le pain. Il déboucha une bouteille de vin blanc. Ils se restaurèrent en silence. Puis des souvenirs furent évoqués : le grand-père d'Olivier qui marchandait les prix, Victor qui lui faisait confiance, la crise du commerce, des morts qu'Olivier n'avait pas connus.

— On était bien tranquilles. Et maintenant, le pays à feu et à sang...

— Heureusement, pas ici, observa Olivier.

— Pas ici ! On voit que tu n'es pas au courant. Ici, il s'en prépare. Et de pas belles !

La guerre, oui, la guerre. Même en Auvergne. Plus, peut-être, qu'ailleurs. Le maquis partout. Des parachutages d'armes au mont Mouchet. Des F.F.I., des F.T.P., le Corps franc des truands. Même des gendarmes les avaient rejoints.

— Au mont Mouchet, ils sont des centaines. Pas de la guérilla, mais une armée, une véritable armée. Pourvu qu'ils ne commettent pas d'erreurs. Une division allemande remonte du Midi. Eux, ils ont les blindés, les chars, l'aviation. Ils savent faire la guerre. Au maquis, il y a des jeunes qui n'ont jamais touché une arme, ne connaissent pas le combat de terrain. Des réfractaires du S.T.O., des Chantiers de jeunesse, d'anciens sous-offs montés d'un coup en grade...

— Moi aussi, je suis un réfractaire du S.T.O., confia Olivier.

— Garde-toi bien de te mêler de ça. Tu y laisserais ta peau. Allons, je vois que je t'effraie. Te voilà tout pâle. Un peu de goutte va te faire du bien. J'ai de la prunelle !

Et Olivier but un verre, puis un autre. Il s'arrêta. Il voulait oublier mais surtout ne pas sombrer dans l'ivresse. Il avait besoin de toute sa raison, de sa lucidité.

Il remercia. Il avait hâte d'être seul, de marcher sur la route, de tenter d'oublier tout ce qui s'acharnait à le poursuivre. Des idées contradictoires le traversaient, un mélange d'appréhensions, un désir de fuir ou d'aller au-devant. Il ne savait plus. Il lui sembla que tout le trahissait. Même la nature.

La route montait, n'en finissait pas de monter. Le sac pesait. Ses jambes étaient molles. L'alcool, sans doute. Il n'était pas ivre, pas noir, mais un peu gris. Sous le ciel clair, il se sentait brumeux.

En haut de la pente, alors qu'il se préparait au repos, ce fut alors cette apparition. Il ne l'oublierait jamais. En fermant les yeux, toute sa vie il reverrait ce vieux camion débâché, comme essoufflé, grinçant, grandiose.

En plein jour, dans la clarté solaire, une vision d'Histoire, un tableau vivant et animé qu'aurait pu peindre un Delacroix, sculpter un Rude. Ici, la splendeur naissait du délabré. Des rayons et des ombres donnaient du relief au métal et au bois, au véhicule usé et à sa charge disparate. Et ces apparitions humaines, telles des victimes ressuscitées, des êtres de chair et de sang jaillis de partout, du fond des villes et des provinces, du fond des consciences, offraient, à leur insu, dans le désordre et le débraillé, à Olivier effaré une nouvelle image de l'humain, une réponse sans discours à tant de questions.

Un drapeau déchiré flottait, bleu-blanc-rouge, avec une croix de Lorraine. Fixé sur le toit un fusil-mitrailleur, un homme accroupi à côté. Et sur la plate-forme du camion, des résistants de tous âges, des armes à la main, fusils, mitraillettes, revolvers, des poitrines bardées de munitions, portant ce qui ressemblait à des uniformes dépareillés.

L'un d'eux tenait devant ses yeux des jumelles et ne cessait de regarder en tous sens. Cette Résistance, jusque-là abstraite pour Olivier, lui apparaissait sous une forme inattendue.

Il se tint immobile, craintif, sur le bord de la route.

Le camion s'arrêta. Allaient-ils le fouiller, le questionner ?

Il eut ce geste intuitif d'écarter les bras pour montrer qu'il ne possédait pas d'arme, ou pour accueillir la vision, pour la saluer, l'étreindre, la garder.

Et soudain, le son d'une voix connue :

— Eh ! Chateauneuf, qu'est-ce que tu fous là ?

Une sorte de gnome enveloppé dans une cape kaki sauta du véhicule. Olivier reconnut Zizi, l'aide-coiffeur de chez Chadès. Il portait une carabine de chasse.

— Salut, Zizi. Ça alors...

D'autres descendirent. Olivier connaissait la plupart d'entre eux, des gens de Saugues et des alentours qu'il avait croisés les jours de marché ou au café. Plus besoin de montrer patte blanche.

— Allez ! Passe ton sac. Grimpe avec nous...

— Mais... je vais à Saugues. Ce n'est pas votre direction.

— Saugues ? On y retournera plus tard. Allez, monte !

On lui fit une place à même le plancher. Personne ne lui demanda d'explications. Il dit qu'il fuyait le S.T.O. Un géant à la barbe noire, le seul à porter un uniforme kaki, avec trois galons aux manches, avança et dit comme si c'était une chose toute naturelle :

— Il va falloir te trouver une arme. Pour l'instant, je peux te donner une baïonnette et une grenade allemande. C'est mieux que rien.

Olivier reçut une sorte de long couteau dans un étui de métal et cette grenade qui ressemblait à un presse-purée. Il murmura : « Merci ! » Que lui arrivait-il ?

Le camion s'ébranla. Bientôt, il quitta la route pour un chemin de terre, un sentier à travers bois. Ils furent secoués. Cela les faisait rire. Près de lui se trouvait un garçon brun, sans doute un adolescent. Il avait un visage de fille. Un bidon passa de main en main pour boire une gorgée.

— Sacré Chateauneuf ! dit Zizi. Pour nous rejoindre tu y as mis le temps...

Comme si on l'attendait.

Le camion pénétra dans un vaste hangar attenant à une ferme. Là, ils descendirent, alignèrent les armes. Olivier regarda une sorte de tuyau de poêle.

— C'est un bazooka, expliqua le grand barbu, le chef. À son actif, deux camions chargés de Boches. Cet engin-là peut percer un tank.

L'homme au fusil-mitrailleur démontait son arme. Il récita en riant : « Arme automatique à tir réduit fonctionnant par emprunt des gaz en un point du canon... »

Olivier, comme par politesse, demanda comment fonctionnait la grenade. Il reçut explications et commentaires :

— Grenade d'assaut. Moins efficace que les nôtres, mais facile à lancer.

Olivier sortit la courte baïonnette de son étui. Alors, le barbu lui demanda :

— Serais-tu capable de tirer la tête d'un Fritz en arrière et de l'égorger ?

— Non, dit Olivier.

— Je m'en doutais. Moi je l'ai fait. Au Puy. Devant leur caserne. Pas de pitié pour ces salauds !

Ils s'installèrent pour le repos. Certains portaient un brassard avec l'indication F.F.I. sur fond tricolore.

— C'est pour montrer que nous sommes des soldats, dit Zizi, mais ça ne sert à rien. Quand un F.F.I. est pris, il est fusillé. Ou pire.

— Et les F.T.P. ?

— La même chose. Il y en a beaucoup du côté de Saint-Étienne. C'est le camp Wodli. Certains ici sont communistes. Eux le sont tous. Ils ne nous aiment pas toujours, mais nous sommes du même côté.

— Vive Charles ! cria un vieux.

Olivier comprit qu'il s'agissait de De Gaulle.

— Tu verras ta grand-mère plus tard, dit Zizi. Elle va bien. Comme tous les vieux, elle ne comprend rien à rien.

— Pas tous les vieux, protesta un ancien. Même si j'ai fait 14, je vous en remontrerai encore.

— Alors, décide-toi, dit le grand barbu à Olivier. Tu parais hésiter. Tu restes avec nous ou non ? Tu es libre...

— Je reste avec vous, répondit-il.

Les gens de la ferme apportèrent à manger. Ils étaient âgés. La femme avait les mains tremblotantes. L'homme portait un calot bleu horizon de l'ancienne guerre.

— Dites donc, grand-mère, dit un garçon, faudrait voir à retirer le portrait de Pétain de la cuisine.

— Il n'est pas avec vous ?

La réponse fut un éclat de rire général.

Olivier se rapprocha de ceux qu'il connaissait, les amis de Saugues. Ils ne parlaient guère. Même Zizi, plutôt bavard au salon de coiffure. Une courte dispute à propos de distribution des armes entre le chef et un homme à l'accent espagnol. Puis un accord.

— Il faut bien que quelqu'un commande, observa Zizi, ou alors c'est la panique.

Le petit brun à visage de fille s'assit sur une caisse en face d'Olivier. Il se sentit observé. En lui, toujours un fond de timidité qu'il fallait vaincre. Il entendit :

— Tu t'appelles comment, gamin ?

— Par mon nom. Et je ne suis plus un gamin. Je suis plus vieux que toi.

— Ton nom, il faut l'oublier. Tu brûleras tes papiers d'identité si tu en as.

— Tu dois prendre un nom de guerre, dit le chef barbu. Oublier pour un temps qui tu es.

— Ne choisis pas Tarzan, précisa le chef. C'est déjà pris. Et non plus Gevolde ni Massat ni Gaspard. Ils existent.

— Hé ! on est bien quelques-uns à connaître son nom ici ! dit Zizi.

— Oublie-le. Oublie le tien.

Olivier réfléchit. C'était comme un jeu. Des noms défilèrent dans sa tête, des noms de poètes qu'il n'osait pas emprunter. La décision s'imposa. Il jeta comme un défi :

— Marceau, je serai Marceau !

Il ne pensait pas au général d'Empire, mais à son cousin Marceau. Un prénom, pas un nom. Il s'était imposé à lui comme s'il remplaçait son cousin absent dans la guerre.

Les autres avancèrent à leur tour le nom choisi. Certains étaient aussi des prénoms, d'autres se rapportaient à l'histoire : Arcole, Kellermann, Gergovie.

Ils parlèrent d'un capitaine Seigle qu'on avait retrouvé mort après la torture. Nul ne connaissait sa véritable identité. Il avait été enterré dans un bois. Tous des soldats inconnus.

— Et toi, ton nom ? demanda Olivier au garçon brun.

— Tu peux m'appeler Roinita. Pas Juanita. Roinita avec R.o.i. Et arrête de me regarder avec cet air idiot. Oui, je suis une femme. Et alors ?

— Excusez-moi. Comme vous êtes habillée en homme...

Il n'osait plus la tutoyer. Elle haussa les épaules. Il se sentit niais, idiot. Il regarda Roinita à la dérobée. Sous la chemise kaki il devina une poitrine. Avec des cheveux plus longs, une robe, un visage lavé, elle serait peut-être belle. Elle faisait jouer le barillet d'un revolver, sortait des balles, les replaçait. Elle fumait une cigarette roulée qu'elle tenait entre le pouce et l'index, les autres doigts écartés.

Le chef s'étira, frotta ses yeux. Il paraissait immense. Ses lèvres s'écartèrent sur un sourire de loup. Il sifflota, se gratta les joues, donna un ordre :

— Trois heures d'arrêt. Pas plus. Pas trop rester au même endroit. Nous nous placerons au-dessus de Saugues pour surveiller la route du Puy. Que le bazooka soit prêt. Position éventuelle de repli : Saint-Préjet ou bien... on verra.

Il ajouta :

— Chante, Roinita !

Et, dans le silence de tous, Roinita entonna :

— *« Ami, entends-tu le vol noir du corbeau... »*

Un chant étrange qu'Olivier ne connaissait pas, un

chant que la voix enrouée, la voix de fumeuse de Roinita, rendait plus grave, plus feutré.

— *« Remontez de la mine, descendez des collines, camarades... »*

Olivier ressentit l'envoûtement de ce chant à voix basse, de cette marche ne ressemblant en rien aux hymnes connus. Ce rythme lent, obsédant évoquait une procession nocturne, une progression difficile, résolue.

Une phrase impaire retombait sur une autre plus courte. Des expressions : *« le prix du sang et des larmes... »* ou *« les cris sourds du pays qu'on enchaîne... »* simples, frappantes. Une impression de souffrance crépusculaire, d'une tristesse intense dominée par l'ardeur, la résolution, une ardeur secrète...

Le chant terminé, ce fut le silence. Un silence comme généré par la voix elle-même.

Olivier se leva, alla jusqu'à la porte du hangar pour cacher à quel point il se sentait ému, bouleversé.

Les bois, les montagnes, le soleil.

Il s'enivra d'air pur. Son regard parcourut le camaïeu des verts, les filets d'argent des ruisseaux, l'or des chemins, le gris bleuté des roches, le ruban noir de la route, les taches blanches et fauves des troupeaux dans les prés, l'azur de ce ciel où il suivit le vol d'un oiseau.

La Joie le domina.

Pour la première fois, personne n'avait choisi pour lui. Il était son maître. Libre comme cet oiseau. Libre comme ses compagnons. Libre de rire ou de pleurer. Il pensa : « Libre de mourir. »

Il déboutonna son col, ouvrit sa chemise sur sa poitrine, retroussa ses manches, respira longuement. Il fermait les yeux et la nature restait en lui. Il percevait les bruits lointains. Il entendait encore la voix.

Il n'avait pas senti l'écoulement du temps. Il entendit :

— Debout, camarades ! En route...

Il glissa cette ridicule et dangereuse grenade dans sa ceinture, ceignit la baïonnette, prit son sac chargé de trop de choses inutiles. Zizi lui tendit la main pour l'aider à grimper sur la plate-forme du camion.

Là, il s'assit près de Roinita. Il lui sourit et elle répondit par une petite grimace. Oubliant qu'elle était une femme, il lui tapa sur l'épaule comme on le fait à un copain. Il lui demanda :

— Ce que tu as chanté, tu veux me l'apprendre ?

Du même auteur :

Romans

ALAIN ET LE NÈGRE
LE MARCHAND DE SABLE
LE GOÛT DE LA CENDRE
BOULEVARD
CANARD AU SANG
LA SAINTE FARCE
LA MORT DU FIGUIER
DESSIN SUR UN TROTTOIR
LE CHINOIS D'AFRIQUE
LES ANNÉES SECRÈTES DE LA VIE D'UN HOMME
LES ENFANTS DE L'ÉTÉ
LA SOURIS VERTE
LE CYGNE NOIR
LE LIT DE LA MERVEILLE
LE SOURIRE AUX LÈVRES

Le Roman d'Olivier

LES ALLUMETTES SUÉDOISES
TROIS SUCETTES À LA MENTHE
LES NOISETTES SAUVAGES
LES FILLETTES CHANTANTES
DAVID ET OLIVIER
OLIVIER ET SES AMIS

Poésie

LES FÊTES SOLAIRES
DÉDICACE D'UN NAVIRE

Les Poisons délectables
Les Châteaux de millions d'années
Icare et autres poèmes
L'Oiseau de demain
Lecture
Écriture
Les Masques et le Miroir

Varia

Le Livre de la déraison souriante
Diogène

Essais

L'État princier
Dictionnaire de la mort
Histoire de la poésie française (9 volumes)

Composition réalisée par NORD COMPO

Imprimé en France sur Presse Offset par

BRODARD & TAUPIN

GROUPE CPI

La Flèche (Sarthe).
N° d'imprimeur : 25667 – Dépôt légal Éditeur : 50803-10/2004
Édition 01
LIBRAIRIE GÉNÉRALE FRANÇAISE – 31, rue de Fleurus – 75278 Paris cedex 06.
ISBN : 2 - 253 - 10985 - 1

31/0985/7